湖南省教育厅科学研究项目（编号：24C0481）

李小红——主编

愚谿悦讀

第六辑

读书之好
能说天地之大，晓古今之事
有自知之明，有预料之先
不为苦而悲，不受宠而欢
寂寞时不寂寞，孤单时不孤单

天津出版传媒集团
百花文艺出版社

图书在版编目（CIP）数据

愚溪悦读. 第六辑 / 李小红主编. -- 天津：百花文艺出版社，2025. 6. -- ISBN 978-7-5306-9173-1

I. I267

中国国家版本馆CIP数据核字第2025XT9395号

愚溪悦读（第六辑）

YUXI YUEDU（DILIUJI）

李小红　主编

出 版 人：薛印胜

责任编辑：王　欣　　**装帧设计：**云上雅集

出版发行：百花文艺出版社

地址：天津市和平区西康路35号　**邮编：**300051

电话传真：+86-22-23332651（发行部）

+86-22-23332656（总编室）

+86-22-23332478（邮购部）

网址：http：//www.baihuawenyi.com

印刷：长沙市精宏印务有限公司

开本：710毫米 × 1000毫米　1/16

字数：220千字

印张：16

版次：2025年6月第1版

印次：2025年6月第1次印刷

定价：79.00元

如有印装质量问题，请与长沙市精宏印务有限公司联系调换

地址：长沙市开福区德雅路1246号

电话：（0731）85817162

邮编：410023

编者的话

读书随处净土，闭门即是深山。

读书是一件乐事。读书之好，能说天地之大，晓古今之事，有自知之明，有预料之先，不为苦而悲，不受宠而欢，寂寞时不寂寞，孤单时不孤单，可以自尊自重、自强自立，不悲不畏、不俗不谄。在快节奏的当下、碎片化的今天，能够拥有一方自由的天地、一张安静的书桌以供尽情徜徉书海，赏书中人、书中景、书中事，似乎依然是一种享受，也是全体图书馆人的工作追求。

近年来，湖南科技学院图书馆始终致力于阅读推广等服务工作，努力为广大师生营造更好的读书氛围和“家园乐土”，自2006年开始，于每年4月23日“世界读书日”开展“读书节”活动，该活动迄今已成功举办了19届，连续出版征文作品集12部。本书是湖南科技学院2020—2023年“读书节”活动的优秀作品集，系“愚溪悦读”系列文集的第六辑。“读书节”的阅读书目可谓中西合璧、雅俗共赏，有潇湘本土作家彭国梁、李长廷、蓝予的小说涤荡思想，又有中国当代作家刘醒龙创作的《天行者》、知名作者阎真所创作的《如何是好》滋养心灵，还有美国作家弗·司各特·菲茨杰拉德的代表作《了不起的盖茨比》、苏联当代著名作家鲍里斯·瓦西里耶夫的代表作《这里的黎明静悄悄》、苏联著名作家米哈伊尔·肖洛霍夫的《静静的顿河》触及灵魂。无数青年学子重回阅读的怀抱，品读之余，他们纷纷撰写读后感向心目中的经典致敬。这些作品囊括中外、无问西东，既有赞美，也有讽喻；既有热闹，也有悲剧；既有宏大的叙事，也有小人物的欢喜；既有乡土的温情，也有大城市的风景。因篇幅有限，我们从数千篇征文中甄选出61篇，编入本书共四卷，以此记录下读者那些“与书为友”的瞬间，让时间定格，让思想闪光。

无论是“读书节”，还是“与书为友”，目的都是引领读者到图书馆来，到阅读中去。经过十余载接续努力，通过开展这些阅读推广活动，我馆的图书借阅量确实得以提升，校园书香氛围浓厚，对于一个图书馆人而言，还有什么比这更有意义呢?

本书的出版，得益于学校领导对图书馆工作的支持，也得益于图书馆人对本职工作的孜孜不倦，更得益于广大读者对图书馆的厚爱，笔者在此向大家表示衷心的感谢。也特别感谢教务处、科技处、发展规划与学科建设处等部门对读书节活动以及本书编辑的大力支持。纸短情长，感情难忘，希望随着本书的出版，图书馆阅读推广活动会越办越好，立潇湘大地，掬水月在手；弄花香满衣，育时代新人。

幸承恩于盛世，是所望于群英。由于编者才疏学浅，书中的不足之处在所难免，敬请各位方家、同仁以及广大读者不吝指正。

李小红

2024年11月7日

于湖南科技学院图书馆

目录

卷一　英雄的故事

在我的背后，是我的祖国……………………………………… 覃文娟002

激荡的变革史诗，永恒流淌的顿河…………………………… 谭艳辉005

一曲战火中的人性赞歌………………………………………… 吴梦诗009

“骑墙式”人物格里高利在乱世中的挣扎与坚守 ……………… 程子薇013

烈火中的玫瑰终将迎来新的明天……………………………… 陈　琳016

书写美丽与残酷………………………………………………… 林　欣019

论《这里的黎明静悄悄》中的悲剧之美……………………… 朱雯玉023

终将到来的春天………………………………………………… 任红亮027

英雄无名，其功永铸…………………………………………… 刘　璐032

浅谈刘醒龙《天行者》无穷韵味之所在……………………… 肖慧姣038

春蚕至死，蜡炬化灰…………………………………………… 谢明慧043

照耀界岭的民间英雄…………………………………………… 田　甜048

大山里的摆渡者………………………………………………… 杨玉秀053

《天行者》读后感 ……………………………………………… 罗　娜056

平凡而伟大…………………………………………………… 田爱群059
一片冰心为教育，一腔热血为学生………………………… 沈湘媛062

卷二　向上的力量

向上的力量…………………………………………………… 周婷瑛066
千磨万击还坚劲，任尔东西南北风………………………… 康广民069
掬理智在手　向天光而行………………………………… 蒋紫归073
回首向来萧瑟处，既有风雨也有晴………………………… 李慧蓝078
跳动的光芒…………………………………………………… 杨　洋081
“许晶晶”们，该如何是好 ……………………………… 康怡敏085
迷惘中前行，无助中成长………………………………… 戴高杉090
选择与答案…………………………………………………… 乔　媚093
奋斗为马，虽远必至……………………………………… 王　琼096
身处困境，仍向光明……………………………………… 李文艺099
平和语言下的冷峻哲思…………………………………… 贾少卓102
简议《浮光掠影》的语言特色…………………………… 邓欣荷107
精粹之文，明净之人……………………………………… 熊紫茜113
以小见大，既真且美……………………………………… 李　广118
生活与细节的碰撞………………………………………… 李志慧124
《坐拥书城独悲怀》：“悲”在何处 …………………… 吴　澳126
论《阳台》中阳台的象征含义…………………………… 罗晓婷128
精神家园的迷失…………………………………………… 陶　涛131

卷三　人生的道场

浮华喧嚣下的天真织梦者…………………………………………… 祁一琳 136

记纸醉金迷时代下盖茨比的悲剧………………………………… 曾京京 140

假如她并非水中月…………………………………………………… 邹煜雯 145

物欲横流中的坚守…………………………………………………… 高欣媛 149

等闲变却故人心，唯道难悟真情空……………………………… 王小蕊 153

灰色幕布下的灰色人物……………………………………………… 赵　慧 158

人生如朝露　有光则无常…………………………………………… 周媛媛 161

不熄之梦……………………………………………………………… 谭　春 164

黄金时代的爱情挽歌………………………………………………… 聂绍婷 169

一场虚无的繁华叙事………………………………………………… 张军洋 174

卷四　心灵的故乡

魅力无限的潇湘大家………………………………………………… 谢明慧 180

总是故园情…………………………………………………………… 王洁文 185

浅析李长廷散文中引用的运用及其表达效果…………………… 胡德帮 190

生命不能承受之痛…………………………………………………… 万　倩 195

田野里的历史与未来………………………………………………… 陈雁宇 200

平淡中含深刻………………………………………………………… 肖雪蓉 205

尧舜故里，乡土之子………………………………………………… 冯　图 209

《我是你的领带》：适应，文学与时代 ………………………… 肖慧姣214
淡语家山情味长…………………………………………………… 鲁　涵220
回不去的家乡……………………………………………………… 钟月琳224
以美丽，以纯真，以坦率………………………………………… 何伊宁227
剪不断的乡愁……………………………………………………… 刘文巧230
做一个敢于追梦的人……………………………………………… 康广民233
论蓝予作品的艺术特色…………………………………………… 唐美玲236
《人与动物的距离》中的母爱光辉 ……………………………… 胡　湘238
似水柔肠，如琢如磨……………………………………………… 刘旭玲241
道不尽的潇湘情…………………………………………………… 李青兰243

卷一　英雄的故事

在我的背后，是我的祖国

——《这里的黎明静悄悄》读后感

□ 覃文娟

我们读过一些关于战争的书，看过一些关于战争的电影，了解了一些战争时期英勇牺牲的战士。有时我们不禁疑惑：是不是那些战士一定要牺牲呢？牺牲有必要吗？他们的生命也很珍贵呀！

直到我看了这本书——《这里的黎明静悄悄》，这才找到了问题的答案。在丽达受重伤时，瓦斯科夫十分内疚地说道："现在好说，打仗嘛。等以后不打仗了，还说得清你们为什么要丧命吗？……如果将来有人问我：为什么你们男人们不能保住我们妈妈的性命，让她们死在枪弹下？你们为什么让她们跟死神结婚，自己倒活得好好的？我说咱们想保住基洛夫铁路和白海运河吗？可那边想必也有警卫队！而那边的人总比五个姑娘加上只有一把手枪的准尉多得多啊。"而丽达回答道："祖国首先指的并不是运河，完全不是。我们保卫的是祖国。首先是祖国，其次才是运河。"最终，随着一声低沉的枪声在寂林中消散，她静静地闭上了想见孩子的眼睛。

不是说战士们就必须牺牲，也不能因为他们没有完成一个任务或没有杀掉一个敌人而认为他们的牺牲没有必要、没有价值。他们的牺牲无法用个人利益的角度和眼前的结果去理解。据不完全统计，从1931年的"九一八"事变到1945年日本投降这十四年间，中国军民伤亡3500万人以上。在这残酷的战场上，张自忠在敌我力量悬殊的情况下力战而死；赵一曼在日军狱中受到了各种严刑拷打，最后英勇就义……还有许许多多无名英雄，他们一直坚守着保卫国家的信念和士兵的职责。他们的牺牲是战争走向胜利的基石，是活着的队伍继续奋勇杀敌的士气，是国家抗战风貌的体现。“人固有一死，或重于泰山，或轻于鸿毛。”在“我”和“国家”这道选择题上，战士们义无反顾地将“国”作为首选项和必选项。

书中有一个19岁的女孩，和我一样大，她的名字叫丽莎。她善良、单纯，和我一样向往城市、渴望爱情。不同的是，战争爆发后，她上了前线。她从没想过，有一天她要在战场上杀敌。

在全国抗击新冠疫情的过程中，也有许许多多“00后”冲向了前线，他们没想到中国会遭受如此劫难，但他们义无反顾地站了出来。有《中国教育报》报道的“00后”志愿者陶梦婷，也有我们身边的同学朱希、吴舒康……“醉卧沙场君莫笑，古来征战几人回？”不管是真正的战争，还是这场无硝烟的疫情，都意味着死神的降临。作为祖国的一员，当天降大任于斯人也，你是否有胆量扛下重担呢？

当丽莎接到报信的任务——传递救援信息，意味着可以挽救战士们的生命，她一路小跑，不浪费一秒，满心想着早点回去喊救援，即使走在沼泽里，也将恐惧抛在脑后，谁承想，一不小心葬身于沼泽。“来人啊！救命啊……”这是她最后的呼唤。她也想继续活下去，但在她身后是她饱受战争之苦的祖国啊，她能出一份力就绝不推诿。

平凡的我们做着平凡的事，但不要忘记祖国在我们身后，她是我们的后盾，给予我们许多资源，必要时，我们要保护自己的祖国。

现如今，我们处在和平与发展的大环境下，中国迎来了近代以来最好的发展时期。“生于忧患而死于安乐也”，新时代青年应警惕成为温水里的青蛙，我们要心系国家，满怀梦想与激情，脚踏实地，不忘历史，眼望前方。看！不愿被俘掏肠自尽的陈树湘；为保卫祖国领空，遭美机撞击坠海牺牲的王伟；二十二年坚守射电望远镜事业，身患绝症也心系国家的“天眼之父”南仁东……历史的车轮滚滚向前，总有人站在我们祖国身前，站在后人的命运前。我们不能一直生活在他们羽翼的庇护下，躲在用他们身躯铸成的城墙后，安然享受着他们努力的成果。祖国的强大、民族的复兴，以及革命先烈自强不息精神的传承等都需要我们积蓄力量，奋勇拼搏！

窗外，太阳冉冉升起，金黄的阳光飞到了树梢上，与小鸟共鸣，又一路跳跃着，散落在窗台。阳光是那么耀眼，天亮了，我们醒了。

作者系传媒学院广电2001班学生

激荡的变革史诗，永恒流淌的顿河

——读《静静的顿河》有感

□ 谭艳辉

“常被视为一名乡土作家”，米哈伊尔·肖洛霍夫在其史诗性长篇小说《静静的顿河》中充分反映了人民的命运，反映了在宏大的历史背景下男女主人公的爱恨纠葛，反映了在革命和内战的关键时刻人们如何寻求真理又如何被时代的洪流裹挟。阅读这篇小说，一幅描绘战争时期顿河两岸人们生活的画卷缓缓呈现于眼前……

一、永恒流淌的顿河

“不是犁头开垦出这沃野千里……开出千里沃野的是战马铁蹄，千里沃野种的是哥萨克头颅，装扮静静顿河的是年轻寡妇，静静的顿河靠千万孤儿点缀，顿河的波浪本是滴滴父母泪……”小说以《顿河悲歌》的古音缓缓开篇，作者开头就以哥萨克古歌生动地吟唱出一个美丽、自由的哥萨克世界。他不厌其烦地描绘着那片自由、广阔的大地，草原上的野草枯荣变更，苍穹上的繁星明灭闪亮，顿河里的浪花起舞翻腾……他用笔触展现出四季变换的景象：“春天的嫩草已经长成茂密的深绿色，野花大片地开放着，冰水融化了，留下了很多闪着光的水洼……”春天的顿河生机盎然，万物复苏。“青蛙花哨地叫着，放牧的牲口成群归来，村子里女人讲着日常生活琐事……”夏季里，人与动物都随着热量而喧闹起来，充满生机与活力。“一个晴朗的九月的日子，鞑靼村的上空飘着一层薄薄的像蜘蛛网似的彩色艳丽烟云，没有血色的太阳像寡妇一样苦笑着。万里晴空，碧蓝洁净，犹如拒人于千里之外的骄矜的处女。”虽然秋天的顿河略显萧瑟，但是这种萧瑟的风景依然充满韵味。“严寒到来，带来了大片大片的雪花，草原的院子里，留下了俏皮的野兔，无数个梅花形脚印……”冬天的顿河并没有完全沉寂下来，而是活泼热闹。

作者用他那饱含深情的笔触深切表达了他对这片土地的热爱，正是这种热爱使得作者的描绘丝毫不浮于表面，而是能够深深吸引无数读者对于那片土地的想象和向往。这些正是得益于他本人的真实生活体验，肖洛霍夫从小居住在顿河流域，他对哥萨克那种粗粝、真实、充满生命力的生活有一种近乎本能的熟悉和热爱。在书中，他大量运用本民族乡村俚语方言，又将大量哥萨克歌谣穿插其间，或悲或喜。这种口语化、民族化的语言形式给予了读者一种更真实的异域感，让人不自觉地想去探寻那片土地以及那片土地上所发生的事情。在这样一个油画般静谧又充满生机的世界里，一切都是那样美好，而这得益于这个民族与这片土地。但是因为战争，一切发生了翻天覆地的改变，他们经历了生离死别的痛苦和被战争蹂躏、毁灭的生活。每一个人像蝼蚁一样被时代的洪流裹挟前进、被迫抉择，或者彻底斩断后路，以至于无路可选。可这一切还是得随着顿河中的流水而前行，哥萨克人只能在历史长河里不断地选择、前进。

二、激荡的变革史诗

在平静流淌的顿河和看似一成不变的大地之外，外面的世界动荡不安、风起云涌，时局变了一次又一次，短短十年时间，这片土地经历了第一次世界大战、二月革命、十月革命、国内战争。男主人公格里高利也辗转于一个又一个战场，他加入过红军，后又加入叛军，反复横跳于各个阵营，乃至使这个角色变得不太讨喜，有人甚至说他是墙头草，不过格里高利本性善良、勇敢、淳朴。对于战争中的残酷行为他感到无法接受，与他之前在沙皇军队中的感受相呼应，反映了他在战争环境下对于人性和道德的坚守以及内心的矛盾和挣扎。在那样一个人人自危的环境里，与众不同的善意是最不需要的，有时候甚至变成一把悬而未决的利刃，不知何时会让自己付出生命代价，好像只有变得越发铁石心肠，越发抛弃良知，越发忘记自己是一个活生生的人，才能保全自己的性命和岌岌可危的精神信念。值得庆幸的是，他保存了他愚蠢的不识时务，即使在他担任叛军师长，为了哥哥的遇害而报复性屠杀红军俘虏之际，也没有放弃本心的善意。但刀锋之上，身处强大的战争机器之中，并不是每一个人都像格里高利一样不惧一时的头顶利刃，能够坚守本心和善意。更多的是在红军、白军双方戴上了敌视的有色眼镜，不断发散各种无意识的揣测与恶意，不断希望用自己“锐利”的双眼揪出“叛徒”，没有人会去关心你的原因，大家关心的只是一个党派的立足点、一个结果、一个利益的多少。无数个像格里高利一样的哥萨克们被时代裹挟着，抛妻弃子，远离家乡，奔赴前线，面临选择，他们从这个战场换到那个战场，回来的人越来越少，“他们的生命就要像断梗的树叶一样脱落了”，最终只剩下孤儿寡母和老人守着颓败的村庄。这片土地几乎每天都发生着杀戮，发生着流血牺牲，发生着背叛抉择，他们因为宗教、党派、利益发生着战争，也实实在在地让这片土地上的人们付出了生命代价，因为战争，无数的人死去，但是他们不只是战争史中某一页里的一个冰冷数字的集合，在作者的笔下，他们是这片广阔、美丽土地上生命力的体现。然而这片土地又在做着一些什么呢？只是在沉默、在观望、在疏离又冷漠无情地看着，看着他们撕裂至分崩离析。作者用一种近乎残忍的语言镜头描写这些战斗场面，那些撕裂的、流血的、充满痛感的暴力美学细节描写贯穿在小说的战争描写之中。

三、顿河悲歌的回响

在阅读这篇小说时，对于陌生的哥萨克，在粗犷、野性的外在冲击下，他们却给人一种平静、诗意、充满生命力的感觉，像极了他们生活的地方——那静静流淌的顿河。文章一开始就写了格里高利一家和谐美好的生活，他们收割、耕种、捕鱼，俨然一幅幸福美满的生活画卷。以民族歌谣作为装点，更是将这幅画卷描写得有声有色、兴味盎然。然而战争使得这一切化为泡影，战争残酷地毁灭了平静的生活，战后萧条冷清的大地与开头鞑靼村和谐美好的生活形成了鲜明对比，这片土地上清晰地发生着对于生命力的掠夺，然而顿河水流淌着的声音又在不断告诉我们，无论这片土地上的人们如何喧闹、如何变化，它永远将奔流不息，永远将以新生的喜悦迎接每一个新生。所以小说的最后，格里高利最渴望的就是回到生养他的这片土地，只有在这里，他才能够有家的归属感，才能够呼吸到自由与生命力的气息。小说的结尾，格里高利将他的步枪扔进水中，然后回到了故乡，回到了那片他无比熟悉的土地，他这一生都受困于战争和时代，当然，他也无数次受困于感情，他在两个女人中间骑墙，而现在那些感情都已经是过眼云烟了，因为在战争中、在时代的大背景下，他能够坚守的东西太少了，所幸在最后，“这就是他生活中剩下的一切，这就是暂时还使他和大地，和整个这个在太阳的寒光照耀下，光辉灿烂的大千世界相联系的一切”。他得以有新的联系与新的开始，在这片他所熟悉和热爱的土地上。

显然这里作者表达了他的大地情结：人只有重新回到故乡的怀抱，精神才不会流离失所，生活才有血缘可连结依附。孩子意味着新生与希望，只要回到这片土地上，就有未来。肖洛霍夫作为一个真正的人道主义者，他坚信生活仍然在继续，生命仍然值得期待。无论生活如何激荡、个体的生命爱欲如何流淌变换，生命力都是永恒不息的，更重要的是这片土地、这些山川河流永远存在，就像那静静流淌着的顿河。从这一刻开始，我们仿佛又听到了《顿河悲歌》的回响，昭示着新的生命已经在萌芽，而顿河永远包容着新生与成长，一个新的轮回开始了……

四、小结

肖洛霍夫在《静静的顿河》中描绘了人类与大地故土的密切联系，无论生命如何激荡、人们如何被选择裹挟，大地永远像母亲一样包容、爱护、期待着生命，这部史诗般的小说强烈地张扬着每个个体生命的自我价值，展现了他们无穷的生命力，密切地关注生活在这个世界上的人的命运，这部小说既成为史诗画卷展示了它独有的民族意义，也有全人类的意义。

作者系文法学院汉文1803班学生

一曲战火中的人性赞歌

——读《这里的黎明静悄悄》有感

□ 吴梦诗

虽然《这里的黎明静悄悄》是一本很短的小说，但看完后我的心久久不能平静。

这既是一个凄美的故事，又是一个关于有价值的事物被毁灭、美丽的鲜花被摧残的故事。小说讲述了瓦斯科夫准尉带领五名女兵在战场上阻击德国人一事。小说着重关注宏观战争背景下的渺小个体，以及个人的生命与情感。让我感到震撼的是故事里对人性的赞美、对战争的强烈抨击和对和平的向往。

她们身上有对爱情的执着，这是最自然的人性。

既有得到又失去爱情的。如丽达怀抱着对亡夫的深情忠贞一生。试想如果没有战争，她将是一个多幸福的女人呢？文章描述了丽达与奥夏宁的爱情，这是一份相濡以沫、小心翼翼的爱情，始于青涩，终于忠诚，这是别样的浪漫。文章描写了一处细节，奥夏宁送少女丽达回家，每拿一支烟都要羞涩地征求她的同意。因战争爆发，奥夏宁的求婚很仓促，但丽达心中是雀跃的，她心想，世界上没有哪个姑娘比她更幸福了，她嫁的可是一个红军军官，并且是边防军，这可不是什么平庸之辈。少女的心因奥夏宁红军军官的身份而蒙上了一层朦胧的薄纱，崇敬之情是这份纯洁之爱的基底。少女懵懂之际的感情最为动人，而成熟之后的选择更让人唏嘘。率领残部浴血奋战的丈夫阵亡后，她自请调到原哨所所在地带。丽达对男女之情的态度和其他姑娘形成鲜明对比，对她来说，只有过一个男人，以后也不会再有别的人。显然她不仅爱他，更崇敬他，也忠于自己的爱情。她无法理解“找个墙角就跟人亲嘴”的行为，这同封建思想的束缚不同，她不是迫于外界舆论而守着贞节牌坊的寡妇，当时的环境对这样的行为并不苛刻，是对丈夫的爱束缚住了她，甚至和瓦斯科夫准尉婚内出轨抛弃骨肉的前妻相比，她对自己的骨肉也有万分柔情。她甚至大胆到违背集体纪律，冒险进城去探望母亲和儿子，虽说不提倡违背纪律做事，但正是因为她的冒险，更凸显出她作为一个母亲的爱子心切。

也有从未得到却一直憧憬爱情的。莉扎是最令人唏嘘的，她临危受命，孤身返回营地，尽管文章以瓦斯科夫准尉的视角作为叙事角度，但莉扎的死亡是准尉没有见证的，作者单独列了一章交代莉扎孤身一人时的遭遇，不仅描述了莉扎的死，也描写了莉扎短暂的一生，穿插在紧张的战事之中，塑造出一个有血有肉的人物。这是一个单纯善良、孤僻寡言的姑娘，她的青春年少被消磨在无尽的琐事中，尽管从未得到一丝温情，但她仍一直心怀期待，一直憧憬美好的爱情。作者通过莉扎对来访客人的试探，细腻地把女子心中的孤独寂寞以及渴望爱抚却求而不得被人笑时的自尊写得淋漓尽致。她的一生没有得到过爱情，甚至和瓦斯科夫准尉相约一起唱歌也成了遥不可及的事，但她没有绝望。她死前“嘴里吐着泥，……她仍然相信，明天也将是属于她的……”或许有人认为莉扎的牺牲是无谓的，但正是这样一个人，她懦弱，内心恐惧却仍前进着，从未退缩，她肩负使命，为国捐躯。而战争抹去了明天，夺走了希望，没有任何怜香惜玉之情。

文章描写女兵们不畏强敌的勇敢，表现悲壮但振奋人心的爱国之情，凸显战士们身上崇高的人性美。

故事是善用对比手法的。故事的开始如暴风雨前的海面般宁静，姑娘们就像悠然在海面觅食的海燕，她们嘻嘻哈哈，把短暂的哨所生活过得有滋有味，通过对比，在战争的风暴中，她们变成了傲对风暴的海燕。她们也曾幸福过，但因为战争，她们失去了爱情、亲情甚至生命，文中将她们的死和她们的一生进行了对比，既凸显了她们不同寻常的英勇和拳拳爱国之心，也表现了她们殊途同归的勇敢。

丽达是一个彻头彻尾的勇士，她的仇恨经年累月地积累着，仇恨成为她的盔甲，让她越发坚毅。她“习惯于默默地而又刻骨铭心地仇恨着”，在战场上，她奋勇杀敌，为了不连累准尉，她义无反顾地开枪自杀。临死前，丽达对准尉说：“事情是明摆着的，战争嘛，我们是在保卫祖国，首先是祖国。”这句安慰准尉的话充分表达了丽达崇高的思想境界。她的内心没有被仇恨蒙蔽，她清楚地知道敌人是谁、知道她们在守护着什么。最后一次交锋，她们据河岸而战，背后即是祖国，她们未曾退缩。是火力充足吗？是盲目地认为敌人弱小而不足为惧吗？都不是，这是一种明知不可为而为之的大无畏精神。“背后即是祖国，我们无路可退。”这一句话真的让人热泪盈眶，在战场上，难道她们不害怕吗？难道她们不想活着吗？她们知道前路是坎坷，不求归来是坦途。

热尼亚桀骜不羁，她的勇敢是千钧一发之际表现出来的。论机智和勇敢，热尼亚是当之无愧的军中绿花，英雄是浴血而生的。最初她家境优渥，是将军家的掌上明珠，家人惨死、身世剧变后，孤身一人的她一步一步走向成熟，她不似丽达那样从一开始便有坚定的立场，而是在直面战场的冲击和生命的威胁后，逐渐变成了一名真正意义上的战士，她桀骜不驯、英勇无比，在勇敢跳进河流高唱《喀秋莎》的那一刻，她蜕变了，一介血肉之躯、一个勇敢镇定的灵魂吓唬住了河对岸窥探的敌人，此时的她还是故作镇定，心中仍有恐惧，而最后她为了掩护瓦斯科夫和丽达，故意将自己暴露在敌人面前，飞奔着、射击着、歌唱着时，她变成了真正无惧死亡的英雄。如花年华却牺牲得如此壮烈，她的美不再是肤浅地停留在外表，这个美丽躯体里有一股强大的力量，是无畏勇敢、为他人自愿牺牲的精神，我从她身上看到了崇高的人性美。

有些人的勇敢则不相同。如牺牲了的嘉莉娅，虽然她感到恐惧，但没有离开战场，她是为了保卫祖国而死，她也是勇敢的。战争是残酷的，就像凛冽寒风摧残万物，甚至连初生的花蕾也不曾怜惜，未成年少女在战场上的死亡是又一个令人唏嘘的悲剧。索尼娅在一声枪响声中壮烈牺牲，只留下了一本带血的诗集。安静读诗的少女在一个静悄悄的黎明死去了，她的文学梦也一并死去了。

文章中，瓦斯科夫准尉是这群姑娘为国捐躯的见证人，他见证了她们的勇敢，见证了她们的懦弱，对这群姑娘的感情也在相处过程中逐步升温。他前半生受了不少苦，没有什么远大理想，只想做一个好木匠，但是他认为自己是“祖国的最后一个儿子和保卫者，必须履行职责到生命的最后一刻”。他热爱和平、不怕牺牲，是一个胸怀激情和爱国主义的英雄。虽然他外表粗犷、不修边幅，却有一颗温柔的心，爱民如子。在战场上，他也不希望女兵们直面危险，他不想她们以身涉险，甚至谋划着自己单独跟德寇交手，为了维持团队的镇定，作为主心骨的他必须使劲装出一副笑脸来。发现敌我力量悬殊之际，他陷入痛苦抉择，残酷的是，他别无选择，他为女兵的牺牲感到愤怒、痛苦、绝望，即使最后他们胜利了，也不能将他从绝望的深渊拽出来。正如他说的：“战争中最可贵的是什么，不是胜利、不是勋章、不是鲜花，而是生命，人的生命高于一切。”故事的结局，瓦斯科夫和阿尔贝特来墓地看望五个女兵，为她们立了一块大理石墓碑。黎明依旧静悄悄，可在曾经的一个静悄悄的黎明，战争掳掠了五条鲜活的生命。

摒弃传统描写传奇英雄的手法，作者通过表现普通士兵的战争生活，塑造了平民化的英雄形象，女兵们是最普通的人，而在战争中，她们为了国家而战斗，这才是战争中的常态。作者通过五个女战士的遭遇来衬托战争的无情和残酷，以此表现了对战争的厌恶和对和平的向往，生命是宝贵的，人的生命是高于一切的。而战争摧残了一切。

作品向人们展示战争不仅摧残了婚姻和爱情，更摧残了许多美好的事物。女兵们在短时间内成长为护卫国家的英雄，她们的思想也发生了质的变化，一开始，她们嘻嘻哈哈，不以为意，经过战友的死亡，才逐渐明白了生命的珍贵。而在直面战争的残酷后还义无反顾用血肉之躯保家卫国时，她们迸发出了强烈的人性美。作品正是通过对被毁掉的美好一切的缅怀，对被剥夺生命的女兵，以及其后千千万万受战争摧残的人的惋惜和痛心，表现了深刻的人性关怀，通过描写普通的女兵们，赞美她们在直面残酷战场时表现出的崇高品德，高唱了一曲人性的赞歌。

作者系文法学院汉文1804班学生

“骑墙式”人物格里高利在乱世中的挣扎与坚守

——读《静静的顿河》有感

□ 程子薇

《静静的顿河》一书是围绕着哥萨克民族的风雨飘摇而展开的史诗故事，主人公格里高利因正直、勇敢及其魅力而感染了许多人，同时全书在表现格里高利魅力的同时突出哥萨克民族追求自由与英雄主义的崇高形象。书中人物众说纷纭，而最受关注的当属始终在爱情与红白两军立场方面徘徊不定、在乱世中斗争与挣扎的主人公格里高利。

在爱情方面，他于娜塔莉亚与阿克西尼亚之间徘徊不定。他追求有夫之妇阿克西尼亚，却又因与娜塔莉亚的婚姻而暂缓了这段关系，本想试着接纳妻子感情的他发现自己无法履行，结婚没多久就对这个不够热情的女人产生厌倦，选择与阿克西尼亚私奔，而后来面对阿克西尼亚的出轨，他又选择离开，回到娜塔莉亚的身边。虽然他与阿克西尼亚二人的感情因背叛而告一段落，但仍藕断丝连，通过思念不断积累，最终复合，而二人感情破镜重圆的同时也是造成他原配妻子娜塔莉亚选择堕胎导致身亡惨剧的直接原因。三人的感情纠葛落幕后，迎来的并不是格里高利与阿克西尼亚爱情的美满结局，阿克西尼亚在与格里高利流亡过程中被流弹射杀身亡。至此，作者对阿克西尼亚的死亡没有做过多的铺陈渲染，而是将事实直接粗暴地呈现在读者面前供人思考，一生追求爱情的格里高利面对情人阿克西尼亚和为自己生下几个孩子的娜塔莉亚、面对死亡的悲怆、面对现实的无力，让人震撼的同时又发人深省。如果说娜塔莉亚的死亡是格里高利在感情生活中犹豫不定酿成的恶果，那么阿克西尼亚的死亡则是格里高利在政治上摇摆不定而带来的惩罚，注定了在乱世中摇摆挣扎的格里高利的命运悲剧。

在战争中，哥萨克族于政治阵营中踌躇，但始终坚持自己的正义与自由。哥萨克族有服役的传统，格里高利和哥哥彼特罗被征往战场，目睹了一幕幕残忍的场景，心态开始发生变化，后因在战争中救下中校军官而获得了乔治十字勋章，对于组成复杂、始终寻求历史认同感的哥萨克民族来说，这是一个莫大的荣誉，也因此受到了村民们的崇拜，但漫长的战争渐渐让格里高利思考其中的意义，与此同时，悄悄在军队中蔓延的共产主义也让格里高利受到启发，选择投身红军，这是格里高利做出的第一个选择，也是他思想成长的萌芽。但格里高利很快又因红军队伍不够纯洁、滥杀俘虏、强抢民女等一系列事件愤然离开部队，这也体现了此时的格里高利对红军本质的认知不够，并不清楚革命阵营的本质与目的。

他无知无畏，对于白军而言，他代表着的哥萨克族没有文化，只是临时被抓来战斗的苦役，被本就犬牙交错、构成复杂的白军排除在外，另外，红军共产主义的思想打动了格里高利对战争的反思，格里高利对白军战斗的认同感缺乏致使几次的退出。对红军来说，格里高利所在的哥萨克族曾多次帮助白军重创红军，红军队伍中早就产生了对哥萨克族强烈抵触的情绪，自此，格里高利也难以成为红军信赖的对象，文中可见，格里高利凭借英勇作战当上了骑兵团连长，但红军领导让他复员回家，可见红军上级对他的排斥与怀疑。

格里高利这一人物的悲惨命运不仅体现了他个人追求正义与自由的精神，也反映出在整个历史背景下，始终追求认同与归附的哥萨克史诗，而格里高利“骑墙式”性格的形成也与哥萨克的历史有着莫大关联。哥萨克构成复杂，包括土耳其人、鞑靼人等，是一个生活在东欧大草原的游牧社群，后来由于蒙古国扩张，被迫驱逐到了顿河沿岸，早期哥萨克将领被当时的沙皇收买，所以有参军传统，也因骁勇善战而著称，显然，全书中格里高利的英勇善战将哥萨克人的这一特点体现得淋漓尽致，无论是在卷一较为轻松的农村环境中还是此后几卷的战场上都可以体现，骑马比赛获得冠军、战斗当上连长等，也正是因为这种特质，血性的哥萨克人容易成为政治阵营战斗的工具，早期的格里高利思想不成熟，在战争中迷茫徘徊了许多次，但他并没有被历史潮流裹挟，始终保持着自己的正义前行着，他每一次的挣扎都是对于腐败、掠夺的憎恶。他参加暴动的原因并非功利的墙头草做派，也不是为了报仇雪恨，更多的是他思想的成长，以及对政治更加深入的了解和清晰的认知。

红军的极“左”路线容不下有过历史污点的他，但他也早已不是那个怨天尤人的格里高利了，他甘心将武器投入顿河，回归故里，似乎也印证了他身为哥萨克，在这场“回旋镖”式的人生经历中，不同于始终争取认同发动暴动的族人，他有自己的思想与追求，哪怕被冠为异类，也要寻求自己心中的正义与真理。

“我有根，但我流动”用来形容格里高利很贴切，他有哥萨克的本质特征，但从不为了争取虚荣而放纵自己，他不甘于平凡，积极寻求战争的答案与真理，在自己的领域发光发热，他的“根”首先是作为哥萨克人，与生俱来的英勇，然后是他作为个人，对自由与正义的信仰和追求。但他命运的悲剧也无可置疑，可叹的是，在乱世中，也正是因为他的这些特质，才被排斥为异类，最终走向悲惨结局。

作者系传媒学院广电2002班学生

烈火中的玫瑰终将迎来新的明天

——读《这里的黎明静悄悄》有感

□陈　琳

“战争让女人走开”，这是千百年来的名言。“战争从未让女人走开”，这又是千百年来的事实。古今中外，找不出没有女性参与的战争或不涉及女性的战争。在战场上，女性充当着各种各样的角色，如南丁格尔在战场上挑起煤油灯、赵一曼面对敌寇威胁英勇就义、余旭成为首位光荣的歼-10女飞行员。

面对敌人对家人的暴行、对国家领土的挑衅，女性举起反抗的镰刀，奋不顾身地闯入男人的世界，在历史上留下浓重的一笔。瓦西里耶夫在回答《书的世界》杂志记者时说：“我让穿军大衣的女兵们成为小说的主人公，这并没有违背生活的真实，然而，这样做就使作品更洋溢着深刻的激情。一个士兵在战争中牺牲——这不管看上去多么痛心、多么痛苦，但毕竟是难免的，是严酷的斗争中必然发生的事情。然而，年轻的姑娘倒毙在敌人的子弹下，这却是令人发指的悲剧，是违反常理的，它会引起人们特别强烈的痛苦，因为这些姑娘本是为了爱和繁衍后代，而来到人间的。”

“妇女的使命是生育，是延续生命，不是战争，不是死亡。杀害妇女是罪恶，是反人类的行为。”作者的言语中无不透露出对战争的憎恶、对生命的热爱和对女性的赞美。

残酷的战争将五名家境不同、性格迥异的少女聚集在一起。班长丽达为追随牺牲的丈夫而来到高射机枪营；红军指挥官的女儿冉卡在家人战死后加入军队；索尼娅因翻译所人才泛滥而被调到高射机枪营；17岁的嘉莉娅在学校里加入军队；丽莎厌倦了战争前农村日复一日的单调生活，转而加入军营来寻找新的明天。

她们的身上体现了战前俄罗斯人的烦恼与憧憬。孤儿嘉莉娅总是生活在自己想象的世界中，她习惯编造关于父母和初恋的谎言，甚至沉浸其中，以掩盖自己不幸的童年；丽莎渴望改变自己日复一日的生活，在猎人家过夜时，想和他做些“蠢事”，“她的明天早已和八月联系在一起了”，她想要读书学习，她想要成家；与有妇之夫恋爱的冉卡需要一个栖身之所供她放声痛哭，发泄情绪；活在幻想世界中的丽莎憧憬着甘甜的爱情。

战争本应该歌颂英雄，而本书却将重点放在对女性行为的刻画上。索尼娅在回家途中寻找烟草袋时穿着一双不合脚的皮靴；嘉莉娅在战场因无法抑制恐惧而在敌人枪口下慌忙窜逃，不幸中弹身亡；冉卡在河岸边假装伐木工人戏水，高歌《喀秋莎》后害怕地哭泣；大伙儿渡过沼泽池时状况连连。这些都生动地表现出了普通人面对战争时的无助，但她们是“卫国战士”，这些行为不但不会抹去她们的英雄色彩，反而让其形象更加令人感动、亲近，使无情的战场闪耀着人性的光辉。英雄也是人，是平平凡凡的普通人，没有人生来就是英雄，英雄只是在人们有困难、有需要时挺身而出。

尽管惨烈的战争无时无刻不在摧残着战士们的身心，但她们依旧把自己绚丽的青春奉献给伟大的俄罗斯。丽达把孩子留给年长的母亲后，便转身投向军旅，丽莎放弃情人与父母而奔赴战场；古列维奇与男朋友也为战争让步而各自参军。“祖国的疆界又不是打运河才开始的。全部不是。我们是在保卫祖国。首先是祖国，而后才是运河”，丽达在与准尉分别时这样说道；冉卡在河岸边与德寇演了一场伐木工人的戏，“她虽然脸上带着笑，可是睁得很大的眼睛里，像是有泪水，像是有恐惧，这恐惧像水银一样既灵活又沉重”。

这五位女性带着美丽、温柔、热情和对幸福生活的美好憧憬，却无法逃离残酷战争的迫害，在血与火的残酷战争年代，用她们平凡而夺目的青春谱写了一曲壮丽的英雄赞歌。女性是战争舞台的娇艳舞者，她们从幸福与宁静中脱离，扛枪而战的身影像一出戴着冰冷脚铐跳出的狐步舞，溢满沉重的萧瑟与凄凉。战火中娇艳盛开的玫瑰花在伟大的英雄赞歌中熊熊燃烧。

明天终将到来。直到生命的最后一刻，丽莎还坚信明天终将到来，“温暖而又光耀夺目，就像充满希望的明天”；冉卡为掩护丽达而奋不顾身地吸引敌人，她唱着、跳着、奔跑着，哪怕最后倒在血泊里，她那高傲美丽的面庞上依然充满自信，毫不犹豫地认为战争终将结束，明天终将来临。正像她父亲所说：“红军指挥员的女儿无所畏惧。”

俄罗斯人民的明天终将来临，万恶的法西斯德寇敌不过英雄的俄罗斯。烈火中的玫瑰终将迎来新的明天。

作者系传媒学院广告2002班学生

书写美丽与残酷

——论《这里的黎明静悄悄》写作手法的运用

□林　欣

在动乱的年代或多或少流传着一些战斗英雄的故事，《这里的黎明静悄悄》这本小说既讴歌了少女的纯真，又揭露了敌人的残暴，具有严酷的现实性和浓浓的人情味。丛林山岗的夜静悄悄，姑娘们在黎明中静静长眠。五个正值青春、美丽、活泼的少女就这样牺牲了，她们死亡的消息被密林深深地埋葬，没有几个人知道。本文将根据鲍里斯·瓦西里耶夫这部书写美丽与残酷的作品来简单分析其中多种写作手法的运用。

一、独辟蹊径，侧面入手

《这里的黎明静悄悄》中细致的心理描写以卫国战争为背景，反映的是苏联红军与德寇的一场生死搏斗。但它并没有表现炮火的喧嚣、冲锋的呐喊、血肉横飞的拼杀等行动，而是侧重从人物日常生活、思想感情着笔，此前的战争题材文学作品多是表现大规模、大集团作战的战争史诗。小说《这里的黎明静悄悄》中不再是以男人为主的苏军战士与德国法西斯匪徒的战斗，而是以女性为绝对主力的苏军战士与众多男性德寇的战斗，这就突出了战争和女人的主题。

作者关注战争中不起眼的个体，更注重人物的生命与情感的联系，而并非集体故事情节，例如小说通过描写五个女孩与德国士兵战斗，从侧面表现出苏联士兵对于德国纳粹的痛恨和斗争到底、宁死不屈的抗争精神，由此表现出士兵强烈的爱国之情。

二、叙事抒情，紧密结合

小说在对五名女战士为国捐躯的悲壮行为进行描写时，突出歌颂了女战士热爱生活、憧憬未来的美好心灵。鲍里斯·瓦西里耶夫写丽莎在沼泽里陷入泥潭时，在生命的最后一瞬还久久凝视美妙的碧空，坚信充满希望的明天一定会到来。同时作者描写热尼亚牺牲前在松树下抛洒不少东西，如枪支、军大衣，还有她刚才丢给准尉的绸衫，那么漂亮、轻柔，使人想到的不仅是物品的美，还有女战士心灵的美。叙事和抒情混合在一起运用到小说中，使得小说中的人物和情节更加真实，使得读者能够更加深入小说中，充分认识到小说所抒发的情感和情节。

此外，作者在对自然景物进行描写时，同样将自然景物与人物的心灵美结合起来。小说中写道："这时正是风轻云淡的白夜，从日没到日出，空气里散发着浓郁的花香，女高射机枪手们聚在消防棚里唱歌，直唱到第二通鸡啼。"使作品充满浓郁的诗情画意，使小说的氛围和内涵更好地展现出来。

三、真实性的内心情感世界

在书中，作者通过细致的心理描写表现了人物的性格特征和崇高品格，让我们走进了一个个战士内心中丰富的情感世界，例如：

丽达受重伤后，准尉内疚地说："我害了你们，将来有人质问我：你们这些男子汉怎么搞的，为什么没有把我们的妈妈保护好，使她们饮弹而死呢？我怎么回答他们的质问呢？"丽达平静地回答；"为什么要这样说？事情是明摆着的，战争嘛，我们是在保卫祖国。"这段对话充分表达了准尉和丽达崇高的思想境界。

索尼娅被敌人杀害时，准尉说："是啊，她还会念诗呐。"然而他心里却在想：这不是主要的。主要的是索尼娅能够生儿育女，传宗接代。可是现在这根纱断了。在人类这连绵不断的棉线上，一根细小的纱被一刀割断了。准尉的内心独白表现了他对侵略战争的憎恨，以及从索妮娅脚上脱掉鞋子，嘉莉娅出于对战友的人性关怀，不准瓦斯科夫那样做，嘉莉娅不愿穿鞋，宁愿光着，可作为指挥员的瓦斯科夫只能为活人着想，别无其他选择。短短几句对白生动细腻地描绘了三个人不同的情感世界。

瓦斯科夫送走了他最敬佩和亲密的两名女战友后，虽然感到伤心和孤独，但更伟大的责任感爆发了，他要用自己的全部精力去保卫俄罗斯，去消灭那十一个敌人，他孤胆闯入德寇正在睡觉的列贡特隐士院，先刺死一名岗哨，然后一个箭步冲进室内，击毙一个没有睡觉的敌人，手里挥舞着手榴弹向敌人大喊大骂，迫使吓破了胆的敌人乖乖用皮带互相捆绑起来。当他把最后一个敌人捆好后，他哭了，我们读者也泪流而下！

四、语言朴素，人物立体

小说中无论是肖像刻画还是景物描写都十分简练、含蓄。如描绘嘉莉娅“瘦小的个儿，鼻子尖，头上两根麻绳似的小辫，胸部像男孩子似的平坦”，写热尼亚“修长的身材，金色的长发，雪白晶莹的皮肤。一双稚气的眼睛，绿莹莹的，圆得像小碟儿一样”，寥寥数笔就将人物的外貌特征勾勒出来了。再如写过沼泽“泥沼地上郁积着一股潮湿、腐臭、令人窒息的气味；成群结团的春蚊执拗地追逐着喷散热气的人体。泥沼里烂草腐藻的臭味呛人”，写发现敌人“丛林寂静下来。喜鹊喳喳叫着飞向远处，十六名德寇，小心翼翼地向四下张望，沿着河岸慢慢走”，这些景物描写都抓住了主要特征，给人以鲜明印象。

作品语言极富幽默，如描写小说中主人公准尉和几个女兵们朝夕相处时那些惹人发笑的场景，读起来使人感到轻松愉快。此外，作者还善于运用个性化的语言突出人物的思想感情。如准尉话语果断、粗犷、时常带有威严的命令口气，热尼亚说起话来大声大气，活泼调皮，让人喜爱不已。

五、对比运用，凸显美好

小说本身描绘出了一个非常具有对比效果的剧情——弱小的女人们参加强大的战争。这本身就是一个戏剧点。同时，我们知道：在真实故事中原本是男兵，而作者却写女兵，这样又构成了一个鲜明对比，从而突出了国之英豪为国家、为民族奋斗抗争的故事和爱国情怀。再者，小说中纯净的白桦林，姑娘们美妙的歌声，每个姑娘死去之后闪到空间美好的片段，这些都运用了对比，更凸显了美好的东西被撕破给人看的痛惜，这浓厚的悲剧美也印证了“悲剧，就是把美好的东西毁给人看”。

看了这部作品让我想起，在中国的抗日战争、解放战争中也有一群女兵，她们是女儿、是母亲、是妻子，也在为中华民族的存亡而战斗着。我们是生活在和平年代的人，对于战争，我始终无法体会面对着死亡考验的那种感觉，我们应该认真思索在那个血雨腥风的年代，他们所经历的那些严峻岁月，始终要对那些英雄怀着深深的敬仰。

战争很残酷，对人民、对卷入战斗的军人。战争是嗜血的狂魔，吞噬着人的生命。好在我们生活在革命先烈用鲜血和生命换来的和平国度，远离战火硝烟，人民安居乐业，追逐自己的梦想。但我们仍须居安思危，牢记为祖国献出生命的英烈。

郁达夫在纪念鲁迅大会上说：“一个没有英雄的民族是不幸的，一个有英雄却不知敬重爱惜的民族是不可救药的。”我作为一名普通的高校学生，通过阅读这部作品，深深地领悟到我们应该好好珍惜今日的和平生活，努力为社会、为国家的发展添砖加瓦。

作者系文法学院汉文1801班学生

论《这里的黎明静悄悄》中的悲剧之美

□ 朱雯玉

鲁迅曾说："悲剧将人生有意义的、有价值的东西毁灭给人看。"这一点在苏联作家瓦西里耶夫以苏联卫国战争为背景而创作的《这里的黎明静悄悄》中体现得十分明显，小说描写的是1942年卫国战争中的故事，以小说男主人公华斯科夫准尉为中心，与其所带领的两个班的女机枪手一齐同德国空降部队展开殊死搏斗最后全部牺牲的故事。小说的创作原型来自瓦西里耶夫曾经听闻的一个在卫国战争中发生的真实事件：五个士兵为抗击德军进入沃比湖畔而献出了他们年轻的生命。真实事件中的原型本是五名男兵，但是瓦西里耶夫将其进行转化，改写为五名女兵，在小说中不但刻画了女兵殊死搏斗时英勇不屈的顽强一面，还通过蒙太奇的手法将女兵的回忆与故事串联，将女兵们柔软的内心展现在世人面前，在这样的强烈对比中，更加凸显出女兵牺牲的惋惜和遗憾，正是这种读者渴望女兵战胜德国空降兵活下来的希望与女兵最后英勇牺牲之间产生了矛盾，才使得这篇小说具有别具一格的悲剧意味，使人读来不由得感叹女兵护国之伟大与生命易逝之脆弱。《这里的黎明静悄悄》以战争中刻画女性命运与情感为焦点，通过情感、环境、语言等方面来深度展现女性个体生命价值在抗争与死亡中的涅槃之美，使小说充满令人震撼的悲剧之美。

一、蒙太奇下的情感之美

虽然《这里的黎明静悄悄》描写的是战争中的故事，战争总是无情的，但作者极力地刻画女兵们的内心情感，在作品中体现出了强烈的情感之美，尤其体现在对于女兵过往描述上，作者通过蒙太奇手法的运用，将五个姑娘的回忆巧妙地穿插在作品叙述之中，生动展现战争前后，女性心理和情感上的转变，积极把握人物细腻的情感，从微小处着眼，以女兵们对待生活和祖国的热爱之情反衬出战争的残酷与无情，从而引发读者共鸣，产生对战争的反思和对和平的追求。

蒙太奇手法是小说中借以追溯女兵过往，表现情感转变的重要工具，蒙太奇（法语Montage）是音译的外来语，原为建筑学术语，意为构成、装配，电影发明后，又在法语中引申为“剪辑”。在小说中，作家瓦西里耶夫用大量笔墨来描写女兵在战争发生之前的故事，如女兵索尼娅天真烂漫的校园生活、女兵丽莎与猎人的交往故事、嘉莉娅的孤儿院生活以及一些浪漫的爱情故事。虽然女兵们之前的生活不是尽善尽美，但是从她们对生活的热爱和乐观可以看出她们对生命的珍惜。作者将女兵们的回忆串联起来，组成一首浪漫的回忆曲，把一个个曲调勾勒得动听、浪漫，表现得让人神往、陶醉，着力刻画出女兵们在战争来临之前的灵动活泼和战争来临之后的果敢坚毅。描写完女兵们的美好生活之后，作者随即将视线拉回残酷的战争之中。体现出女兵们在现实面前，为国捐躯的英勇无畏。在整部作品中，作者从没有用语言来表达女兵们思想和情感的转变，而是通过潜藏在文字背后的情感来反映女兵形象的转变。爱森斯坦曾经说过：“连接行序列时，效果不是两位数的总和，而是两位数的乘积。”瓦西里耶夫通过将美好回忆片段和残酷战争现实进行拼接，实现了一加一大于二的效果，使人们的反法西斯情感更加强烈。这种蒙太奇式的表现手法使得对照更为强烈，展现出细腻的情感之美。

二、女性形象下的悲剧之美

小说的开头并没有把女性形象塑造得多么崇高和伟大，反而仅仅用“不喝酒的”“不搞女人的”等词汇来修饰这群女兵，许多初读此书的读者会感到一丝不知缘由的贬低情感，但是随着情节的推进和发展，女性形象逐渐显露，并且体现出独特的形象之美。这种悲剧形象之美既体现在女兵战斗过程中的乐观和坚强上，还表现在女兵们为了战斗而牺牲的美好幻灭之中。

首先是女兵战斗过程中的乐观和坚强。当华斯科夫准尉带领女兵们横穿沼泽地时，她们没有表现出退缩和胆怯，当敌人出现时，她们又化作智慧的化身，随机应变地伪装成伐木工人，甚至马上为自己编排一组普通农家妇女在河边嬉戏玩耍的“戏码”，当与敌人兵刃相接时，她们始终高昂起稚嫩而又坚定的脸庞，高傲地坚持到生命的最后一刻。文中曾多次描写出女兵们的乐观和坚强。如“她笑了，她们都爱笑，到现在也没有改变”“真不赖，还开玩笑呢”！这些描写都出自全面戒备的战争时刻，索尼娅作为翻译而同行出征，在夜幕即将到来的时刻，在放哨的间隙，她仍然手捧诗集，朗诵着与周围紧急环境不相契合的唯美诗句。这足以见得不论战争多么残酷和无情，都无法浇灭女兵们对生命的热爱和未来的向往，在这些描写中，一个个鲜活灵动的形象跃然纸上，体现出了蓬勃的生命力。

其次女性的形象之美还体现在她们为国捐躯，鲜活灵动的美好幻灭使读者再次感受到女性形象中的悲剧之美。美学史上将人体看作自然美之最高形式，死亡表征生命的终结与美的毁灭，所以当五位女兵接连死去时，这种美好的幻灭就使得她们的形象笼罩上了一层深厚的悲剧之美。在文章即将结束时，华斯科夫准尉与奥夏宁娜的对话中体现出了对女性生命逝去的悲伤和遗憾。华斯科夫准尉说：“如果将来有人问我：为什么你们男人们不能保住我们妈妈的性命，让她们死在枪弹下？你们为什么让她们跟死神结婚，自己倒活得好好的？”这一段强烈地体现出女性是为了爱与繁衍而来到这个世上的，最后却因为战争而被摧毁，在这种生命的消失中赋予了作品深厚的道德意义和对法西斯的强烈批判色彩。

三、人物语言的个性之美

《这里的黎明静悄悄》围绕华斯科夫准尉和五个女兵展开，这篇小说简短而精致，每个人物的性格都有其特色，作者通过语言塑造出了独具个性的人物形象，王国维曾提出“隔与不隔”论，认为不隔是指文字运用得恰到好处，使读者能够直接感受到诗句中所蕴含的内涵，而不感觉到丝毫的障碍。瓦西里耶夫则做到王国维所说的“不隔”，在他的笔下，每一个人物的性格都表现得淋漓尽致。如嘉莉娅在躲避德国空军时表现得十分紧张，使得她没能压抑得住自己的恐惧情绪而向准尉跑去，她大叫一声“妈妈”，这也成了她去世前说的最后一句话，她的这句话可以完美地与之前她在孤儿院的回忆以及她编造自己有妈妈的事情衔接起来，嘉莉娅是一个缺乏母爱和关心，渴望被爱的人，虽然她很小就失去了母亲，但是在生命的最后一刹，她还是喊出了她深藏心底的名字，体现出了她人性最深处的渴望，期待家庭温暖的真情。

除了嘉莉娅，小说中还有一段对白令读者难忘，那就是奥夏宁娜与华斯科夫的对话。当华斯科夫对战争发出质疑时，奥夏宁娜说：“别这么说，祖国首先指的不是运河，完全不是。我们保卫的是祖国，其次才是运河。”这一段对话既展现出了华斯科夫对战争的困惑和让队友受伤的自责与内疚，又体现出了奥夏宁娜在保卫祖国面前不输男子的英勇气概。奥夏宁娜的语气平静，话语朴素，但读来让人感到情真意切，产生共鸣，激发出强烈的爱国之情。除了嘉莉娅和奥夏宁娜，小说中还有多处使用人物语言展现女性的命运和情感，淋漓尽致地展现出女性战士们的柔弱与坚强，使得悲剧色彩和英雄主义充斥着整部作品。

《这里的黎明静悄悄》有两层含义：第一层含义顾名思义，华斯科夫准尉与五名勇敢坚毅的女兵在静悄悄的树林里同德国敌军进行了殊死搏斗，对于仅有六个人的小分队来说，每一次黎明的到来都是一次莫大的胜利。第二层含义是对于战争结束，平静生活的向往，黎明预示着战争的胜利，静悄悄预示着生活的平静和舒坦。作者通过一语双关，运用蒙太奇的手法、细致的人物描写、具有个性的语言描写将20世纪的这场战争表现得淋漓尽致。瓦西里耶夫在批判法西斯战争残酷的同时，通过苏联五位女兵生命消逝的悲剧反映出苏联人民为战争而付出的巨大牺牲和惨痛代价。正是五位女兵美好生命的终结，给这部作品笼罩上了一层悲剧的忧伤。

作者系文法学院汉文1804班学生

终将到来的春天

——论《这里的黎明静悄悄》的艺术与历史价值

□ 任红亮

日月荏苒，世界巨变，战争遗留下来的创伤逐渐愈合，可是怎么也抹不平那段惨痛经历给人们带来的精神伤害。文学作品的表达在一定程度上就是要保留它的历史真实性与时代意义，时刻警示着人们。

鲍里斯·瓦西里耶夫的中篇小说《这里的黎明静悄悄》，原名《不曾有过的春天》，取材于苏联卫国战争时期的一个真实故事，只不过作者将原型中的男士兵塑造成了女战士。小说以苏联准尉瓦斯科夫带领五名年轻善良的少女同残酷的法西斯匪徒殊死搏斗为主线、以年轻女士兵的回忆为支线、以其壮烈牺牲为结局，猛烈批判了法西斯战争的残酷，反映出苏联人民为战争付出的巨大牺牲。作为一部战争题材的文学作品，《这里的黎明静悄悄》以丰厚的文学价值及深刻的历史意义，给我们带来了强烈震撼。

一、战争中的玫瑰，展现英勇精神

小说以准尉瓦斯科夫接到上级命令——接受指派来的两个班的“兵力”情节开篇，并简单介绍了五个年轻女人的出场，“门前站着两列睡眼惺忪的姑娘”。很显然，作者并没有试图将这几名女兵塑造成身经百战、所向披靡的将士，而是从“不愿到别人家里借宿”“紧绷绷的军装”“有一半的人双脚裹着薄丝袜，直接往靴子里蹬”等细节中体现出“她们是些爱吵爱闹的调皮丫头”，不懂得什么作战技巧，为后文她们悲壮牺牲的结局做了铺垫。即便后来在追查德寇踪迹的惊险途中，她们仍是一副天真无邪的面貌，会有意装傻询问瓦斯科夫什么叫“拐”，会在泥沼地里手忙脚乱地捞靴子……可正是这样一群什么也不懂的少女，在战争中比谁都勇敢。

结局令人唏嘘，叫人惋惜。最终这五名女兵以战死丛林为结局。丽达身受重伤，为了不拖累准尉，毅然开枪自杀；善良的热尼亚在同敌人进行激烈的阵地战过程中，为掩护战友而壮烈牺牲；丽莎在前往村子的途中不幸陷入沼泽地，惨遭遇难；嘉莉娅被战友的死惊吓得失了神，在躲避敌人搜查过程中不幸丧命；索尼娅在敌人迂回包抄中，被敌人用匕首刺破了胸膛。

从稚嫩天真到惨遭磨难，这些女兵始终没有放弃，一直在与不公平的命运抗衡。瓦西里耶夫说：“妇女的使命是生育，是延续生命，不是战争，不是死亡。”在我们的传统观念中，战争永远是男人间的较量。也正因如此，战场上的姑娘们才显得尤为璀璨。但实际上，自古以来就有女性从军。例如，中国古代巾帼不让须眉的花木兰替父从军，如今抗疫中的女护士、女医生挺身而出，同时，其他国家也有大量女兵浴血奋战的例子，她们或穿梭于枪林弹雨，不惧牺牲；或坚守后方妙手回春，无私奉献。总之，女性在战争中的作用不容小觑。在这里，我们暂且不阔谈女性力量在战争中所起的作用，就单从战争迫使女性拿起武器走上战场这一角度来看，小说以突出的女性个体生命价值这一特征，就足以屹立于世界文学之林。瓦西里耶夫之所以将原型中的男兵写成女兵，目的就在于突出其中的悲剧性，增强其感染力。这也是读完这部作品之后，给我们带来的最大心灵震荡。事实上，血肉横飞并没有让这些姑娘花容失色，反而让其更加娇艳夺目，我们从文中真切感受到了这些战地玫瑰的英勇无畏与热烈忠诚的爱国精神。

二、语言简洁幽默，文章意蕴深长

语言是文学的载体，失去语言符号，文学形象就无法塑造，文学作品的艺术世界也就无法建立。我们说文学语言的主要目的是创造具有生命形式的文学作品，能够生动表现出生命形式的质感和神韵，有气韵生动之美。虽然《这里的黎明静悄悄》没有华丽的辞藻加以点缀，但是其语言最突出的特点在于简洁凝练且不失幽默。

小说主要以对话形式呈现，具有较强的口语色彩。而人物语言的口语化能够突显人物的性格特征，展示人物心理活动的变化，恰当地表明人物的身份地位。例如：文中多处以费多特·叶夫格拉费奇简洁的回答，将他是一个“一生都在执行命令”的人，“不折不扣，雷厉风行，心满意足地执行命令”“像是一架庞大而精心安装的机器上的一个传动齿轮”的形象生动地刻画出来了。

此外，文章语言也非常幽默有趣，仿佛给这沉重的战争氛围增添了几分人情味。这尤其体现在准尉瓦斯科夫和这些女人前期相处当中。在他们初次见面时，文中写道：“起初，准尉还以为自己准是睡糊涂了，使劲眨巴眨巴眼睛，等定睛一看，这些个战士的军装上某个部位确实是高高地耸起着……”这里“眨巴眨巴”的神态动作将瓦斯科夫不敢相信“眼前居然站着的是一群穿着短裙的女兵”这一事实表现得生动有趣，而副词“确实”的使用强调了是瓦斯科夫定睛观察后确认的结果。包括后文日常相处中，这些女生奇奇怪怪的问题让瓦斯科夫手足无措。“去采野果也不行吗？”“那么可以挖野菜吗？”等一连串令人发笑的问题一直环绕在瓦斯科夫的耳边，也让读者在阅读时真实体会到了他的无奈。

小说不少地方留有引人沉思的文字，使得文章意蕴深长。“可是这又能怪谁呢？莫非怪那头粗野的熊……”显然这里的“熊”另有所指。文中写到丽达实现自己的愿望时，“甚至连丈夫的死也隐退到记忆深处。现在她有了工作、职责，她报仇雪恨的目的完全有了实现的可能。她学会了无声而又无情的仇恨……”战争让丽达失去了幸福的家庭，从此变得不幸，也让原本无忧无虑的少女最终在一场场战争中麻木了内心。仿佛战争将人置于尘埃底下，就连最爱的人也不敢回忆，因为回忆太过沉痛。小说结尾处“我今天才发现，这里的黎明是那样的静悄悄，静悄悄……”照应标题，且具有深层意蕴。到底是哪里的黎明？是指战士们作战时丛林的黎明，还是指战争结束后的和平安逸生活里的黎明？

三、“以静衬动”手法，凸显战争激烈

为了营造惊心动魄的丛林阻击战，作者将整个作战过程置于“静悄悄”的环境氛围当中，通过“以静衬动”的写作手法，从侧面突出战争过程的激烈。这样写的好处就是作者并不直接说明战争的紧张，而是通过含蓄的笔法，让读者身临其境地感受到瓦斯科夫与那五名女士兵作战的艰辛与困难，从而歌颂他们保家卫国的英勇无畏之精神。

文中在写到丽达偶然发现德寇时，“这里的黎明静悄悄”交代了时间，读者据此可以推测周围可能是昏暗的，为后文提到丽达也不确定到底是不是只有两名德寇这一情节赋予了一定的合理性。“赶紧一步闪过树丛……她屏息凝神……注视着这个陌生的人、伫立不动的人……”“用拳头堵住自己的嘴，牙齿咬得手直疼……”这里一连串动词将人物迅速掩藏的动作及神态刻画得栩栩如生，从“洒她一身寒露，可是她毫不察觉”凸显了当时情况十分急迫，可能一不小心便会酿成大祸甚至丢了性命。在部队来到丛林，意外发现等着他们的根本不是两名德寇侦察兵，“十二……十四……十五,十六……十六个，准尉同志……”而是十六个手执冲锋枪的德寇。然而作者搁笔，没有就这一情节往下写，而是转笔描述了周围环境，“丛林寂静下来，喜鹊喳喳叫着飞向远处”，作者巧妙运用蒙太奇的手法，将读者视角转向这片寂静的丛林，与此时正埋伏着的瓦斯科夫和这五名女士兵的紧张心境形成鲜明对比。正式冲锋对战时写道“空地上一片死也似的寂静”，这里瓦斯科夫的计划已化成了泡影，用周围环境的特点来写人物内心的绝望与凄凉，悲剧意味更加强烈。“一切都停滞了……一切都像在梦里……”仿佛在说这场巨大的战争凶残到令人发指，这所有的一切一点也不真实，充满兽性的德寇残忍得让人觉察不到半点人性！

四、批判战争残酷，揭示人性主题

硝烟弥漫，国破家亡，战争惨烈，人性遭受摧残。文学作品中蕴含着作者对社会生活的认识，在作品中会有某种倾向的表达。著名文学家巴尔

扎克把文学作品看作映现一个民族生活和思想的“镜子”，《这里的黎明静悄悄》就是一部具有鲜明的现实主义风格的文学作品，意识形态色彩浓厚，始终贯穿着对人性的思考，具有强烈的人性意识。这一内容是以一群女兵在对美好生活的憧憬中体现出来的。她们善良的个体与残酷战争本身产生了强烈反差，尤其最后，生命被战争无情地吞噬了，这作为一种控诉，直击人们内心，给人以强烈的震撼，从而深刻揭示了人性关怀的主题。

“缀文者情动而辞发，观文者披文以入情。”瓦西里耶夫以战争中妇女的悲剧为小说结局，用凝练的语言、以静衬动的手法将紧张激烈的战争场景描绘出来，读者仿佛身临战场，亲历了战争炮火的无情，读完让人痛心不已。小说原名《不曾有过的春天》，从标题我们便能体会到作者对法西斯战争的痛恨与批判，现名为《这里的黎明静悄悄》，让读者体会到了瓦西里耶夫对和平世界的期盼。笔者将本文标题起名为“终将到来的春天”，意在回应作者：历史的齿轮会不断向前，人们会牢记历史，不忘使命。相信春天终将到来，而这里没有战火，没有流血，寂静的黎明下也会是一幅人民安居乐业的繁荣景象……

作者系文法学院汉文1804班学生

英雄无名，其功永铸

——浅评刘醒龙长篇小说《天行者》

□刘　璐

作为20世纪末最重要的文学景观之一的“现实主义冲击波”给予当时的文学界以令人震撼的“冲击”之效，在世纪末的文坛上留下一抹与众不同的色彩。刘醒龙曾被视为现实主义冲击波的推动者之一，他总是饱蘸叙事激情并以坚实功力塑造了一个又一个鲜活的人物，传达出对社会底层群众的悲悯，以及对那些被遗忘在偏僻角落的民间英雄的讴歌。这一点在他的长篇小说《天行者》中被展现得淋漓尽致。

《天行者》讲述的是一群被人们逐渐遗忘了的无名英雄的故事。作者聚焦乡村民办教师的生存实相和精神境遇，既展示了乡村底层知识分子的生存困境与精神侧影，又道出了乡村文化启蒙的艰难之路。“献给在二十世纪后半叶中国大地上默默苦行的民间英雄！”这本书正是写给那些逐渐被人们遗忘的民办教师们的，在那个贫苦的年代将文明传播到中国的每个角落去，让孩子们褪去蒙昧，在他们心中埋下敬重知识、热爱文化的种子。

一、自强不息，直面生存困境

界岭小学坐落在大山深处，这些散播文明火种的民办教师们不仅要忍受得了极其恶劣的自然条件，还要能够默默咽下清贫的物质生活带来的苦难。夏季的界岭山洪频发，冬季雪下大了路都封了，夜晚野狼成群出没……山高路难走，孩子们放学后是三位老师们一个个带队把孩子们送回家。作为民办教师，他们的每月工资只有70元，远远达不到当地公办教师的薪资水平。工资由县财政和村委会共同承担发放，可由村委会承担的一半工资经常被拖欠。虽然生存的压力早已压得他们气喘吁吁，但知识分子的品格与身为教师应有的担当使得他们义无反顾。他们不仅会将自己工作之余辛苦赚来的外快贴补给学校，也会在上课之余想尽一切办法帮助孩子们上学，完成教学。余校长不仅要照顾寄宿孩子们的衣食起居，还要照顾瘫痪在床的老婆明老师。为了给孩子们改善伙食，余校长会养一些猪，就算自家地头里的红薯还没成熟长大，也不得不挖出来，只为了给孩子们充饥。孙四海本以为今年的一窖茯苓终于能卖个好价钱了，但为了修缮校舍以保证冬天学生上课不挨冷受冻，孙四海还是将这一窖茯苓提早卖了钱来补贴学校。没有余钱买书，余校长就自己动手油印书本，或者由老师带领学生们上山采药换钱去买书。

与生活上的困窘相比，作为民办教师不得不承受着双重身份带来的心理压力。刘醒龙通过描绘人物自身困顿的精神面貌，展露出独属于民办教师身上的光辉，进而探究他们作为乡村知识分子所带来的贡献、价值和意义。转正不仅是所有民办教师们孜孜以求的梦想，也是他们内心深处最深沉的伤痛。“民办教师亦教亦农的身份，使他们几乎要成了农村里的赤贫阶层。并且，这种‘赤贫’的身价，又连锁反应导致了世人对民办教师的鄙视，乃至欺凌。”听到身为教育站站长的舅舅只给自己谋了一份民办教师的工作时，张英才的自尊心不断作祟，忍不住对母亲吼道：“收拾个屁！也只有你哥哥想得出来，让你儿子去当民办教师。”这句吼声里尽显民办教师这个身份的尴尬。双重身份下的他们一方面要承受繁重的教学任务与微薄的工资间所形成的收入与付出不对等的关系；另一方面，要默默忍下教师崇高的使命与被忽略的尊严间的失衡。他们做着教师教书育人的工作，却被一双双无形的手无情地推出体制之外，工资被拖欠，遭受“村阀”的冷嘲热讽。所以整本书也是一直围绕民办教师的转正问题来写的。第一次是因为张英才在报纸上发表的文章产生了轰动效应，因此上面给界岭小学分配了一个转正名额。四个教师之间互相谦让，最终这个大家翘首以盼的机会落在了张英才的头上。第二次，蓝飞利用余校长不在学校的机会，瞒天昧地，公权私用，私下将上面分配的转正名额收入囊中，在唯一一份转正申请表上填上了自己的名字。第三次，所有人迎来了转正的机会。但是，所有人都需要交上巨额的金钱买断自己的工龄。看似喜从天降，实际上又是当头一棒。薪水微薄，工资又常常被拖欠，长期在贫困中挣扎的他们手中哪有余钱来买断工龄？只有转正才有余钱，没有余钱不能转正。这种充满尴尬的现实境地既是对乡村知识分子命运的反讽，也是对集体遗忘甚至排挤民间英雄的尖锐讽刺。

二、厚德载物，执着乡村教育

对于民办教师这样一个曾经为整个国家的基础教育、文化启蒙做出过巨大贡献，却被社会与集体逐渐遗忘的群体，作者时常愤懑地感慨道："作为乡村知识分子的这一类教师，一切的乡村奇迹的酝酿与发生，本应当首先归功于他们。然而荒诞让历史与现实一次次无视其伟大得不能再伟大的贡献，以至于沦落为被人拒绝理解的地步。"从民办教师到民间英雄，作者看到了他们身上存在的令人感佩的奉献精神与浩然之气。作为乡村的掌灯人，他们既亲历了贫瘠的乡村生活，又为乡村去除蒙昧，将文明之火散播漫山遍野。在物质与精神的双重困苦之下，他们依靠着良心与情感，几十年如一日地坚守在山村，以自身的知识与精神烛照蛮荒落后的乡村，在为他人带去力量的同时，自己也在不断成长。

"这么多孩子，不读书怎么行呢？拖个十年八载，未必经济情况还不会好吗？到那时再享福吧。"这句看似简单朴实的话彰显了民办教师对使命与责任的承担。因为良心，他们对"村阀"余实的儿子余壮远仍然精心辅导，并且把他的文章推荐给省城的老师。这些行为并不是一种隐含利益关系的关照，而是完全出乎教师的职责。为了学习更先进的教学技能知识，余校长不惜在省城的实验小学当了一学期的门卫。实验小学的老师上课了，他会悄悄站在窗外、门外静静看着，反复窥探、学习各种先进的教学经验和方法。等到放学后学校里没人了，余校长甚至会对着无人的空教室试讲，希冀能更好地教育自己的学生。

在三位老民办教师的身上，我们不仅看到了民间知识分子的善良、质朴与牺牲，更看到了厚德载物般的教育情怀。小说中，作家多次借人物之口说道：“想说界岭小学是一座会显灵的大庙，又不太合适，可它总是让人放心不下，隔一阵就想着要去朝拜一番。你要小心，那地方，那几个人，是会让你中毒和上瘾的！”他们的行为与品格不仅影响了周围的人，还影响了下一代人。对周围人如到界岭短暂执教的张英才、夏雪、骆雨及蓝飞等人产生了横向影响。起初，他们几个人各自抱有不同的目的来界岭执教。其中，张英才和蓝飞是为了获得民转公的资格；夏雪是为了逃避情感上的烦忧，找到内心的宁静之地；骆雨则是为了加分保研。当他们由于不同原因不得不离开界岭时，显然已经中了界岭的“毒”，在精神上渐渐认同、靠拢老民办教师们。他们的短暂执教在为界岭送来外界新奇知识的同时，自身也得到了救赎。例如，以不光彩的手段转正的蓝飞最后到官场中沉浮，他为界岭小学的重建、界岭村主任的选举积极奔走，不仅仅是为了减轻自己内心的歉疚，还是为了以其他路径来助力界岭的教育。老民办教师通过言传身教启迪着下一代。叶萌的知恩图报、叶碧秋的自尊自爱、李子的乖巧懂事……在贫瘠的教育资源下，虽然他们的成绩可能比不上山外的孩子，但他们的人格有各自熠熠生辉的地方。

三、上下求索，心系民族前途

《天行者》从宏大的政治、文化以及时代变革的历史进程出发，深度把握了民办教师的历史命运，深入窥探了民办教师的文化心理。他们之所以执着乡村教育事业，不仅是为了实现界岭村高考零的突破，改变外界对界岭人的看法，更是肩负着传授知识与文明，实现中华民族伟大复兴的使命。

作品中写了十几次升国旗、降国旗的仪式。难道这种庄严的仪式只是为了遵守上级的规定吗？与其说是为了遵守规定，倒不如说是界岭的老师们希望在一次次升旗仪式中完成对学生们的精神启蒙，孩子们是民族的未来。界岭小学每天风雨无阻地在笛声的伴奏下举行升国旗、降国旗的仪式，表明了民办教师们执着捍卫知识的崇高尊严，在民族的新一代心中树立起知识与文明至高无上的形象。

界岭这为外人所看不起的“苕”的乡土形象在界岭自己人的重新参悟与定义下有了不同内涵。某天放学后，余校长在省实验小学空教室模拟讲课中，对“苕”和“傻”进行了辨析，将带有贬低、挖苦意味的“苕”注入正面解释，引申为“界岭人生生不息的精神象征”。“苕和傻，虽然同义，在使用时，前者要比后者夸张，意味也大不相同。当一个人对另一个说你真傻时，含义里往往多为惋惜。当一个人形容另一个人是女苕或者男苕时，就不仅仅是惋惜了。而是这个人在表达自己的见识，张扬自己的个性，同时也在试图确立自身居高临下、对方必须听从指挥的态势。所以，当别人说这句话时，往往是对方的主观炫耀，实在没必要太悲哀。”“苕”是乡土的，是独特的，以自强不息、坚韧不拔成为独属于乡村的精神表征。余校长的这番激情陈词体现了教师对学生进行精神抚育的职责。只有能正确认识“苕”的独特价值，孩子们才是真正成长了。走出大山并不是抛弃大山，而是以大山的滋养走得更远、更有力，并回过头来反哺大山。因此我们可以这样说，摆脱贫困并不是急于逃离贫瘠的家乡，逃避贫困的过去，而是应该感谢贫苦的生活对意志品质的磨炼，这些都是不可多得的宝贵精神财富。以余校长为代表的民办教师们为什么愿意守在这一方艰苦的天地里传授知识与文明？不仅是希望孩子们靠着知识走出大山，活出自己的人生价值，更怀揣着为了整个民族摆脱愚昧与贫困的愿望。孩子们是民族的希望，只有孩子们一步步学知明理，民族才能一步步摆脱贫困与愚昧。

“教师是人类历史上最古老的职业之一，也是最伟大、最神圣的职业之一。”当下，我们的教育事业和我们的现代化建设已取得重大成就，已不可与20世纪八九十年代同日而语。吃水不忘挖井人，我们在享受改革开放的成果时，绝不能忘记那些曾经为我国的教育事业和现代化建设在极其艰苦的环境里担负着为义务教育阶段的一亿几千万农村中小学生“传道授业解惑”重任的民办教师。

在界岭的故事中，我们既看到了乡村知识分子真实的生命状态——贫苦、困窘，又透过文字窥视到底层知识分子面对生存与精神困境时，那份坚守理想的执着与坚韧。我想，作者写作这部长篇小说的意义在于提醒我们不要忘记那些为民族复兴做过贡献的民办教师，感受并学习他们身上那种坚强自尊、催人奋进的力量。在现代社会里，这种自我牺牲式的英雄并不为人所追捧，倘若无人发声，无声者将更加无声。英雄无名，我们便将他们的功劳记载下来，传承千秋万代。

作者系文法学院汉文2002班学生

浅谈刘醒龙《天行者》无穷韵味之所在

□ 肖慧姣

“献给中国大地上默默苦行的乡村英雄的悲壮之歌”是《天行者》获得茅盾文学奖的颁奖词，该书聚焦20世纪90年代贫乏的乡村教育下民办教师这群苦行人的生存困境和内心挣扎，讲述了一群在界岭小学为教育事业无私地做出贡献的民办教师围绕转正而发生的辛酸故事，展示了中国乡村社会的一隅。反映特定历史时期的社会现象并传递坚韧向上的精神是该书荣获茅盾文学奖的理由之一，而其成功之处还在于刘醒龙对内容题材的艺术加工和精心设计。刘醒龙以细腻而真实的笔墨立体地刻画了人物形象，凸显了主要人物性格的两面性和成长性；围绕转正这一核心纽带展开故事的叙述，凸显情节的紧凑性和起伏性；在现实叙述中不乏浪漫意象，并赋予其主观色彩，凸显意象的暗示性和象征性。

一、人物的两面性和成长性

福斯特在《小说面面观》中提出了“扁平人物”和“圆形人物”两个概念。刘醒龙利用人物性格的复杂性，将人物原型的多面立体地呈现出来。在《天行者》这部小说中，刘醒龙聚焦的主要人物为民办教师们，其中成功地塑造了两大形象派别即以余校长为代表的老一辈教师与以张英才为代表的青年骨干。

人物的两面性主要体现在界岭小学的“刘关张”三位民办教师身上，在他们身上既有作为知识传递者的英雄人格，也有作为普通人性格里的各种冲突与欲望。一方面，这三人在教育事业上无私奉献，“一般的老师，只可能将学生当学生，民办教师不一样，他们是土生土长的，总是将学生当成自己的孩子，成绩再差也是自己的亲骨肉！”他们真正做到了“教师”二字，称得上楷模；对待朋友忠义、两肋插刀；对待亲人细心、毫无怨言。比如他们都十分疼爱学生，以学生的安全为重，即使是风雪严寒天气，每每放学，他们都要按照惯例一队一队地把学生送到家；余校长一边要照顾瘫痪在床的妻子，一边要照顾寄宿在他家的孩子们，仅有的工资用来改善孩子们的伙食；孙四海两次提前把茯苓卖了，把卖得的钱也是用在了界岭小学上；邓有米冒着被处分的风险为余校长他们筹集转正费等。另外，他们毕生都在追求民办转成公办，为此他们付出了所有，也不得不为转正而放弃尊严与体面。如余校长为了不突出夏雪、骆雨这些支教生在界岭小学的教学成绩，故意将试卷改得严苛，以保留民办教师的脸面；孙四海在得知有转正机会时埋头苦学，但忘记了送学生们回家，以一己之私置学生安危于不顾；邓有米精于算计，却也为了转正走后门去盗砍红豆杉而被派出所逮捕。刘醒龙在赋予这些英雄人物非凡品格的同时，又将他们以普通人来刻画，让他们有人该有的私欲，有鼠肚鸡肠，等等，既能丰满形象，又贴近生活现实。

人物的成长性主要表现为民办教师新生代性格的转变。其中以张英才的转变最为典型。张英才通过自己的舅舅万站长的关系被安排到界岭小学教书，起初，他十分不愿意甚至反感到界岭教书，有以下行为可以得到体现：倒掉余校长发放的早餐，并把碗刷干净后吃起自己带来的皮蛋；心里对明爱芬老师及界岭这个地方的一切嫌弃之感；向县教育局投放告状信，举报界岭小学偷梁换柱，让界岭小学失去了维修费等。前文所刻画的张英才是一个自私、青涩、不明事理、心气高的青年，但有了在界岭小学教书、投稿报社、得到转正机会与到省教院读书的经历后，人物性格得到磨炼，从青年稚嫩的性格逐渐走向成熟。如当因自己的投稿而得到唯一一个转正机会时，张英才把票投给了余校长；在得到转正机会后，母亲让自己大年初二去感谢余校长他们，张英才选择没去，原因是一直以来自己就对他们怀有愧疚之心；最后张英才面对爱情的失败时，既没有发小脾气，也没有与蓝飞发生冲突，而是异常冷静等情节都体现了张英才的转变。最终他变成了一个沉着、冷静、善良、有正义感、富有同情心的男人。刘醒龙通过对年轻一代在界岭小学的成长与思想上的升华，从侧面烘托出了界岭小学“毒”的成效之大，也表现出余校长那些老一辈民办教师们独特的人格魅力。

二、情节的紧凑性和起伏性

小说共分为三个部分：“凤凰琴”“雪笛”和“天行者”，贯穿这三个部分的主要线索就在于民办教师的转正，正如小说中多次提到转正对于民办教师的重要性：“没有转正的民办教师可能连在别人面前笑一笑的权利都没有”“其实民办教师的个人理想就那么丁点小：工资不论多少，只要能按时发；转正不问早晚，只要还有希望”等。

小说情节的紧凑性就体现在紧紧围绕四次转正机会而展开，无任何内容赘余。在“凤凰琴”这一部分讲述了两次转正机会，不仅以张英才的视角为叙事视角，也以张英才的活动与转变连接这两次转正机会。第一次转正机会是由张英才的到来而逐渐揭开的陈年往事，主人公是明爱芬与万站长。万站长明知自己争不过明爱芬，便通过婚姻找靠山，利用不正当手段获得了转正机会。在这次转正中，万站长成了“赢家”，虽然上了乡教育站站长，却背上了良心债；而明爱芬因对转正的执着而坚持要参加转正考试，在坐月子期间蹚水过河，最终落了残。第二次转正机会是因张英才在报社投稿而得到的一个转正名额。大家本想着让明爱芬还愿，可是她终究没有撑到最后的转正程序便离去了，三位民办教师通过商讨，最终把名额给了最为需要的张英才。小说之所以着力描写张英才，不仅是为了人物形象的塑造，也是为了凸显情节的连贯紧凑。“雪笛”这一部分主要讲述了第三次转正机会，这次叙述视角由张英才逐渐转变为余校长。虽然这一部分有许多潜在性线索，如夏雪、骆雨等，但是刘醒龙并没有将他们的故事线扩展开来，而是紧贴着主要线索——转正。这次转正显得极为不光彩，主人公是蓝飞。一来到界岭小学就担任校长助理的蓝飞面对唯一的转正名额，凭借着公章在手的便利，私自填上了自己的资料上报。两位民办教师愤愤不平，余校长学习归来后说出了这样一句话："将死之人都能让她好死，活着的人更应该让他好活。"平息了大家的愤怒。而之后拿到转正名额的蓝飞也如张英才一般受到了界岭小学的"毒"，怀着愧疚之心想为界岭小学做些事，正如下文所写的蓝飞为建设新校舍、为选举村主任而奔忙。"天行者"第三部分讲述的是第四次转正机会。第四次转正是全体民办教师的转正，但有一个条件，那便是交上当民办教师的对应工龄的钱，像邓有米这样懂得积攒的人还好，一洗如贫的余校长和孙四海却犯了难，下文就对民办教师们的各自归属与结局展开续写。

小说情节的跌宕起伏主要体现在刘醒龙先生安排的矛盾冲突上，没有冲突就没有跌宕的情节。而在小说中有最为突出的三对矛盾冲突：一是以村主任为代表的"村阀"与以余校长为代表的民办教师的利益冲突。其中拖欠工资这一问题表现得最为明显，村主任滥用职权，两耳不闻窗外事，与民办教师们对着干，不管民办教师怎样低声下气，始终不改动他的铁石心肠，原文中就有许多描绘民办教师和万站长去讨要工资的情节。二是唯一转正名额下达时，每个人的欲望造成的冲突。特别是蓝飞盖印偷到的转正名额，将民办教师们的矛盾激化。三是城市与乡村的差距造成的矛盾冲突，体现在工资、教学资源、环境等的差距上，比如余校长在实验小学当门卫挣到的工资竟是界岭小学民办教师工资的几倍。

三、意象的暗示性和象征性

小说写了许多意象，如雪、笛声、诗、书籍等，其中，有的意象具有象征意味，而有的则起到对情节的暗示性作用。正所谓："事事有暗示，物物有象征"，在开头时就描绘了张英才与蓝飞去图书馆偷书的情节，而他们偷出来的书就暗示了他们以后的人生走向，如张英才偷出来的书名为《小城里的年轻人》，这就暗示了张英才会步入城市；而蓝飞偷出来的书则是关于宣扬厚黑与官场权谋的，这也暗示了后文蓝飞最终走向当官的道路；此外，孙四海他们常唱的《我们的生活充满阳光》也具有暗示色彩，暗示着民办教师的生活会苦尽甘来，迎来好的结局等。

象征手法是一种常见的文学表现手法，常出现在现实主义作品中。这里主要列举《天行者》众多意象中的三个意象的象征：一是雪。雪象征着纯洁高尚，原文中写道“夏雪记忆中‘界岭的雪是世界上最纯洁的’”，就如同余校长他们的精神品质一般。余校长他们在艰难的条件下始终坚持一个目标：实现界岭村高考零的突破，改变外界对界岭村的看法；在面对自己盼了一辈子的转正机会时，却能忍痛让给年轻人、让给他们认为最为需要的人；在面对张英才、夏雪、骆雨、蓝飞这一批年轻人时，余校长他们也让这批年轻人在界岭小学得到了成长与感悟。同时，雪落在人的身上是刺骨的冷，所以雪还象征着冰冷的现实与转机。小说中的人物、环境都覆盖着一层悲剧感，这也是每次出现大事时界岭都会下起雪来，“大雪的意象，总是出现在人物命运的关键时刻”，就如夏雪父母为界岭小学雪中送炭，校舍的维修与建设不用再压倒在民办教师的身上。二是笛声。在古代诗词中，笛声常见于戍边诗中，其声悲凉，象征着征戍边疆的士兵们对家乡的思念。刘醒龙在小说中将笛声与孙四海这一人物挂钩，笛声即情思。笛声是孙四海与王小兰情感沟通的桥梁，象征着对爱情的诗意与对生活的向往，如孙四海的笛声响起，王小兰就会回望他，两个生活不如意的人互相抱团取暖。除此之外，笛声还象征着孙四海的苦恋与柔情，其中夹杂着悲痛与哀伤。通过如泣如诉的笛声，让读者切实感受到孙四海与王小兰悲苦的爱情。三是狼。在小说中，狼是凶狠的、危害人生命的形象，象征着侵犯人民利益、不注重乡村教育、尸位素餐的人。这类人在小说中的代表便是村主任余实。余实自始至终没有关注村里的乡村教育，甚至为乡村教育制造各种阻碍，如拖欠民办教师的工资、与民办教师作对，等等。刘醒龙在小说的最后点明了家庭教育的重要性，便是结局时给余实的儿子安排了这样一句话：“……还有一个假老子。”其实暗示着余壮远将会成为未来的“狼”。

作者系文法学院汉文2001班学生

春蚕至死，蜡炬化灰

——简析《天行者》师魂魅力

□ 谢明慧

民办教师孜孜汲汲地耕耘在广袤的乡村，支撑起中国农村的基础教育，为中国教育立定户枢不朽之赫功。在极其艰窘的环境里，他们承担着中国上亿农村男筲女筲的教育任务，为乡村开辟了一扇扇通往文明世界的大门。《天行者》用翰墨为底层民办教师塑像立传，他们把自己的芳华通通投入了乡村教育事业中，生活艰虞，饱尝沧桑，但他们活得高尚而充盈。他们身上有着无尽的师魂魅力，令人景仰、钦佩。

一、执着启蒙的传道者

余校长、邓有米和孙四海是界岭小学的“刘关张”，三人同甘共苦，为界岭小学的教育事业默默奉献，以自己独特的教育方式、人生态度为当今文坛塑造了领异标新的“教师群体”。这些民办教师没有高学历，却是农村小学里物质生产与精神文明不可或缺的传道者，他们既要在讲台上教授学生以学识，又要负责勤杂照料学生生活；既要承担教学任务，又要经营农业生产；既要应付教育部门各项指令，又要同村干部不断周旋。作家精巧匠心在于重点乃课外生活的薄物细故，而非课堂过程。

余校长这些民办教师是执着启蒙的传道者，用自己的学识与风骨为知识贫瘠的山村提供文教德化。乡村贫窭、校舍破陋、师资匮寡、薪酬延发、转正关山迢递、村主任余志的欺压、余实闯进课堂挥向蓝飞的拳头皆为他们困厄的生存境遇。虽然现实的重压已经使其疲顿乏倦，但对教育的责任与担当又使其慷慨不顾。民办教师们对待学生像对待自己的儿女一般，在学习和生活方面都矜恤入微。他们高尚的情操、优秀的品质与艰苦的环境、可怜的积蓄形成强烈反差。虽然他们收入微薄，却从未懈怠过；虽然知识有限，却全心投入教学；虽然不是正式编制，却一心为公，扎根乡村；虽然是教师，却把每个学生当成自己的孩子对待；虽然渴望转正名额，却都有着客观公正的心态；虽然生活清苦，却为了教育事业奉献一生。余校长收留那些路远而寄宿的孩子，然而家中仍有瘫痪在床的妻子需照料；民办教师护送一个个孩子走在崎岖的山路上；他们自己刊印教材，用采摘草药的钱换取教材；孙四海用种茯苓所得修理校舍……

物质的瘠贫没有摧垮民办教师对三尺讲台的热爱，他们坚定着为界岭小学奋斗终生的初心。界岭小学只有三个民办教师、百八十个学生而已，然而他们的升旗仪式却一成不变，用此庄严的仪式进行心灵的陶冶。“余校长一声厉喊：‘立正——奏——国歌——降——国旗！’在两支笛子吹出的国歌声中，余校长拉动旗杆上的绳子，国旗徐徐落下后，学生们拥着余校长、捧着国旗向余校长的家走去。”国歌是邓有米、孙四海使劲吹奏的笛声，旗杆是两棵松树捆绑连接起的，国旗被风霜雨雪褪去鲜艳。师生们对于国旗皆襟怀钦敬之忱，“穷且益坚，不坠青云之志”。在这所小学的民办教师心目中，教育是伟大的事业，人的命运决定于教育，界岭的发展、男笤女笤道德的进步与知识的获得皆取决于学校。界岭小学是值得他们一辈子默默奉献、赓续知识薪火的地方。他们这种精神让人钦佩和感动。民办教师们知识有限，对学生却大爱无限。万站长的一席话恰好映照出民师们的高尚风范：“……一般的老师，只可能将学生当学生，民办教师不一样，他们是土生土长，总是将学生当成自己的孩子，成绩再差也是自己的亲骨肉！”

界岭小学的民办教师培育了界岭的精神，执着启蒙传道，如同微光从生命的裂缝中透射出来，让“笤”的前路万丈光芒。此精神便是界岭的精神，为教育事业献身的精神；是界岭的责任，承担界岭孩子们教育的责任。王主任夫妇瞻望咨嗟道：“这三十年来，大半个中国的孩子，全靠你们这些清瘦的民办教师进行精神抚育啊！”

二、舍利取义真君子

穷尽数十年的光阴孜孜不倦是源自对转正魂牵遐思的翘望。对于乡间民办教师而言，转正乃他们毕生期冀和慕求，“早已化为一种心情之癌，成了永远的不治之症”。转正是公正的待遇、提高的地位和获取知识分子自尊自爱的途径。在他们看来，“没有转正的民办教师也许连在别人面前笑一笑的权利都没有”，“不能转为公办教师，我们的命或许就要贬值”，他们又是仁义善良的，当转正机会真的降临的时候，他们毫不犹豫地把幸运的光环戴给了新来的老师，原因只是年轻人更有希望和能力将界岭的孩子带出去。当县上派人下来调研时问及学校需求之时，他们竟然异口同声地要求添置一些新的桌椅。虽然转正早已成了他们的心病，但是学校设备的严重不足和学生的未来人生已经是他们最大的心病。作者言：“我相信，我们这个世界还没有堕落到无可救药的地步，这是一种信仰的力量，人可以不做圣徒，然而不可以没有圣洁的精神。对真诚和善的信仰是生命中最了不起的力量。”“转正”这块验金石直言无隐地验证了他们精魂之纯然高洁。

张英才刚落第时，笃信“死在城市的下水道里，也胜过活在界岭的清泉边”，然而在自己获得了转正资格之后，他却把名额让给了明爱芬，帮她实现遗愿。余校长屡次呢喃自话道：“别的行当越有经验越是宝贝，偏偏只有民办教师越老越不值钱！”“邓有米相信可以花钱买通人情后门，孙四海可以凭真才实学霸王硬上弓，张英才既有本事又有后门，我老余这把瘦骨头能靠点什么呢？”但是在真正投票时，他却将自己的一票投给了张英才。而张英才则将票投给了余校长。仁义之心战胜了对现实身份的渴望。蓝飞私下将转正名额据为己有，几位民办老师在愤懑之余，想得最多的不是报仇，而是对他的原宥，为了蓝飞的前途，他们再次选择了宽容。“将死之人都能让她好死，活着的人更应该让他好活。……蓝老师连恋爱都没谈过，就要背上这些脏东西，岂不是生不如死吗？”邓有米用自己多年克勤克俭攒下来的钱买到了转正指标，然而却没有想象中的兴奋。“只要还有谁没有转正，先转正的人都会日日夜夜地咒骂自己。”一贯谨慎的邓有米拿工程回扣为余校长缴纳转正手续费，被开除公职潜逃……

“二桃杀三士”的故事没有在这里上演，知识分子的温良道义战胜了对私欲的追求。尽管他们强烈渴望改善恓惶窘迫的生活，强烈渴切期盼转正成为公办教师，但是在转正重要节点的抉择上又昭示了他们知识分子对良知与责任的追求，他们是舍利取义的真君子。

三、无私奉献民间英雄

“中国农村的民办教师，一度有四百万人之多。他们在极其艰苦的环境里，担负着为义务教育阶段的一亿几千万农村中小学生‘传道授业解惑’的重任，将现代文明播撒到最偏僻的角落，付出巨大而所得甚少。”他们如同光芒四射的烛光，把人生之路照得耀眼通明，来者从亮光中认识了人生的意义，去者似蜡炬燃尽，照亮了旁人。他们的崇高灵魂得以彰显，无穷魅力吸引与感召着我们。在窘迫的生活环境与精神困境下，民办教师承担起了农村文化启蒙的责任。三次转正背后折射出余校长等人无私的精神风骨和人性光辉。

万站长说民办教师“总是将学生当成自己的孩子”，余校长确实是这么做的。虽然他家中有患病卧床需要精心照料的荆妻与嗷嗷待哺的弱儿，生活十分困艰苦难，但他却承担起寄管十几个学生的重任。而他自己呢？倘若儿子考取大学，“不说每年的几千元学费，单单每个月要吃要喝的生活费，就算将自己少得可怜的工资全给他，也还相差甚远”。余校长为界岭的学生和界岭小学的教育事业倾注了全部心血。他每次领薪水后，都会买些肉给学生吃，过年杀猪时，他还留了一部分猪肉来改善寄宿生的伙食；此外，他将在省城做保安挣的钱用来整修教室的横梁。为了筹钱修缮学校，孙四海把自己茹苦含辛种植的茯苓卖了，原本的收入是用来补贴家用的。明爱芬老师逝世后，参加追悼会的人数超过了参加村里选举筹备会议的人数，村民们送来布料、大米、鱼肉和豆腐鲜菜等礼品，比村主任的葬礼还要隆重。铭心镂骨，感得难忘；结草衔环，知恩必报，明老师为界岭教育所做出的宏大贡献，公共大众会记挂于心，恰似村主任余实所言：“她的教育业绩，将垂范千秋。”

陡峻的山径上，他们照耀知识的前路，愚昧的村庄里激发莘莘学子未来的憧憬，经年的坚守与无私奉献蕴集成为灵魂的沃野，希望就此迸发。“落雪的时候，鸟都不飞，云也不飘，只有界岭小学的笛声还能与雪花一道轻舞飞扬。”余校长的无私奉献使来界岭小学工作的老师都中了“毒”，从张英才到夏雪、骆雨、蓝飞，都得到了灵魂的升华，濡染了正在成长的下一代。所以每一个来这里工作的人，从界岭小学走出来的孩子，如叶萌、叶碧秋和李子，他们知书达理、以德报德、孜孜以求、满腔热忱。他们用自身的朴质仁义、笃志纯良、不亢不卑、诚笃奋进熏陶着界岭小学的每一个孩子，他们口传心授、耳濡目染地影响着孩子们。他们不仅是孩子们知识启迪的领航者，更是孩子们道德的开拓者，无愧为“二十世纪后半叶中国大地上默默苦行的民间英雄”。

《天行者》有一种特有的魅力——“界岭小学之毒”。“界岭小学之毒”，何也？万站长告诫张英才说：“界岭小学，它总是让人放心不下，隔一阵就想着要去朝拜一番。你不小心，那地方，那几个人。是会让你中毒和上瘾的！”“界岭小学这三位，孙老师是‘迷魂药’，邓老师是‘还魂汤’，余校长则是‘迷魂药’加‘还魂汤’炼成的九转十阳膏，无论是哪一种，只要沾上了就躲不开。”刘醒龙认为：“这种所谓的毒，可以看成是，人们总在向往的人格魅力。”界岭小学的几位民办教师具有安贫乐教、舍己为公与无私奉献之精神，“他们什么本钱都没有，就是不缺良心和感情，这么多孩子，不读书怎么行呢？”民办教师是国家发展的特殊缩影，撑起了一代代人的精神脊梁，他们清贫、无助，他们浪漫、达观，他们值得最深的敬意。余校长他们爱界岭，爱界岭的每一个学生，他们坚定地苦守在界岭小学，他们的生命、精神与界岭的一切有着千丝万缕的联系。“界岭的毒”是中国农村民办教师们所具有的一种至死不悔的精神品格，是对传统道义和人文精神的坚守和弘扬。他们可谓之“君子宁为维护尊严而死，不为苟且偷生而寡廉鲜耻”。

从他们一生默默行走在深山中的身影，从他们九死未悔的坚韧挺拔的脊梁，我们窥见民办教师的赤胆忠心和崇高的精神风貌，体悟到乡村民办教师无边无际的师道魅力。

作者系文法学院汉文2002班学生

照耀界岭的民间英雄

——谈刘醒龙小说《天行者》

□田　甜

> 把青春洒在贫瘠的土壤里，只为让他绽放出一朵花，见证我生命的美丽。
>
> ——致所有民办教师

20世纪90年代，中国的师资力量匮乏，在这种情况下，出现了担负着艰巨的农村教育却没有编制的群体——民办教师，他们拿着微薄的工资，生存环境恶劣，但仍坚持乡村的义务教育，刘醒龙先生的《天行者》写出了在界岭默默奉献着青春的最伟大的人民英雄。

一、被界岭唤醒的行者

为什么说是被界岭唤醒?

两次高考失利的张英才被自己的舅舅万站长安排去界岭当老师。出发时，舅舅对张英才说："那地方群众对老师的感情不一般，别的不说，只要身上沾点粉笔灰的气味，再凶的狗，也不会咬你。"这句话完全没有夸张。张英才刚到界岭，学生叶碧秋的父亲就放下手里的活儿，赶来给张英才老师做灶台，细心的他还给老师带了一口锅。此外，界岭小学每日坚持的升降国旗仪式也让新来的张英才动容。支教老师夏雪离开时对学生李子说："你再帮我一个忙，告诉余校长，我将你们的语文作业本带走了，因为它证明了我还有一点人格，还可以继续生活下去。"年轻的夏雪老师在界岭小学获得了精神动力。支教老师骆雨来的时候带了一面崭新的国旗，当看见孩子们没穿鞋上课时，他也脱掉鞋子，体验条件的艰苦，看似作秀，实际上他想做一名好教师，和学生同甘苦。他们背负在身上的教育使命和坚持教育的决心一点一点被界岭唤醒。

作者以教师编制转正为主线，在三次转正风波后，无论是老教师还是年轻教师，都经历了一次又一次的刺激与考验，他们纠结、彷徨、犯错。蓝飞私自造假骗取名额，邓有米为了筹款而伐红豆杉，张英才一封投诉信把界岭小学给破坏掉。在转正这条路上，他们还在不断地前行、跋涉、成长，转正原本是勤勤恳恳工作了几十年的老教师的梦想，他们为了获得转正名额的消息而竭尽全力，待到转正机会降临，他们却把这千载难逢的机会让给了年轻教师，其中包括前途无限的张英才。张英才这类年轻人主动接触老教师，共同护送离校几十公里的孩子放学回家，不论狂风暴雨，都雷打不动。他们的所作所为深刻诠释了"教师是太阳底下最光辉的职业"。人性的光辉、舍己为人的精神、热爱事业的灵魂在他们身上熠熠闪光。

界岭有一位老村主任，他的墓碑成为见证正义、鼓励老师、校正村民思想的重要力量，他在世时力排众议建起了界岭小学，为山村打开了一扇通往文明世界的大门，这一群行者就在老村主任精神的引导下，谨慎前行。民办教师之所以伟大，是因为他们可以不顾自身安危，倾尽全力去给这里的学生和家长进行一场人性的洗礼。在他们教育界岭的同时，界岭也成了他们精神上的救赎。

二、点燃界岭的奋斗者

很多年以后，很少有人会记起他们，但是记忆不能淡化他们所做的贡献。我想这也是作者写这本书的重要原因，他认识到这个群体的消逝和社会对他们的淡忘，可是这些平凡人所做的不平凡事迹要写出来，这是一种使命。就如塞涅卡所说的那样："真正的伟大，就在于拥有脆弱的凡人的躯体却具有不可战胜的神性。"

小说前一部分给人最大的感受就是苦。苦在生活的方方面面，苦在每个人身上。

民办教师苦，一辈子的时间都在不断地“争”。和学生家长争学费、和村委会争拖欠的工资、和教育局争转正名额……民办老师都盼着能转正，成为吃公家饭的正规教师，这样就不必再一边教学生，一边种地养活自己。他们地位卑微，进到城里想听课，经过各种托人找关系，却被安排先去学校看大门。想进城吃口东西，都要躲在墙角啃干粮，生怕被熟人看见。好不容易盼了一个转正名额，三个老师谁也不好去分，就给了新来的老师。最后盼到了转正名额，却又要花万把块钱买自己的工龄，而他们一个月工资只有不到100块。争了一辈子，最后还要在教育上与苦难斗争一把。

在制度面前做不屈服的奋斗者！乡镇管理者对教育、教师忽视，乡村面临着被现代知识和文化“抛弃”的危机。村主任余志欺压教师，拖欠教师工资，甚至闯进课堂殴打正在上课的蓝飞老师……在“权力”面前，民办教师是手无缚鸡之力的弱者。但是他们仍然尽己所能，为界岭小学创造最好的教学条件，张英才给上级写信投稿，引来了上级对界岭的关注并给了转正指标。最重要的是，孙四海决定竞选村主任，企图推倒村阀，改变由村阀所主导的乡村政治生态环境。

在教育面前做永不放弃的奋斗者！在艰难的工作环境中，他们爱生如子，始终忠实地履行着传授知识、启迪民智的使命。我们可以在作者描写家长的情节中看出，家长们外出打工返乡，第一件事就是来学校，不只是来接长久未见的孩子，更重要的是给老师们送礼物，感谢老师一直无条件地照顾自己的孩子。我想，就是这种淳朴的情感才是余校长他们能够坚持下去的根本原因。他们在教育路上的付出点燃了每位家长和孩子的心，使他们紧紧联系在一起，不可分离。

做一名界岭的奋斗者！小说中有这样一段话，“想说界岭小学是一座会显灵的大庙，又不太合适，可它总是让人放心不下，隔一阵子就想着要去朝拜一番。你要小心，那地方，那几个人，是会让你中毒和上瘾的！你这样子只怕是已经沾上了。就像我，这辈子都会被缠得死死的，日日夜夜脱不了身”，这群民办教师上了这个瘾，张英才在离开时已经埋下了回来的种子，待到成熟，又回到界岭。夏雪、洛雨、蓝飞这群支教的老师与他一样，把自己的青春奉献给界岭，点燃界岭。

三、照耀界岭的英雄

老教师孙四海是一个光明磊落且有血性的界岭英雄。他多次出资修缮校舍，面对“村阀”余实的挑衅，绝不宽恕，怒打余实。“我要你记住，第一耳光是替李子打你，第二耳光是替王小兰打你，第三拳头是替那个躺在床上起不来的人打你。你家的人骂了三个人，我只打你三下。”为了保护自己想保护的人，他没有退缩，该出手时绝不手软。老师邓有米每天必做的事就是四处打听民办教师转正的消息，但这也不妨碍他认真教学，关心学生。为了转正，他节衣缩食，过年都舍不得买新衣、吃猪肉、放鞭炮，甚至投机取巧，盗伐红豆杉，尽管他嘴上说着到手的机会绝不会拱手让人，但在真正的抉择面前，他还是会先想到余校长和孙四海。为了能将余校长和孙四海的转正费交上，邓有米不惜冒着违法的风险收受回扣，导致新建的教室坍塌。邓有米没有推卸责任，而是下定决心用自己的双手再为界岭小学盖一座教学楼。虽然这一行为不可取，但这是邓有米有情有义、肝胆相照的见证。至此，邓有米成为一位真正的英雄，能够舍弃小我，成就大我。

余校长是整部小说中最能体现在困境中坚守信仰的人物，自始至终，余校长都表现出了一种自我牺牲的伟大精神。不放弃任何一个学生，他对待学生就像对待自己的孩子，关注他们的教育，尽自己所能给他们的未来铺路，还为学生叶碧秋推荐工作。深受各位老师的影响，叶碧秋在工作之余自主学习，参加考试，立志要回界岭当一名老师。余校长心系学生，来到学生叶萌的城市，也不忘去看一眼。

烂泥巴搭个灶，最多能用十年八载，老师教学生认识的每一个字却能世世代代受用。现如今在中国的教育体制中，民办教师仍然有着举足轻重的作用。这群民间英雄热爱教育事业，坚定内心的理想和信念，忠诚国家和民族，这既是中华传统文化精神的深邃内涵，也是每个时代都需要的主流价值观。在国旗的映照下，我们看到了民办教师群体的赤胆忠心和民族的希望。

我们还可以看到，当国家下达政策要给民办教师转正的时候，一些官员发出反对的声音，他们对此不以为然，认为他们教学资质不够，没有资格转为公办教师。一位领导很生气，于是问在场的人："你们上学时有没有被民办教师教过？被教过的人请举手！"大家愣了一会儿，会上绝大多数人举了手。这群民间英雄的努力影响了一代人。

书中给我印象最深的一个场景是，别的老师上课时会说："这种样子太界岭，是不是也要让你的父母很界岭呀，等等。无论是名词还是形容词，界岭都是激发高三学生为应付高考而发奋的超常动力，同时，也是与他们针锋相对极具杀伤力的反义词。"由此可以了解到界岭这个地方的落后，也正是这样的界岭，让众多民办教师在这里发光发热，用热爱和赤诚为界岭的教育事业奋斗终生。

这本书讲述的不只是张英才的故事，这是写给像张英才一样的民办教师，坚守在界岭的英雄的一首赞歌。向这群把青春奉献给界岭教育的英雄致敬！

作者系文法学院汉文2104班学生

大山里的摆渡者

□ 杨玉秀

初读《天行者》的标题时，我压根儿没想过它讲述的会是民办教师转正的故事。《天行者》这个标题给人的印象是自由的、无拘无束的一群人，但事实完全相反。《天行者》中，界岭里的民办教师被禁锢在这大山一角匍匐前行。或许他们也想走出这座大山，但一想到课堂上那一双双渴望知识的眼睛，他们便情不自禁地停住了脚，转过了身，继续用自己的良心和操守去守护这群嗷嗷待哺的孩子们。这些民办教师都是被遗忘的英雄，或许他们成不了自由自在的天行者，但是一个实实在在的摆渡者。

一、民办教师是辛勤劳作的播种者

我一直知道老师有教书育人的使命，却不知道在一些极其贫困的山区，老师还肩负着种植粮食、挣取钱财来维持学校运转的重担。在《天行者》中，为了让学生们能够读书，余校长播种红苕来填饱学生们的肚子，在挖红苕时，学生们在红苕地嬉笑打闹，露出最纯真的笑容。孙四海种植茯苓换取资金，从而为学生们买书本，课堂上，学生们拿着新买的书本，眼里尽是对知识的渴望以及对走出大山的向往。这些民办教师们在田地里辛勤地劳作着，在课堂上孜孜不倦地教诲着，他们播撒下的不仅仅是种子，更是学生们对未来的憧憬。

二、民办教师是渊博知识的传播者

《无题》中的“春蚕到死丝方尽，蜡炬成灰泪始干”用来形容界岭的民办教师再好不过。虽然文章以民办教师转正为主线，但无处不透露着知识的传递。初读文章时，界岭这几个民办教师甚至给人一种平平无奇的感觉，但随着故事的深入，便会发现余校长会认真地给学生们批改作业，邓有米、孙四海会认真地教授课程，在漫漫的大雪里，他们不顾艰难险阻，坚持去接孩子们上学，哪怕后来教室被毁，他们仍然坚持上课，余校长掏空自己的家底去修复学校，万站长为了修复学校，多次找余实村主任请求他提供资金。余校长等教师在凛冽的寒风中，在简陋的茅草屋中依然在传播着知识，而他们做这些不为别的，只为界岭能够走出读书人，只为能让更多孩子走出大山，有一天能去看看人世间的灯火阑珊，去体味更多人世间的美好。

三、民办教师是心灵港湾的摆渡者

张英才落榜，被万站长安排到界岭小学去支教，在这里，他知道了何为大爱，他落榜时的颓废之气也在余校长等人的影响下悄然消逝。夏雪因为爱情的失败而来到界岭小学支教以寻求一方安宁，在这里，她有了短暂的安宁，她了解到了大山里孩子们对知识的渴求，同时她也深刻体会到了民办教师的不易，她想要给学校带来一些新变化，想像界岭的三位老师一样给这座学校增添生气。骆雨带着保研的目的来到界岭小学，他刚来的时候甚至一直光着脚上课，但也只是为了拍张照片做做样子，后来他生病了，界岭小学的三位民办教师在寒夜里顶着风雪，冒着被狼群袭击的危险送他去卫生所，或许是因为几位民办教师的真诚，骆雨才真正理解了教师的意义，以至于因病离开时仍心有挂念。来支教的老师们在走出这界岭时，无一不经历过心灵的摆渡。

四、民办教师是无私奉献精神的传递者

界岭的三位教师默默坚守几十载，他们这一生的梦想便是实现界岭村高考零的突破和转为公办教师。文中的一次对话令我印象深刻。万站长说：“老余，你妻子已经拖垮了，再拖几年恐怕全家都得垮。”而余校长却说：

“当民办教师的什么本钱都没有，就是不缺良心和感情，这么多孩子不读书怎么行？”寥寥数语却淋漓尽致地表现出了民办教师们“落红不是无情物，化作春泥更护花”的伟大奉献精神。或许正是这种精神让支教的青年教师们念念不忘，以至于走出界岭的支教老师们再次欢聚在界岭。

这些民办教师是20世纪后半叶中国大地上默默苦行的民间英雄。在那个紧缺教师的年代，他们努力不让乡村蒙昧，坚持文明的传播，让薪火世代相传。他们是知识的传播者，是无私奉献精神的传递者，是大山里的摆渡者，他们对教育事业的执着和大爱以及他们的悲壮之歌将是历史上有力的一笔。

作者系文法学院秘书2201班学生

《天行者》读后感

□罗　娜

作者刘醒龙以朴实的语言讲述在艰苦环境里的民办教师担负着农村小学“传道授业解惑”的重任，虽然他们力图用知识改变贫困山区孩子们的命运，却无力改变自己的命运，为他们的执着所感动。凭反映民办教师生活和民办教育状况的长篇小说《天行者》获第八届茅盾文学奖。全书由“凤凰琴”“雪笛”“天行者”三部分组成，深入细致地描摹了乡村民办教师的心灵世界。我是带着异常沉重的心情读完了《天行者》，从书中体会到三种精神，为之敬重感动。

一、奉献

文中民办教师余校长、邓有米和孙四海在极其艰苦的环境下为学生、为同事、为乡村发展、为教育事业默默奉献着。

界岭地势偏僻，离最近的小镇有30里的山路，一到大雪天，几乎和外界隔绝。村民几乎都是文盲，让村里出一个大学生是民办教师的愿望，也是这些民办教师终生的奋斗目标。为了让孩子们上学受教育，民办教师得用各种手段去动员、去强制家长将孩子送来上学。界岭地区贫穷，最好吃的就是油盐饭，即用一点油将剩饭炒一下，然后加点盐水；许多孩子交不起学费。民办教师每月工资是70元，其中35元由地方教育系统支付，另外35元由村里支付。但是由村里支付的那一半工资经常因为村里没钱，或教育不被村主任重视而被长期拖欠。上学的孩子因贫困，有的交不起学费，有的买不起书本，等等，为了使教学能够进行下去，民办教师经常要将自己的钱垫进去。此外，在业余时间还不得不进行一些开荒种地等额外工作，以创些收入维持学校的各种开支和补贴贫困孩子的学习生活之用。他们在放学后，还要照顾那些离家很远而不能天天回家的学生。到了周末，还要步行十几里路护送那些远道的孩子回家。就算条件这么艰苦，他们也没有放弃教书育人，那时，民办教师无私奉献的精神太高尚了。为民族希望而奉献。他们是我们这个社会站在人格高地的人，对照他们，我们更应该像他们那样去服务社会、奉献社会。不仅是金钱，还有面对待遇，他们的忘我表现也是让我敬佩的。余校长、邓有米和孙四海这三位资深民办教师的转正过程一波三折，在三次千载难逢的转正机遇中，前两次让给年轻教师了，最后一次只有余校长意外获得成功。这些几乎出自他们本能的奉献精神和敬业品格。他们承传的是中国知识分子最核心的文化传统。

二、敬业好学

其中让我记忆深刻的一段是余校长到城里去听课学习，但是记者王主任联系了让他去城里学校传达室干活，因为那份工资的关系，余校长倒也没有推辞，但是在担任传达室工作的时候，他并没有忘记自己的工作，当传达室不忙的时候，他就去教室外面听课、学习，有时候早上，在学生们和老师没有来到以前，他就打开一间教室的门，站在讲台前面，进行试讲，讲完一遍，自己接着总结反思，然后再修改，再试讲。他这种刻苦学习的精神深深感动了王主任和城里学校的校长，也深深地感动了我。

三、面对生活，乐观且充满希望

文章中反复出现几个意象，如界岭小学的国旗、孙四海的笛声，以及一开始充满神秘色彩的凤凰琴，这些无一不是在昭示着界岭民办教师的精神，一种面向太阳盛开、永不屈服的精神。我敬重这些乡村教师，或许他们没有优越的物质条件，或许很贫穷，但是他们在精神上是实实在在的富有，在他们身上，我看到了他们对于教育事业的奉献，看到了他们坚韧不屈的民族精神，看到了他们的奋发自强，也看到了他们对于学生们的关爱。

界岭小学的“刘关张”一直处于一种极为纠结和苦难的境地，他们的生活困苦，但是他们的生活中始终有笛声相伴，有希望尚存，有爱情盛开，这也是他们精神的一种体现。

我总以为只有经过漫长冬季蛰伏的北方，才能孕育出厚重、深沉、悲壮的作品。读了刘醒龙先生的佳作才认识到，原来楚地不仅有“楚国巫风甚厚”，还有如此感天动地的悲壮之歌！

作者系旅游与文化产业学院旅管2201班学生

平凡而伟大

——贫瘠土壤上的坚守者

□ 田爱群

民办教师是农村普及教育的重要防线。或许他们没有过硬的教学本领，却仍在教资不足时期担任起教书育人的责任，默默耕耘。《天行者》讲述了一群坚守在贫苦大山深处、无私地为乡村教育事业做出贡献的民办教师的故事。但随着教育体制的不断完善，教师队伍建设不断规范，民办教师的地位和待遇发生了巨大变化。政府和社会应关注这一群体，采取措施改善他们的境遇，确保教育公平和社会尊重。刘醒龙决定写下“二十世纪后半叶在中国大地上默默苦行的民间英雄”，为被遗忘的曾经活跃在乡村教育舞台的主人翁发声，写尽他们的辛酸苦楚，歌颂他们的平凡与伟大。

一、生活平凡，心系学生

“一排旧房子前面，一面国旗在山风里飘得很厉害，旧房子里传出一阵读书声。”这是文中第一次对界岭小学的描写，偏僻老旧的校区艰难地承担着教育场所的任务。在这里任教的老师也并非道德品格上的完人，他们与普通人一样，或多或少存在着“缺陷”。面对义务教育法的检查，界岭小学的各位领导对学校升学率等情况瞒报，“弄虚作假”地来获取教育资金。但刻意的隐瞒并非为了中饱私囊，而是准备用来维修校舍，让学生能坐在敞亮的教室里接受教育。多么“高尚”的初衷啊，物资的匮乏让他们不惜铤而走险。但归根结底，这一行为是“龌龊”的，所以最后事情败露，他们差点儿落得被通报批评的下场。

“村里已经有九个月没给我们发工资了。”身为教导主任的孙四海说出了这一实情。面对拮据的生活，他们并未低头，而是通过自己的奉献来改变乡村学校生活教育的现状：余校长组织寄宿在他家的二三十个学生采蘑菇、扯野草来维持生活的正常运行；孙四海用带领学生的劳动所得来购买新课本；邓有米动员适龄儿童上学，垫钱给交不起学费的学生买课本。

“当民办教师的，什么本钱都没有，就是不缺良心和感情。这么多孩子，不读书怎么行呢？”余校长叹息地说。这是他的肺腑之言，亦是留守在界岭小学的其他老师的共同心声。他们放不下学生，更无法贪图享乐，为教育事业花白了头发，累弯了脊梁。亦像成群的大树，把根牢牢地扎在界岭这块贫瘠的土地上，用自己结实的背脊抵御风雪，伤痕累累地守候着一隅净土。

二、精神伟大，大爱无私

对于民办教师而言，转正是他们一生的梦想，这不仅仅意味着他们的薪水待遇发生了量的变化。相较于公办教师，他们缺乏接受系统化学习、专业化教学经验的机会，令人“羞耻”的学历让他们不受人尊重。所以对他们而言，“民转公”更是提高社会地位和实现阶级飞跃的重要手段。

余、孙、邓一直在等待这样的机会，为之努力备考、勤奋工作。然而当转正的名额唾手可得时，他们却犹豫了，以自己的仁义宽厚成全了年轻老师的目标追求。

张英才是一位落榜的复读生，靠着舅舅万站长的关系谋了个民办教师的职，万事只想着让舅舅帮扶。面对这位来校不久的年轻“告密者”时，界岭小学的老师毅然将这个宝贵的转正机会拱手相让。“年轻，有才气，没负担，正是该出去闯一闯的时候。”就这样，张英才得到了去省教育学院学习的机会。蓝飞在暂代界岭小学校长时，瞒着众人私吞了转正名额。而他们却为了年轻老师的前途，商议着投票来成全蓝飞顺利转正。对于这群年轻的老师，孙四海表示：“如果再有两个大学生上山来教书，他和余校长、邓有米情愿从此退出界岭小学的历史舞台。”希望他们能继承文明薪火，大显身手。

这群年轻的教师并未将界岭小学当作名利场，他们也用自己的行动回馈了基层教育。张英才学成归来后，选择回到界岭小学执教，延续着文明的坚守；蓝飞走上了政治道路，一直想办法利用社会力量为界岭建一所新的小学。作为支教的老师，夏雪和骆雨也曾为改变教育现状而默默付出。

界岭的封闭没有封闭住孩子渴望求知的心，他们打破了外界人说男人是“男苕”、女人是“女苕”的嘲笑鄙夷。在这群民办教师的引导下，余志成绩优异，叶碧秋自考上了大学，希望的种子在这片贫瘠的土壤上开出了最耀眼的花。

《天行者》向民办教师致以了最崇高的敬意，永难遗忘。

作者系文法学院汉文2002班学生

一片冰心为教育，一腔热血为学生

□ 沈湘媛

在最崎岖的山路上点燃知识的火把，在最寂寞的悬崖边拉起孩子们求学的小手，十八年的清贫、坚守和操劳沉淀为精神的沃土，让希望发芽。我觉得这句话描绘的不仅仅是悬崖小学的支教夫妻李桂林，更描绘的是《天行者》中的老师们，描绘的是那些把爱和希望抛洒的广大优秀人民教师。

《天行者》运用各方人物的刻画，通过对文章中三位在界岭小学坚持、守候的老年教师和几位满怀希望与现实抗争的青年人，以及一群天真烂漫却又生活在贫困山区的孩子们，写出了20世纪后半叶，在中国大地上默默苦行的民间英雄。将那些隐藏在大山深处的艰辛、温情以及淳朴展现在人们面前。

在界岭人民心中，界岭是一个名词，但在每一个界岭学子心目中，它是一个想摆脱的形容词，他们世世代代都想摆脱这个词。老师们会用这个来激励界岭的高三学子。同时，界岭盛产的红薯又称红苕，故而他们又以“男苕”“女苕”来称呼界岭学子。我是一名农民的孩子，我的父母都是从农村走出来的，我也是刚刚经历过高考的大一新生，我还是一个初中不好好学习、到了职中才发奋学习考上大学的人。人生没有白走的路，每一步都算数。所以我不敢不读书，不敢不认真学习。

认识一个群体，敬畏一段历史的窗户，通过其看到人性色彩的斑斓。其实，小说里有着人性中的真善美、虔诚的教育天行者，界岭小学有“刘关张”三位大侠，“刘备”余校长，在省实验中学进修，却只当了一个门卫，但他仍然心系学生，夜晚看黑板上残留的板书，揣摩其中的奥秘。号称“关羽”的孙四海多次将自己的钱款捐赠学校，帮助学校修缮教室。号称“张飞”的邓有米虽然最后被免除了公职。但是一直践行着教育的使命。现在也是如此，最著名的就是华坪女子高级中学的校长张桂梅，她捧着一颗丹心，和小说中的人物一样，都是不顾自己、只为学生的人，她不惧病魔、不惧险阻，只为帮助大山里的孩子走出大山，帮助大山里的女孩圆梦大学。我们在烂漫的山花中发现张桂梅，自然击她以风雪，她报之以歌唱。命运置她于危崖，她馈人间以芬芳。不惧碾作尘，无意苦争春，以怒放的生命向世界表达倔强。张桂梅是崖畔的桂、雪中的梅。这是教师行业的标杆。

天行者，君子以自强不息，地势坤，君子以厚德载物。他们既是沧海苦行者，又是我们学生心目中的光。谁又不夸赞他们、谁又不觉得遇到这样的老师是这一生的幸运。通过作品，我们看到了那个时代老师的朴素、真诚，这些朴素又简单的中国普通人于无形中给了我们希望与光。

教学成了一张巨大的网，而教师就是网的中心点，牵一发而动全身。希望有一天教育能够真正地回归纯粹，教育就是教育，不分高低贵贱，人人平等。其实，一开始我对老师这个职业没有什么特别深的理解。但是，职高三年的生活中，我亲爱的老师们给了我巨大的帮助与鼓励。是我的老师们在我高三的艰难岁月里鼓励我、照顾我、安慰我、保护我。遇到一名好的老师是一个学生一辈子的幸运。在职高生涯里，遇见了我的恩师，遇见了我的信仰，也知道了教师的意义。北京师范大学的校训是“学为人师，行为世范”，老师起早贪黑，苦口婆心，教书育人，不为别的，只是为了让学生有一个好的未来，并不是为了让我们来感谢他们，只是因为他们站在了三尺讲台上，他们不想让我们后悔。这就是老师，这就是我职高时期感受到的老师存在的意义。

在职高老师的帮助下，我考上了本科学院，成功挽回了我曾经走偏的初中生活。老师的意义非凡，也正因如此，我也想大学毕业后当一名人民教师，我想把这一份光芒延续下去，像小说里面的张英才一样，感受到了温暖之后，又从市里返回界岭。从一而终，守候着自己的真心。温暖学生，爱护、保护他们。

天行者，天行健，君子以自强不息，顺应使命而生的君子们永远在自己的生活里闪闪发光，做着自己认为正确的事情。作者刘醒龙说过，我们灵魂中最动人的那个东西，那就是在苦难处找寻生命的价值，在卑微之处发现高尚的人格，在黑暗处看见生活的阳光。就像小说里面的一样，就算待遇不行、薪资不足，民办教师仍然心系学生，用自己的真心、努力在岗位上让孩子们能够更好地生活。在日复一日的生活里，苦中作乐，心向阳光。

无论往后人生如何，我定会坚定教育道路，努力成为并当好一名人民教师，将爱传承。教育从来不是一种功利性的事业，做好教育是一件极其神圣的事情，小到是一个学生以后的前程问题，大到是一个家庭的全部希望，甚至一个民族的希望。

我们要护好教育初心，坚持奋进、勇毅前行。不惧前路风雨，只管风雨兼程，为国家的教育事业贡献自身力量。

作者系文法学院秘书2202班学生

卷二　向上的力量

愚溪悦读
YUXI YUEDU

向上的力量

——读《如何是好》有感

□ 周婷瑛

有人说，人的一生都在水里，浮浮沉沉，想要上岸。什么叫作上岸呢？不同阶段有不同阶段的“上岸”，短暂地着陆之后又会像夏日里为躲避炎热而一头猛扎进波光粼粼的河面一般再次下水。考上重点高中了，上岸了；考上大学了，上岸了；找到好工作了，上岸了；有一个称心如意的伴侣，上岸了；有了聪慧可人的孩儿，上岸了……人生有无数个阶段，就有无数次扎猛子、深潜、攀登、上岸。

在一个夏末秋初的日子里翻阅完《如何是好》的最后一页，几经感叹，如何是好呢？女主人公许晶晶就像大环境下许多小人物的缩影，如果没有许晶晶，还会有李晶晶、张晶晶、赵晶晶……无数个晶晶，这就是新时代毕业季的大学生吗？说实话，这本书我看得断断续续，内容真实得比较压抑，心中像咽下了夏日里的最后一颗莲子，茎叶的苦涩蔓延开来。

许晶晶，麓城师大的毕业生，高中考上名牌大学的天之骄子，老师们的骄傲，同学们的羡慕对象，可是这样一个高考的胜利者在大学里发展得怎么样呢？当了学习委员，顺利毕业，学路畅通，但情路坎坷，在毕业季，大学男友章伟为了家乡古阳的一个公务员岗位而与其分手。如果说这是她大学里面的第一个难关，那么接下来失去保研名额则是第二难关，感情上的缺失就像毛毛雨一样，若说它作用大，也不过像雨水微微润泽了干涸的地表土壤；若说它作用小，却也能救济口渴的小生灵们。

真想用“行路难”三个字来概括许晶晶的一生，求学难、婚恋难、就业难，可是为什么会这么难呢？是一封举报信导致保研名额的丧失，是找工作时没有得力的父母家庭推力，还是婚恋路上没有门当户对与之匹配的家庭条件？与其他同学相比，许晶晶比较优秀，她有勤奋进取的心，几经辗转，仍然决心留在麓城；有求职中敏锐的洞察力，在售房部工作时可以了解到房产周围大街小巷里面的配置，能够清晰知道周边医院学校基本公共设施的档次，更能把握买房者的购房心理；有强有力的美工宣传能力，正如她所说，能够把公司的优点捏出一朵花来……

不过，人是复杂的，书中的许晶晶并不像大家期待的那样，放眼望去，风光一片，她也有落魄失意时，也有人格缺陷处，她在书中的形象是立体而非扁平的。在备考公务员期间，她居然和登山爱好者网恋，一天不发信息就心痒难耐，甚至差一点儿被他人的糖衣炮弹所攻陷，读至此时，让人有点儿怒其不争，哀其不幸。不过把这件事代入现实，难道人生中就没有让你分心的事吗？身边有一些学长学姐备考的反面案例便是如此，前期信誓旦旦、信心满满，中期身心疲惫、心生怯意，甚至打起来退堂鼓，后期更不必说了，名落孙山、徒劳无功。就拿高考来说，备考从来都是一场持久战，坚持到底笑到最后的才是赢家。

合上扉页，陷入思考，是什么让名牌大学毕业生许晶晶在麓城行路艰难，居大不易？首先，我觉得是家庭习性的代际遗传，许父民办教师出身，之后遇逢改革，下岗失业后，不得不脱下孔乙已的长衫，跑起了青菜批发售卖业务，至此在许父心中埋下了编制的种子，希望女儿找一份有编制的“铁饭碗”成了许父最大的心愿。这种编制铁饭碗的家庭夙愿代际遗传到了许晶晶身上，考编考公成了她的坚定出路之一。其次，信息搜索能力有限，或许由于书中的年代设定，网络世界的信息传播并未影响到许晶晶所在的师范大学，保研推优的条件临近毕业才将将知晓，这是一憾。大学在校期间既并未详细了解过自己所读新闻专业的就业前景，也并未与往届直系学长学姐了解他们毕业后的现状，缺失了人脉网络，靠着自己单枪匹马在校招中冲锋陷阵，这是另一憾。再次，对自我定位尚且不够清晰，人生规划不够明确。在师范大学就读新闻专业，未来从事什么工作、自己的职业追求是什么，文中并未明确指出，许晶晶似乎被麓城的花花世界迷了眼睛，舍不得麓城灯红酒绿的发达，离不开毕业便驻扎麓城的知己好友。其实有时候换一种赛道不失为一种明智选择，就像初恋男友章伟一样享受政策优惠上岸了家乡古阳县城的一个公务员岗位，许晶晶在前期就业受挫时，也动过回家乡的念头，甚至设想过开一家粉店，每天早起卖粉，不过倘若真的去开粉店，那岂不是大材小用了。为什么说许晶晶自我定位不够清晰呢？因为在教培机构中做兼职老师时，因其缺少教师资格证而发展受限，正正经经、根正苗红的名牌大学毕业生并没有利用好自己的名校毕业优势，反而在机构中处处受制于人，受同事的挤兑，既要干着打扫卫生的脏活累活，又要忙着帮同事顶班上课。

思及此，我觉得我们既要学许晶晶，又不要做许晶晶。我们要学她身上的坚韧不拔，要学她敢于跳出求职怪圈去接触新事物的勇敢，要学她在社会大染缸中的蜕变，从直言直语、毫无情商变得舌灿莲花、察言观色，要学后期她工作中的拼劲与激情，为了一个美工宣传的工作岗位，甚至主动联系上级领导让自己提早出月子，要学她善于把握时机展示出自己的专业优势与业务水平。不做她前期求学期间的懵懂稚嫩，不做为爱痴狂陷入痛苦泥沼的苦命人，不做寻寻觅觅难得所求的落魄者，不做为社会迷雾遮眼献身的势利眼……

从夏末到秋初，在指尖扉页一路走完，许晶晶的人生一览无余，而我们的人生仍在继续，路在前方，朝阳们，不必悲观徘徊！路就在我们脚下，怎么走由我们自己决定，方向盘握在手中，猛踩油门，加速！相信只要我们坚持勇往直前，不因未来迷茫而忐忑不决，不因现状不堪而停滞不前，去勇于改变，去不断尝试，在新时代下寻找属于自己的航向，人生百态，总有一态是适合我们的。

愿我们都能像夏日的莲子一样拥有向上的力量，深潜于淤泥沼泽之中，即使万籁俱寂，周遭漆黑暗淡，望不见生命的光，也要不断汲取，不断寻觅出处，去生根、发芽、抽枝、育苞乃至绽放，舒展自己亭亭的舞裙，在水一方姿态婀娜，过得恣意尽兴。

作者系文法学院秘书2101班学生

千磨万击还坚劲，任尔东西南北风

——评阎真《如何是好》中许晶晶的价值取向

□ 康广民

阎真的小说以关注当下社会生活为表现对象，侧重表现知识分子对生活的审视与思考，从不同角度对现实生活的本来面目进行再现，将人物放置在理想与现实的两难处境中，去通过人物的抉择与行动表达小说的思想主题，具有强烈的现实主义特色。他的第五部长篇小说《如何是好》透过女主人公许晶晶的视角，回忆了她在南方偏远小镇的贫寒童年、进入省城的求学生涯，继而讲述了女主人公进入社会后所遭遇的职场、感情、婚姻等种种现实问题，真实再现了年轻女性在面临成长之路的挑战时，坚持与命运抗争，顽强抵抗不利环境的压迫，最终守护住自己生活的信仰和心灵的原则，在困境中一步步走出自己的人生之路。本文以此为例，探寻作者笔下的女主人公许晶晶在成长之路上所坚守的价值取向。

一、坚守知识分子尊严，与命运现实不公抗争

女主人公许晶晶是一个现实生活中年轻女性知识分子的代表，她的所见所遇、所思所求犹如一面每天梳妆打扮时所面对的明镜，能够反射出她想要努力融入新的社会职场环境，反映出社会现代化的发展程度。

从家在省内边远的津阴县的一个小镇——二圩镇这一地点的交代说明了许晶晶只能通过自己的努力走出小镇。因而从她上小学的第一天开始，父亲就给她和妹妹灌输一种理念："好好读书，离开这个地方。"许晶晶从二圩镇的初中考上津阴县的高中，又从县中考上省属重点麓城师范大学新

闻学院，背负着整个家庭的希望，努力成为父亲口中所说的“一个人不好好读书，她不受欺负，难道还能让读书的人受欺负？”把毕业后在城市里找一份有编制的工作当作实现阶层跨越、摆脱贫寒命运的人生信念。然而，许晶晶父亲没有想到，虽然自己看到了因为吃过没读书的亏，在生活中处处受挫，寄希望女儿通过读书摆脱自己这一代人贫苦辛劳的命运，但由于自身眼界有限，没有认识到在时代大环境下，出身寒微的知识分子用知识改变命运的不易。当顺位保研的资格被竞争对手恶意举报取消名额；当拼尽最大努力争取想要入职南方电网和省电视台都相继失败无果；当鼓起勇气备考公务员，却在各种外在因素的干扰下以失败告终……理想与现实之间的巨大落差，以及进入学校的心态与走出学校心态的强烈对比都让女主人公许晶晶一时不知是好。

尽管许晶晶为了留城找工作一次次遭受打击，在一切都看“资格”的社会里，除了一张大学文凭外，几乎一无所有，每当她下定决心迈出一步时，都要在绝境中苦苦挣扎。但作为一名年轻的知识分子，许晶晶没有选择在抱怨命运的不公中沉沦，而是在一次又一次的求职失败中，不断积累自己的经验，努力提升自己的综合素质，历经十年努力，终于成了房地产行业小有名气的金牌销售。女主人公许晶晶在小说中说：“我家里是最普通的老百姓，小镇上的那种，得到一次机会太不容易了，不像有些人，前面的路早就铺好了。我前面的路每一寸都要自己蹚出来。”当许晶晶选择脱下孔乙己的长衫，用平等的职业观眼光看待自己所从事的职业，用自己的知识、双手自食其力养活自己时，她是一个生活的强者，用劳动守护了自己身为知识分子的尊严和对生活的信仰。

瑞士心理学家卡尔·古斯塔夫·荣格认为，集体无意识是与生俱来的，是人类进化的产物。他主张每个人都具有与集体无意识相连的个体无意识，通过个体无意识与集体无意识的融合，人们能够获取普遍的心理内容。小说中以女主人公许晶晶为代表的贫寒青年知识分子在父母那一辈望子成龙的期许下，以及在社会大环境就业艰难的条件下，坚定自己所信仰的生活原则，守护自己内心那片真善美的园地，以积极进取、乐观向上的生活态度对抗命运和现实的不公，勇敢地用劳动创造自己的价值，诠释了中华民族勤劳勇敢、自强不息的伟大民族精神内涵，具有普世的意义。

二、坚守年轻独立女性尊严，与外界物质诱惑抗争

当成长之路充满艰难时，究竟是选择遵循自己的内心，做一个踽踽独行的孤勇者，还是选择接受来自成长过程中所遇到的外界诱惑，做一个一步登天的“成功人士”？小说中的女主人公许晶晶用自己坎坷的成长经历向读者展示了面对人生十字路口，以及权力与金钱的诱惑时，遵从自己内心选择的重要性，不出卖自己的灵魂，不忘记自己所坚定的生活信仰，即使生活再苦再累，也要守护身为年轻独立女性的人格尊严。

小说中通过这样一段经典文字描述年轻打拼者的精神状态：“我就像一个又饥又渴的人站在苹果树下，轻轻一跳就可以摘到红艳诱人的苹果，跳还是不跳，不知如何是好。”当许晶晶在艰难的求职之路上面临来自物质的诱惑和尊严、理想和现实的双重对立时，究竟以一种怎样的勇气做出不知对错的选择，充分反映了小说所体现的是选择捍卫年轻独立女性的人格尊严还是屈服金钱权力的思想主题。

小说中的同届同学、富二代李亦明想以恋爱的方式向她抛出可以获得麓城晨报的工作机会时，许晶晶冷静地思考了一个任何人都将面临的爱情与婚姻的灵魂拷问：“找一个爱你的人，还是你爱的人？”最终许晶晶拒绝了这份“改变命运”的诱惑；当电视台项目组负责人范哥暗示她说：“女孩的成长，太需要贵人的提携了……”许晶晶果断放弃这来之不易的实习机会；当许晶晶好不容易找到一份教育机构的工作糊口时，教育机构刘老板看上了许晶晶，私下里企图以房子和车子做交易，以获得她身上的“优秀基因”，生个儿子，继承家业。许晶晶没有被金钱诱惑蒙蔽双眼，束缚身心，而是主动与对方断了联系。之后，许晶晶遇到了不同的男人，这些男人都以各种各样的理由诱惑许晶晶，只渴求满足自己的一己私欲，丝毫没有一点对于年轻女性人格尊严的尊重，这也反映了作者对于当下社会某些现象的揭示与思考。

女主人公许晶晶在经历了十几次相亲无果后，年龄的增长让她逐渐意识到有一个温暖的家庭的重要性。在理智和感性情感的交锋下，许晶晶既没有选择心灵未启动就进入游戏性的浪漫，也没有选择逢场作戏的机会去表演人生，而是坚定自己心灵的归宿。许晶晶在与初恋章伟分手七年之后，用自律自尊自爱的健全年轻女性的人格操守，选择了一个家境与自己差不多，虽然不是理想型的配偶，但符合自己人生观、价值观，能够接受的男人——叶能。虽然许晶晶的择偶标准带有一定的现实性，但这不影响她作为一个年轻独立女性拒绝成长过程中的物质诱惑，敢于活出自己本心和人格尊严的生活。

小说《如何是好》用贴近生活的笔触，既真实地再现了年轻一代知识分子在面对社会大环境背景下的学历贬值时，该如何走好人生之路的困惑，又塑造了一个不肯向权力与金钱屈服，拒绝用年轻女性的人格尊严作为利益交换，坚持靠自己的努力学习和辛勤工作走出人生困境，实现人生价值的青年知识女性形象——“千磨万击还坚劲，任尔东西南北风”的许晶晶，给当下的广大青年人指明了人生应该追求的正确方向，具有典型的现实教育意义。

作者系文法学院汉文2103班学生

掬理智在手　向天光而行

——论《如何是好》中许晶晶的形象

□ 蒋紫归

《如何是好》一书中描绘了主人公许晶晶这一新时代知识女性的成长之路，许晶晶是一个普通的“三无”女孩，即没有优越的家庭出身，没有出色的技艺才能，没有漂亮的容貌颜值。面对生存与尊严的抉择，许晶晶所能依靠的只有自己，她在生存迷雾中守住内心，在困顿处境中勇于追求。

一、许晶晶的形象特征

1. 尊严的捍卫者

许晶晶是尊严的捍卫者，她能够在残酷的社会现实中抵御物质诱惑，坚守内心的高贵。在面临选择时，她选择坚守自己的原则和尊严。暗恋许晶晶的李亦明提出，只要做他的女朋友，便把报社的工作机会让给她。许晶晶没有答应，因为她对这个男人并无好感。在麓城经视实习时，尽管许晶晶很想留在项目组，但还是拒绝了范哥这样的“贵人的提携”，因为她从来没有想过要当“小三”。某培训机构的老板恬不知耻地表示，如果许晶晶给他两年时间，他保证许晶晶半辈子不用愁，甚至“升级”，如果为他生一个儿子，则“一辈子都有保证”，对此许晶晶还是拒绝了。这些人都有丰富的资源，可以实现许晶晶的人生梦想，但最终她选择了一条艰难的奋进道路。诸多社会磨难让许晶晶日渐成熟与成长，最后在令总的帮助下，实现了她那微小而朴实的生活理想。

2. 爱情的追求者

许晶晶是爱情的追求者，她对爱情抱有一种理想主义的态度，渴望真挚的爱情。许晶晶勇敢追求自己的感情，她“相信爱情”，“这作为一种生命的执念，化作了一种本能，在做顽强的抵抗”。许晶晶对前男友章伟非常满意，她认为这是一段甜蜜的恋爱，也曾幻想过以后的生活，直到她被章伟放弃。同班好友秦芳告诫过她，女孩对男生不能动真情，否则就是给自己挖坑。许晶晶却觉得秦芳的那些话不仅毁了她的三观，更毁了她对世界的期待。在同学李亦明找上门时，许晶晶觉得自己不爱一个人，其他要求就不要谈了。因为许晶晶对自己说，让她嫁给一个自己不喜欢的人，她就成了自己不喜欢的人。对待感情，许晶晶的内心坚守着对爱情的忠贞，她不愿向现实低头。她想过，如此的执着会害苦了自己，但要是降低标准，则会委屈自己。许晶晶的答案是“不行”，毕竟自己骗不了自己，两个人要在一起过大半辈子的，她的内心不允许委屈自己。

3. 生活的彻悟者

许晶晶是生活的彻悟者，在经历了挫折和困境之后，她逐渐认识到生活的真谛，学会接受并妥协，实现个人的成长和进步。在工作方面，开始时她的目标是有编制的教师，后来接受了在培训学校做教师，再后来去了一直不想去的房地产公司。不过，虽然许晶晶对工作条件的要求越来越低，但其核心诉求并没有变化：工作单位在麓城，凭着自己的努力获得上升的空间。在爱情方面也是如此，多次碰壁之后，许晶晶对自己的择偶标准进行了调整。她放弃了对对方工作、经济状况等的要求，而是注重对对方的人、自己的“心”的考察，以自己心里能够接受为核心标准。这样调整之后，许晶晶很快找到了男朋友——一直在追她的叶能。

二、许晶晶形象的形成原因

1. 社会环境

在时代的大迁徙中，随着时代波澜的冲击，人们的世界观与价值观会产生各种“处世效应”。在时代环境下，知识分子作为流向各种职业和岗位的群体，他们对人生价值的追求发生观念改变与重组选择。作为现代社会的一部分，许晶晶的形象受到社会价值观和道德观念的影响，同时反映了社会环境对个体成长的制约与挑战。在许晶晶眼前展开的命运是现实的甚至残酷的。她所面临的精神困扰是该如何冲破生活中那似乎看不见却重重叠叠存在的隐性阻碍。面对现代生活节奏的加快和服务产业提出的更高要求，许晶晶利用自己根植地产销售领域多年的经验与阅历，期望借助直播等媒介成倍扩展出的互联网空间，跟上时代步伐，开辟出新的自由生存领地。

2. 家庭背景

芸芸众生只有少数人是幸运的，或者生在有权力背景的家庭，或者优秀到凤毛麟角。许晶晶看得清清楚楚，她知道这世界上顺风顺水的人只有两类：一类人有强大的家庭背景，另一类人是业务上非常拔尖的人。许晶晶明白自己不属于这两类人，“家庭背景，我永远也不可能得到，投胎是个技术活，我不可能钻回娘肚子里再生一次，何况，娘还是这个娘，不能改变什么”。每每遇到难处，许晶晶都要提到自己的出身，自认为自己无路可走但又不得不孤苦奋斗都是家庭条件造成的。许晶晶的家在省内边远的津阴县的一个小镇——二圩镇，她靠自己的努力考上县中，又从县中考上麓城师范大学新闻学院。许晶晶的父亲念过中学，得以在民办学校教了十来年书。但由于太多的师范生不好找工作，县教育局通知在岗教师要进行资历审查。结果是许晶晶的父亲被淘汰，既失去了工作，也失去了尊严，从此，他对读书有一种疯狂的执着，举全家之力支持会读书的女儿晶晶读书，不让她干一点活。他要求许晶晶毕业后不能回津阴，一定要留在麓城工作，且一定要有编制。所以，许晶晶身上背负着全家的希望，她把毕业后在城里找个有编制的工作当成不可更易的人生信念。

3. 作者意图

阎真说自己是一位“有现实感的作家”，他最了解和最关心的是青年大学生的精神状况与人生出路。许晶晶面对“理想与现实”的冲突，“像一个又饥又渴的人站在苹果树下，轻轻一跳就可以摘到红艳诱人的苹果，跳还是不跳，不知如何是好”。跳还是不跳，这个苹果摘还是不摘，机会已经摆在跟前了，不知如何是好。阎真知道，对很多年轻人来说，生活中的很多选择非常痛苦，而他在《如何是好》中就写出了这种状态。作为小说的创作者，阎真选择了当代文学领域里尚待开掘的大学生就业难的题材，运用高度写实而又极富艺术匠心的手法，通过许晶晶的形象传达了自己对成长与妥协的思考和见解，真切感人地刻画出当下年轻一代的生存困境与生活痛感，同时展现了他们在不利环境的压迫下顽强抵抗，最终守护住了自己的心灵原则和生活信仰，在严峻的现实和一次次面临绝境中走出了自己的人生之路。

三、许晶晶形象的意义

1. 影响力的塑造

许晶晶在大学里保研失败，卷入社会职场，经历了一系列人生命运的重组选择。她的命运遭际在给人痛感与启示的同时，更予人以奋进的力量。这体现为许晶晶相信爱情，遵从自我，抵制社会的各种诱惑。许晶晶代表着新时代知识女性群体的蜕变与成长，既是社会化的综合体现，又是个性化的人生哲思。在现实生活中，“许晶晶”们的情感执念与价值追求体现的是这个时代的物事变迁，代表着当代知识女性的社会实践。许晶晶有过迷茫、痛苦、挣扎，但梦醒之后，她依然积极生活，这是强大的生存逻辑对个人的改造，同时在向我们述说只有通过不懈的个人奋斗才能改变自己人生轨迹的故事，展现了每个人成长所必需的付出与顿悟。

2. 价值观的传递

在严峻的生活挑战面前，许晶晶历经磨难，却坚守“初心”，给当下的年轻人一种心灵期许和默契，这扇心灵之门给社会大众的小人物带来慰藉和启示。从许晶晶的爱情经历可以看出，没有谋生这个基础，感情就像水中月、镜中花，所以最好是“先谋生，再谋爱”，只有给爱一个安定的居所，爱才不会轻易夭折。许晶晶不向金钱的霸权屈服，拒绝用人格尊严去交换生活保障，通过刻苦学习和努力工作走出困境，实现人生价值，给艰难时世里的年轻一代指出了正确的人生方向。

3. 社会问题的关注

许晶晶的形象也引起了对社会问题的关注，如就业压力、爱情困扰等，使我们关注并思考如何解决这些问题。有学历的年轻一代普遍遭遇生存困境，这是作品所展示的社会现实。这个现实是严峻的，像许晶晶在秋招时感受到的：“每个毕业生都有理想，可这理想在这严峻面前，犹如精美雅致的古董，一碰就跌得粉碎。”面对就业压力，许晶晶给了我们答案。我们不妨调整自己的心态，接受自己的平庸和局限，当所设定的目标过高时，应该做出一定调整，想想最坏的结果，放下执念，学会接受。此外，应多反思自己的思维方式和行为习惯，找到自己的核心竞争力，并将其着力培养，结合社会的需求，做适合自己并对社会发展有帮助的事业。

许晶晶通过尊严的捍卫、爱情的追求以及生活的彻悟，展示了一个普通人如何在社会与个人之间寻求平衡和成长的过程。她的形象塑造不仅具有文学价值，也具有社会意义，引发我们对于人性、价值观和社会问题的思考。在成长路上，两难中的许晶晶难免会妥协，但仍能走出生活困顿，仰望真正的星空。

作者系文法学院汉文2002班学生

回首向来萧瑟处，既有风雨也有晴

——《如何是好》读后感

□ 李慧蓝

《如何是好》是作家阎真的作品，小说讲述了一位即将迈入社会的麓城师范大学的女大学生许晶晶艰难曲折的求学、求职、婚恋的成长历程。面对生活的刁难与未知，毫无社会经验的她越挫越勇，她坚信，只要还活着就一定有希望。没有任何关系背景的她白手起家，其间遇到过许多困难，终于在房地产行业中闯出了自己的新天地。

随着阅读的深入，我对《如何是好》这个名字有了不同看法。初读这个名字时，我只感觉这四个字散发着淡淡的无奈与悔恨，“如何是好”意味着自己已经到了绝处。可读完整本书之后，发现这四个字是许晶晶人生的概括。前途、工作、感情无一顺利，什么样的前途是好的？什么样的工作是好的？什么样的感情是好的？这是许晶晶在成长过程中遇到的重要的三个问题，贯穿了她的整个人生。

理想与现实的拉扯中，在成熟的许晶晶面前，终究还是现实获胜了。什么样的前途是光明的？在年轻气盛，还未受过磨难的许晶晶面前，保研是她最光明的未来。可有人的地方就有斗争，她的保研名额被人举报，导致这个保研机会作废。这让许晶晶了解到了人的恶意，许晶晶天真柔软的心受到中伤。但在25岁的许晶晶面前，什么前途、什么光明都是天上的云，看得见却拿不到，活下去是最好的；什么样的工作是好的？在21岁的她面前，有编制在大城市的工作是好的。可在大城市，一个带编制的工作几百人抢，没有硬实力也不是研究生的许晶晶只能沦为陪跑员。可在27岁的许晶晶面前，房地产就是最好的工作。干这个工作不仅养活了自己，还买了房子；什么样的感情是美满的，刚刚失恋的许晶晶会说：“要有爱情，两个人在一起是开心快乐的而不是勉强的。”而在单身七年的许晶晶面前，才、貌、钱只能图一头，全抓只会被剩下，因此嫁给了叶能。

随着时间的流逝，一个人会慢慢发生变化，许晶晶的变化是显著的，20岁的她与27岁的她截然不同。可这个变化是不好的吗？我只能说这个变化让许晶晶更适应社会，为她在社会生活中披上了一副铠甲，让她有了面对伤害的能力。

许晶晶是矛盾体的结合，她总是在拒绝与后悔之中交缠。曾经我听过这么一句话，人为什么会后悔？是因为在自己的内心中无法勇敢面对过去的自己。而后悔本身就是一种自我消耗、自我怀疑，是不想承担自己付出的代价的心理。许晶晶在感到后悔时，可能脑海中会闪过那个敢对不公平说不的身影，闪过坚信自己、认可自己、会不断为自己打气的许晶晶。但在现实将身上的光环逐一碾碎之时，她开始对自己的选择产生了怀疑。如果没有拒绝，自己的傲骨、光环会不会因此留存。

她对章伟的后悔是对爱情的后悔。章伟是许晶晶的初恋，是她全部交付终身的人。在交往的两年中，身为研究生的章伟几次考公面试都以失败告终，认清现实的他最终离开麓城，回到家乡古阳当一个小股长。许晶晶对此感到极度不理解，她极力阻止章伟离开，想用自己牵绊留住章伟。她高估了自己在章伟心中的位置，在章伟邀她一起去古阳时，她没有答复，沉默地拒绝了他。但在章伟离开的一年里，她后悔与章伟分开，她找不到同章伟一样的人，没有了爱情。而这一年中，许晶晶多次受到社会的“毒打”，当她终于想弯下傲骨，寻回章伟，寻回心中的爱情时，却发现“章伟就是一坨屎，在时间之中风干了，我以为是巧克力，拿起来一闻，还是一坨屎”。

她对李亦明、对刘老板的后悔是对钱权的后悔。在许晶晶找不到工作之时，为了能在麓城生活下去，她只找到了一份民办教育机构老师的工作，但是在大型教育机构的开办下，民办机构因为没有生源而倒闭了。许晶晶的工作再一次泡汤，这时的她后悔拒绝了李亦明或刘老板，虽然有想翘回李亦明的冲动，但是她的自尊与内心不允许她这样做。她是矛盾的，一方面看不起没有学历的妹妹许盈盈，怕她的钱是不干净的钱；另一方面又总是找她借钱。许晶晶既有庸俗的一面，也有闪光的一面。

我们不能否认许晶晶本身存在的魅力与闪光点，许晶晶无疑是一个坚毅勇敢的人。在受到生活巨大的打击之后，如教师工作丢失、误进诈骗组织，等等，她都能够努力地从沼泽中脱离出来。她不再有对编制的执念，但有一个心愿，那就是一定要扎根在麓城。她向着这个方向不断前进，在房地产行业中彰显自己的能力。因为之前的经历，口才成了她的优势，让她在短短几个月的时间内就成了公司里的销冠。靠着自己的努力与能力，终于实现了自己的心愿，在麓城有了自己的房子，有了自己的家庭。就像许晶晶说的："尽管每天十个小时的工作让我疲倦，尽管每个月被各种还贷压得直喘粗气，尽管这种艰难的日子看不到尽头，但是，毕竟，生活的架子还是搭建起来了，在麓城搭建起来了。在麓城呢。"

许晶晶历经风雨，看到了天空中那道属于她的彩虹，在麓城的万家灯火中也有了她的一盏。结局是美好的，但也是遗憾的。这与许晶晶最初的理想不同，可现实就是如此，生活不可能永远美好，没有遗憾。我在许晶晶的身上看到了很多知识女性的影子，但许晶晶更加坚毅，她知道及时脱身，而不是就此堕落。结局时许晶晶眼角滑落的那滴泪既是对过去的悼念，也是对未来生活的期待。回首向来萧瑟处，既有风雨也有晴。

作者系文法学院汉文2201班学生

跳动的光芒

——读《如何是好》有感

□杨　洋

生命必须有裂缝，阳光才能照进来。

——题记

人生路漫漫，我们跌倒后又含泪站起，我们受伤后又努力消化，在人生的大风大浪中越挫越勇，年少时的我们都坚信，区区青春里的一场酣畅淋漓的大雨怎能轻易浇灭我们的满腔热血？朝气蓬勃的我们始终如一地相信伤口会长出翅膀。

《如何是好》中的主人公许晶晶身上有着一缕隐隐跳动的光芒，正是这束微弱又不服输的光簇，刺痛了无数和她处境一样的大学生们，引发众多读者产生共鸣，读完潸然泪下、泣不成声，如饮烈酒般醍醐灌顶，灼热的泪水伴随着心痛遍布全身。

许晶晶家境贫寒，父母各种打零工供她读书，她妹妹因为她而放弃了读书，她身上背着全家想要跨越阶层的希望，但从小懂事吃苦的她从不被命运垂青。她是很多普通家庭出身的大学生的缩影，“穷且益坚，不坠青云之志”。她靠着自己的努力，一步步走出小镇，以为可以摆脱命运的既定规则，大学期间心比天高、自命不凡，拼尽全力地学习，但是现实总是把她的自尊心踩在地上摩擦，保研失败后迈入社会才发现自己能改变的东西微乎其微……

真正经历过类似生活，再看这本书时，内心和鼻尖一样酸楚不已。许晶晶的经历犹如利剑般深深戳到了同样渺小又不甘被命运玩弄的我的心坎上，被寄予厚望的她全力以赴地考上了大学，看似毫不费力的成绩背后，只有她自己知道一路走来的艰辛，她走了很远的路，吃了很多的苦，即使深处泥泞，也在仰望星空。

其实，这个世上的大多数人扛着生活的重担匍匐前行，这个社会中极少有人是含着金汤匙出生的，我们都没有平步青云、一帆风顺的人生。尤其家里没有资源、人脉的大学生最能感同身受许晶晶身上的执着与迷茫，没有人告诉我们前路该怎么走，只能自己跌跌撞撞地前行，撞头了便换个方向继续走。她不断地在这片名为“生活”的汪洋大海里挣扎，做着永不沉沦的努力。

我仿佛从书中看到了自己开拓前程时的困苦与挣扎，看到了无数普通家庭出身的年轻人的写照——许晶晶保研失败、大学毕业找不到工作、去电视台做实习生时遭遇的不正当利益交换、去私立教培机构找了工作但没有教师资格证只能做前台、考公失败……

求学难、婚恋难、就业难、考公难，究竟如何是好？

读完这本书，我如同打了一针人间清醒剂。现在的年轻人也许是面临生存压力较大的人群，也是对未来充满迷茫的人群，背负重重压力，但仍旧在人生的道路上刚毅前行，小说中展现了年轻人成长所必须经历的付出，只有自己强大起来、不懈奋斗，才能改变自己的人生轨迹。

成年人有很多身不由己。书中反复强调背景就是靠山，社会上的普通大学生如同一粒飘浮的灰尘。人生处处是陷阱，生活不是童话，从许晶晶迈入社会后的种种际遇可见当下年轻人就业的无奈和困境，社会有一张看不到的网，笼络了所有机会。

“只有流过血的手指，才能弹出世间的绝唱。”许晶晶在一次次失败中没有气馁、没有顾影自怜，反而越挫越勇，她说：“像我这样的人，没有希望，也得抱着希望，没有野心，也得野心勃勃，要活，要改命。”她满怀希望地直面生活中的残酷与挫折，坚持不懈地努力，一路走来，关关难过关关过，从未失去对生活的热爱与勇气，正如常言道：“逆风可以吹起一张大白纸，却无法吹走一只蝴蝶，因为生命的力量在于不顺从。”

这部小说充满了现实主义色彩，许晶晶寒窗苦读十余载考入重点大学，她从“小镇做题家”的骄傲到妄自菲薄的怀疑，再到被现实的冷水浇醒之后踽踽独行……正因为她是底层家庭出身的孩子，没有优渥的生活条件，没有父母所打拼的人脉资源，也没有秦芳前瞻性的远见，只能以学习为捷径，去拼搏自己想要的生活，在人生的十字路口，她总是以试错的方式去抉择，在爱情中也吃了不少苦头。

许晶晶的初恋是大学同学章伟，与章伟的感情结束以后，许晶晶的桃花运接连不断，但她从小受母亲的价值观所影响，她小心翼翼地斟酌着每一个向她示好的男生。面对“富二代”的追求，许晶晶对他毫无感觉，她觉得自己未来的路还长，坚信靠自己的努力，人生不会太差，于是毅然决然地拒绝了“富二代”的求婚。

一、面对捷径，关于爱情选择的纠结与彷徨，我们又该如何是好

许晶晶无法跨过“通过婚姻改变命运”的鸿沟，不管是可以安排工作的李亦明，还是保证她生了孩子就能跨越阶级的刘老板，抑或有别墅的周科长，许晶晶都毫不动摇，没有把那些当成机会，而是坚守着对爱情的向往，最终选择了人品好的男人结了婚，她嫁给了和她一样毫无背景、有着重点大学研究生学历却在送外卖的叶能，作者在描写许晶晶与叶能的婚后生活时，又道出了当下多少人的柴米油盐、鸡零狗碎？经过十年努力，在一地鸡毛的生活里苦苦挣扎，最后他们勉强买了房和车。

二、当爱情与尊严同生活对峙，我们又该如何是好

我认为新时代的女性就应该像女主人公许晶晶一样独立清醒地追求纯粹的爱情，每个女性都不该是依附在男性身上的附属品，许晶晶身上有一个重要品质值得我们赞赏，那就是女性读书不是为了成为别人的生育工具，女性有权利选择自己的身体，而不是听从别人的安排，古往今来，无数女性以阅读成就自我，因为阅读，她们独立；因为阅读，她们自强，虽然她

们内心善感，但从未改变，她们灵魂柔顺，但从不妥协。

人海浮沉，起起落落是常态，新时代的年轻女性应该像许晶晶一样在爱情中不卑不亢、独立自信，拥有那种遇事不抱怨、积极寻找出路的人生态度，不被世俗束缚，努力实现自我价值。

小说的最后，兢兢业业、独善其身的许晶晶守得云开见月明，她曾经的那些执着、迷茫、自律都变成了隐形的翅膀，携着新希望飞过了绝望的海域。

失败是成长的养料，虽然每个人的先天条件有限，但生命的深度和广度由你自己设限，如果你能在人生中做出一些让别人生活更美好的事情，那么也算收获满满、不虚此行。正如木心所言：所谓无底深渊，下去，也是前程万里。我们都应该像许晶晶一样心中有火、眼中有光，在风萧雨晦中依旧意志坚定，纵使身处时代的疾风骤雨中，也能徐徐不惊、奋勇而坚定地朝理想前行。这本《如何是好》犹如一盏明灯，引领无数普通学子穿越重重迷雾，走向真实的自我，前途似海，来日方长。

作者系文法学院汉文2203班学生

“许晶晶”们，该如何是好

□ 康怡敏

阎真的长篇小说《如何是好》以一个生活在当下时代的女大学生许晶晶的视角来反映新一代年轻人身处这样一个社会，面对感情和事业，在做不出选择的两难境地中，到底该如何是好。书中主人公许晶晶在社会上摸爬滚打遇到的一切遭遇、一切问题、都是我们尤其那些年轻女性可能面临的难题。由此，我不禁发问：“许晶晶”们，究竟如何是好？

出生在一个偏远小县城的贫困女孩许晶晶带着全家人翻身的希望考上了重点大学，可在当今社会中，只有学历是不够的。许晶晶想要摆脱回到贫困家乡重复父母命运的办法就是一步一步地走出去。但在小说开头，许晶晶就因为一次提前得知了考试重点而取得的成绩，导致保研名额被举报取消。虽然院领导和一向看重她的吴老师一直在为她积极争取，但没想到在研究生院的施压下，最终因一封举报信让她的“保研梦”化为了泡影。与许晶晶一样作为一名大学生的我，当然知道“保研”这两个字的千斤分量。到手的鸭子就这样飞走了，我既为许晶晶哀叹，也为她可惜。许晶晶在麓城拼搏奋斗的“命运交响曲”从这一刻开始奏起了。

接下来将要走上社会的许晶晶可谓遭遇了一连串厄运。春招、秋招都遭滑铁卢，而且被男朋友抛弃、找工作被公司“画饼”、去实习被上司“特殊对待”……许晶晶才一只脚踏入社会，那些被繁华城市外表掩盖了的阴暗就向她扑面而来。

毕业季找工作的失败把许晶晶的这首“命运交响曲”推上了第一个高潮。站在命运的分岔路口，是回家去谋求一份稳定到一眼就看到头的编制，还是为了拿到留在麓城的“许可证”，随便接一个男人抛来的橄榄枝。生活逼着她在A和B中做选择，许晶晶该如何是好——她硬生生地选择了用自己的努力在麓城站稳脚跟的C选项。面对追求她的“富二代”男同学李亦明和电视台范哥对她的特殊“关照”，“守住初心和尊严，不妥协”是我和许晶晶一致的底线。那种不符合传统道德伦理规范的行为就像捷径途中的泥沼，只要像浮士德一样与魔鬼签订契约，就能到达一个梦寐以求的新世界。反之，尊严得靠自己劳动和奋斗，无疑是在绕远路、兜圈子，甚至在兜兜转转后又回到起点，被现实的孙悟空打了三棒，变回原形。

可理想毕竟是火热的、丰满的，而现实却是冰冷的、骨感的。许晶晶在绕远路的途中处处都有捷径的分岔路口。许晶晶在每一次拒绝这种“机会”的捷径之后，她后面的路就会更加难走。在麓城师范大学毕业之后，无路可走的许晶晶还是选择了以前最看不上的培训机构作为暂时的栖身之处。对于这份给了她暂时留在麓城机会的工作，许晶晶非常感恩，接待家长、拉生源……她比谁都要卖力。但从年中忙到年末，她手里的工资竟然只有6000元。就在这时，培训机构的投资人刘老板向她伸出了橄榄枝。在许晶晶收到刘老板送的名牌大衣时，还说她如之前一般“铁石心肠”是不合适的，毕竟许晶晶忙碌了半年的工资竟和刘老板随手赠送的一件衣服等价。这时候，许晶晶的内心陷入了无比的矛盾和挣扎中。刘老板曾告诉她：“一个人总要靠点什么，才能完成跟世界的交流。”但是许晶晶想要依靠那张文凭。落叶尚能归根，可许晶晶却是有家不能回，属于她的新大陆又不知在何处。在许晶晶和刘老板的这段交往中，许晶晶看似是被刘老板挑中的，处于被动中，实际上是她掌握着这段关系走向的主动权。她对刘老板的示好完全可以直接拒绝，但她一次又一次地答应了和刘老板散步、喝咖啡的接触。对于刘老板给出的“用情人和孩子来换取物质上的丰富”的提议，许晶晶没有答应，但也没有拒绝。当许晶晶走到这一步，我的内心和她同样焦灼煎熬。一方面，从主观的情感态度来看，同为女性，我理解她，自尊自爱是女性立世的底线，如果随意处置自己的身体和感情，也就失去了女性和这个世界平等对话的资格；另一方面，从客观现实来看，同为普通人，我甚至有点希望她接受刘老板的条件，毕竟刘老板是一个有诚信、善良的人。即使培训机构在亏钱运营，他仍愿意投资，给大家一个就业机会。最终，许晶晶还是怀抱着“相信爱情”这个生命的执念，坚守住了底线。

在这首“命运交响曲”最精彩的部分到来之前，一段紧密而铿锵的音符奏出了一场世俗与法律的审问。

培训机构倒闭之后，许晶晶收到一则海南的招聘通知，主要业务是给别人办卡，这样就可以月入上万。我从客观理性的角度来看，这无非是一种变相销售。但对身处生活泥沼的许晶晶而言，无论什么工作都可能是一个机会，都可能是她的最后一根救命稻草。当许晶晶到了海口之后才发现，工作环境根本不是招聘时承诺的那样，再加上室友小冯的反常举动和陈经理的花言巧语，越来越让她觉得这是一个“骗局”。但是工作了一个月之后，她确实拿到了1万多元的工资。这时，因为她出色的工作能力，公司有意将她调去福建总部，同时，风险和利益也是成正比的。留下还是回去？在这场心灵的煎熬中，许晶晶该如何是好？

在如今诸多电信诈骗的社会中，许晶晶的这场考验是每个人都极有可能经历的事。有时候，很多人进入诈骗集团成为其中一员并不是出于自己的本心，他们同样是被骗的受害者，被生活，或更直白地说是金钱的驱使，让他们踏上了这条不归路。有的人选择沉沦，就如许晶晶的室友小冯所说：“钱和良心，我只能图一头。”有人选择了钱，而许晶晶选择了良心。

许晶晶借口父亲病重，回到了麓城。这时，她又面临着“如何是好”的抉择：要不要向工商部门举报？举报，很可能遭到对方报复；不举报，它“就像一个长在身上的瘤子”。犹豫了一个多星期之后，许晶晶还是拨通了工商部门的电话。在我看来，也许她这次的选择是一件根本不用选择的事情——既然已经离开，又何必再管那么多。但许晶晶把它当作一件很大的事情去郑重思考，并且迈出了那一步。这正说明了她的内心有良知、有对错、有勇气。

从诈骗集团“逃生”之后，许晶晶终于在麓城找到一份算得上稳定的工作——在国企金帆地产做中介。虽然这份工作依然让她觉得有损重点大学毕业生的形象，但对于这样一场能让她留在麓城的“及时雨”来说，她已经是万分感谢了。就这样，许晶晶过了一段平静的日子，这也是她“命运交响曲”高潮前的一节铺垫。

在与叶能结婚时，许晶晶的“命运交响曲”迎来最精彩的部分。许晶晶是一个传统的、天真的女性，她最难能可贵的一点就是在经历了社会上的种种磨难，见识过各种男人的真实面孔后，还能对爱情充满希望。叶能是许晶晶的大学校友，学历甚至比她高出半头——是一个研究生，他的家庭条件和许晶晶一样，他甚至因为找不到工作，只能送外卖。在许晶晶的眼里，也许叶能依旧不是心目中最好的伴侣，但是眼下她最好的选择。让我感到很奇怪的是，既然这样，许晶晶为什么还要选择结婚？婚姻究竟给她带来了什么？

结婚5万块的彩礼钱是许晶晶用“堕胎”的方式威胁，叶能才勉强拿得出来；叶能之所以有一份体面的工作，是许晶晶放下面子，一而再再而三地去求叶能的硕导才得来的；叶能的自尊心和他母亲的利益心，又从许晶晶手里拿到一个写着叶能名字的车位展现了利益博弈……但叶能只会抱怨工作的辛苦，以及给孩子存一笔教育基金的艰难。他自以为很大方地拿出100元给许晶晶过生日，但能给父母的体检一声不吭地花上上千元；他粗心又抠搜地让怀孕的许晶晶和他一起住杂物间，用洗衣粉洗头；对于父母和许晶晶的矛盾，他只会避重就轻，而不解决实际问题。面对丈夫的抠搜、婆媳的矛盾等一地鸡毛的婚后生活，许晶晶该如何是好？

离婚这个念头曾在她脑海中徘徊不去，但当她送儿子去医院看病，看到一对离婚夫妇因没有妥善照管孩子，导致孩子差点儿溺水身亡而争吵时，她选择为了孩子隐忍。

比起在社会上摸爬滚打时“要生存还是要尊严”的选择，这样的两难选择要更加普遍，几乎是每个“许晶晶”的必修课。婚姻生活中总有不如意的地方，虽然这些问题有大有小，但是离婚这个念头也许每个人都有过。可是究竟如何是好呢？每个人的生活经历不同，每个人的答案可能也不一样。

对于我来说，许晶晶选择和叶能结婚，选择为了孩子隐忍，在我看来，有失去独立的嫌疑。从前那么多的风风雨雨，她都孑然一身地闯出了一番天地，如今的生活刚有了要好起来的苗头，她却选择给生活再添“一双筷子”。现在，随着人们受教育程度的提高，越来越多的人在对于是否结婚、是否要孩子这个问题上更加慎重，尤其女性。生活给予女性的压力越来越大，既要求新时代女性有事业、要独立，又希望她们回归家庭，做一个好妻子、好妈妈。于是，在两头不能兼顾的情况下，越来越多的女性不再那么感性，只因为头脑一热就步入婚姻，孕育子女，而是更加理性地思考事业与家庭之间是否能两全的问题，更加理性地对自己是否能教育好一个孩子负责。新时代的女性除了结婚，应该存在独立生活的第二条路。但很可惜，在本书中，以许晶晶为代表的女性们都没有选择第二条路的勇气和能力。

小说中许晶晶的故事到她参加一场同学聚会就戛然而止了，但我们身边的“许晶晶”们，她们的“命运交响曲”还在继续演奏着，甚至有一天，你我也都会成为“许晶晶”，面临和她一样的困境：是要生存，还是要尊严，这是一个问题。许晶晶用十年的血泪蹚出了一条“尊严”的血路，虽然前途可见一点光亮，但仍不知道新大陆在何方；妹妹许莹莹通过“傍大款”过上了人人艳羡的物质生活，但灵魂早已落入魔鬼的口袋。

按常理来说，像许晶晶这样有学历、有能力、有原则的人应该配得上一份出色的工作和幸福的生活。但她的经历让我们看到了，在现代社会，任何成功都要付出极大努力。在这个时代，面对感情、求职、生存、尊严……“许晶晶们”该如何是好！

作者系文法学院汉文2102班学生

迷惘中前行，无助中成长

——读《如何是好》有感

□ 戴高杉

原本想重新拜读一下阎真老师的《沧浪之水》，却顺便买了一本《如何是好》，心中不由得猜想，时隔多年，老师会重新讲述一个怎样的故事呢。看完后则感觉正如封面所言，一本书，写尽当下年轻人的困顿与坚持，人生，山水万程，前途似海，来日方长。

这本书在刚到手的周末就被我看完了，在周六晚上临睡前，我也一直放不下书，直到困得不行了。我很少对书痴迷到这种程度，除了之前追的一些玄幻小说，并且现在渐渐不爱看了，因为觉得自己到了如今这个阶段，更加有必要关注的应该是这个真实可感的现实世界。我买了很多书，其中不乏世界名著，但看着看着便放下了。后来我渐渐明白，其实看书是在体验作者的生活。我们要去了解作者所处的那个时代，了解他身边的一切，这样才能够逐步在作品中读懂他的一言一语。

许晶晶，一个从小镇走出来的农村女孩子，考上了麓城师大，这本《如何是好》记录了她毕业后分手、实习、找工作、相亲、考公、找工作、结婚、迷茫的近十年经历。我想，这本书之所以能够引起当今诸多年轻人的共鸣，就是因为许晶晶的这些经历正是我们这一代年轻人正在经历的，她的迷茫也是我们的迷茫。我关心书中她的一点一滴正如关心自己。

写一点自己感触比较深的吧——她的坚持。

一方面是她对麓城的坚持。她毕业之后坚持留在麓城，这是她的家庭环境对她产生的影响，父亲从民办教师下岗后，干起了艰苦的运输行业，她侥幸比妹妹多读了几年书，同时肩负了更多家庭的期望，为此，她不能回去。在面对男友章伟毕业回老家县城的想法时，她明确地拒绝，并选择了分手，即使还深爱着对方。在工作中遭受挫折后，她多次回到家乡，去她曾经走过的地方，去她曾经生活过的地方，她想了很多，想了很久，她选择了自己想要的生活，她再次选择了麓城。她对麓城的坚持无关对错，这是一种人生的选择。有的人选择在大城市拼搏奋斗，有的人选择在小地方享受生活，我们不能说这两种人生选择谁对谁错、谁优谁劣，只能说每一种人生都很精彩。我们要坚持自己所选择的，既然选择远方，便不能再选择安逸，有所得必有所失，这便是人生常态。

另一方面是她对爱情的坚持。与男友分手后，她在工作中有多次走捷径的机会。暗恋自己多年且可以解决自己报社工作的同学、可以让自己留在电视台的男领导、可以让自己少走二十年弯路的工程老板，以及各种条件优越的相亲对象等。我在看书的过程中一直在为她担心——即使她选择走捷径也无所谓。因为在读过了书中其他更为残酷的现实之后，作为读者的我多少有了一些容忍度。但如果我与她易地而处，我不知道面临这些诱惑时，自己是否能够坚持。最后，她选择了硕士毕业后送外卖的小叶，我不知道其中有多少爱情的成分，还是最终无可奈何地做出选择，但起码在我看来，书中那时的小叶配不上她七年来的坚持。也正如书中所说，她的自律不是为了叶能，而是为了自己。书中的很多情节如今我都忘得七七八八了，时隔多日写一点感想，也不想再去翻看一遍了，但书中的内容确实有一些丧。如莫泊桑所说的，生活不可能像你想象的那么好，但也不会像你想象的那么糟。我觉得人的脆弱和坚强都超乎自己的想象。有时，我可能脆弱得一句话就泪流满面，但有时，我发现自己也咬着牙走了很长的路。

通过这本书还让我联想起了最近的孔乙己的长衫争论，抛开那文章的出发点不讲，这反映出当代年轻人的真实困境。寒窗苦读十几载，承载了父母亲人的期望，怀揣着美好的希冀，最终却在现实面前寸步难行，然后还被指责说“脱不下长衫”。殊不知，这问题背后的根源才是值得我们深思的。当然，我们普通人不能一味地抱怨，人终究跳不出他所处的时代，只能努力去寻求破局之道，认真地生活着，这才是生活的真正意义。

我想，作者和路遥的文风很相似，他没有一味地抱怨，指责生活的苦难与艰辛，而是通过客观真实地描绘主人公的遭遇和挣扎，表达出对现实社会的思考，同时传达出对生活的积极态度。最后，虽然作者并没有在书中给出明确答案，但我觉得看完的每个人对于自己日后应该如何生活有了自己的答案。

这也正如“这个世界上只有一种英雄主义，那就是当我们看清生活残酷的真相后，却依旧选择热爱生活”这句话一样。生活有很多现实残酷的一面，我们不能假装看不见就当他不存在，这些不因主观想法而改变，我们能做的就是如书中的许晶晶一样去面对它，在多年后回想起年轻时的种种时，也能够如她这般热泪盈眶。

最后的最后，我希望多年后再次翻看这本书时，自己能够回答出如何是好。

作者系文法学院汉文2204班学生

选择与答案

□乔　媚

当生存与尊严对抗时，我们该如何是好？

阎真在《如何是好》里并没有给出答案。在书的最后，许晶晶也没有过上她理想的生活，但之后呢？谁也不知道。

书的结尾，大家约定去看萤火虫，天空却下起了小雨。“下雨后还会有萤火虫吗？没有答案。”登上山顶后，萤火虫在空中画出一道道晶莹的线，和星空掺糅在一起，漫天繁星，一条星带从遥远的暗处冲过来，越过头顶，又冲向了遥远的暗处。距离我们一百光年的光，发射出来时我们都还没出生，在这一刹那发射出来的光，又要一百年后才能到达地球，到那时，谁又会在这里看着星星呢？登上山顶前，不知道有没有萤火虫，此时此刻星星发出来的光，一百年后又会被谁看到，没有答案。

人生也一样，太多事情没有答案。许晶晶一路走来，有过很多次选择，李奕明、范哥、刘老板、彭先生……其中不乏有钱人，可以让许晶晶直接跨越阶层。可理想主义的许晶晶一心追求爱情，她迟疑过，但无一例外地都拒绝了，我更倾向理解为她身上还带有“学生”的色彩，在金钱名利现实和理想感觉中选择了后者，在许晶晶身上我们可以看到一种执念，不愿意为了前者而放弃她的理想执念。最后她也没得到自己想要的爱情，和大部分人一样，当周围的人结婚生子，仓促间她和校友叶能结婚了。选择叶能的理由也十分荒唐，叶能很抠门儿，会把钱抠下来花在家里，这样的男人不会出轨，没有女孩愿意跟着他走。

许晶晶为了自己的爱情理想，坚持了七年，在遇见过许许多多男人后，最后没有得到爱情，结婚生子后，她的日子过得更加紧巴，她的坚持有意义吗？

我本以为作者会给我一个理想的结局——许晶晶得到了她期盼的爱情，顺利地在麓城安家，想象中的罗曼蒂克的情节没有出现，只有一地鸡毛的婚后生活。我看完这本书后有过一段时间的迷茫。许晶晶离保研只有一步之遥，她毕业于一所211学校，也算得上“别人家的孩子”，但她的出身十分平凡，在求职、婚恋中遇到一大堆问题，生活中还有千千万万个“许晶晶”，我也是“许晶晶”中的一员。

我不赞成许晶晶的选择，也在想，如果生活过成这样，当年的坚持有什么意义呢？最后又得到了什么？我会怎么做、怎么选？我埋怨的不只是许晶晶，也是未来可能成为许晶晶的我，从校园到社会，经历过社会的磋磨，慢慢放下自己的理想，慢慢变得现实，慢慢接受那个平庸无能的自己。一边痛苦，一边放下。这应该是大部分人要经历的，年少时，踌躇满志、一腔热血地想在社会中打拼出自己的一番事业，有的像章伟一样回到自己的家乡，有的像许晶晶一样继续留在麓城。我们有那么多美好理想，对爱情有完美设想，也曾经以为在世界上有自己的一席之地，以为努力就有可能，以为幻想会成真，放弃过机会，却又在失败中不得一次次放低标准，无论是工作还是爱情。

所以关于许晶晶的选择是对或错的问题，我觉得没有太多必要一定要找出一个标准答案。不能因为她最后没有得到想得到的东西，就否定她的坚持。因为每个人对于什么是对的或错的选择有不同看法。有些人认为她的选择是正确的，因为她追求了自己真正热爱的事情，并忠诚自己的内心。而有些人可能认为她的选择是错误的，因为她放弃了一些看似安全和稳定的选择，而选择了一条更加不确定的道路。

无论如何，许晶晶的坚持和选择都代表了她的个性和价值观。这也是这本书中所探讨的一个重要主题：追寻自己的梦想，并为之努力奋斗的意义。最终，我们可以从她的故事中得到启发和思考，以自己的标准来评估什么是正确的选择，并决定是否要坚持追求自己的梦想。

当生存与尊严对抗时，我们面临一个复杂而困难的抉择。每个人可能有不同的价值观和优先级，因此没有一个统一答案可以适用于所有情况。最重要的是，每个人的情况都是独特的，并且每个人都有不同的价值观和目标。面对生存与尊严的对抗，我们需要在纷繁复杂的信息中保持清醒、理性的思考，并根据自己的条件和价值观做出最佳选择。

作为既无背景又无资源可借的普通人，就像前文说的那样，故事的结局并没有安排什么逆袭，但带有希望，虽然拼尽全力的人生没有如梦想般充满使命，但总归有了积极的回馈，这何尝不是命运对我们普通人的馈赠。如书中所言："璀璨星光，为我导航，青春迸发，生命之光。"

作者系文法学院汉文2201班学生

奋斗为马，虽远必至

——读《如何是好》有感

□王　琼

在快节奏的今天，部分大学生有浮躁和“躺平”的现象，很幸运，在我刚成为大学生的这一年，能够阅读到阎真先生的新作《如何是好》，对此，我感慨颇丰。

一、除了努力学习，我别无选择

《如何是好》这本书中对于许晶晶出身的描写让我恍若身临其境：许晶晶出身于省内边远的津阴县的二圩镇，其父亲把自己没考上编制的遗憾全部转移到了许晶晶的身上，于是她只能努力学习，去到高校，从而实现梦想。而我同样出身于湖南省偏远小县城里的农村，在大城市已经有“无人车”的如今，汽车和一条公路是去往那里的唯一办法，我的身上也承载了一个家族的希望。

我和许晶晶一样，拼命学习，可是我的成绩没有她那么好，只考上了一所普通的公办大学，在刚进入大学的时候，我深刻认识到了自己和他人的差距，不标准的普通话、中国式英语让我一度自卑甚至迷茫自己的未来，就在这时，《如何是好》这本书就像一束光，它带着许晶晶的努力，为我拨开迷雾，驱散阴霾。这本书让我明白，就算高校里努力的大学生，前途也要靠自己的努力奋斗，更何况自我放弃的我？当今社会就像一整块资源，这块资源无法做到完全公平的分配，有的地方分得多，有的地方分得少，而为了得到更好的资源，拥有更广阔的未来，我必须拼尽全力去学习，从而得到一张拥有参与更好资源分配的入场券，只有得到这张入场券，我才有参与竞争的资格，所以，对于我这种平凡人，除了努力学习，我别无选择！

二、与其追求被爱，不如选择自爱

书中的许晶晶和章伟谈了一场用情至深的恋爱，她本以为可以一直被爱，可是再美好的想象终究还是败给了现实。在经历了秋招的失败后，章伟，那个在许晶晶眼里近乎完美的男人，却为了自己的工作，妄想让许晶晶离开拼尽全力才来到的大城市，不过，许晶晶没有听从章伟的安排，她知道自己做出的努力是为了什么，她拒绝了章伟，坚定地要留在麓城。

从县城回到学校后，她开始学习化妆，学习用自己的方式爱自己，继续为了留在麓城而努力，即使投递的简历大多杳无音讯，她也从未放弃，咬牙坚持。这也打破了我对大学恋爱的幻想，让我明白，在现实面前，再美好的誓言终究不堪一击，没有人能一直爱你，除了自己，所以与其追求被爱，不如选择自爱！

三、放弃随波逐流，选择逆流而上

许晶晶在考公失败后，接受了一份涉及"信息诈骗"的工作，在经历了内心的煎熬与挣扎后，她决定坚守良知和法律，毅然决然地辞退了工作，并举报了工作点。而这次决断也让她从沉沦里苏醒，步入了之前不屑一顾的房地产行业。可是她所在的房地产公司进入了寒冬期，她的同事大多选择同时为几家公司进行推销，但是她没有，她坚守自己的底线，没有随波逐流，仍然踏踏实实地干好自己的工作，从而被上司赏识，晋升为经理。

在进入大学后，我也见到了很多"摆烂"的同学，有上课迟到的、上课睡觉的、上课玩手机的，等等。我也有过"摆"的心态，甚至差点儿加入他们的队伍，幸运的是，《如何是好》这本书及时给我敲响了警钟：大学就像逆水行舟，不进则退，摆烂绝对不能成为我的选择，不怕困难，坚持不懈才是青春该有的底色。所以，作为青年大学生，放弃随波逐流，选择逆水行舟才是王道！

故事的最后，许晶晶准备投身房地产直播，大显身手，而她所期待的美好生活画卷也在徐徐展开。我想，以后每当我感到迷茫或者不知所措时，都会想到《如何是好》这本书，想到越挫越勇的许晶晶，从而告诉自己：奋斗为马，虽远必至！

作者系旅游与文化产业学院旅管2301班学生

身处困境，仍向光明

——读《如何是好》有感

□ 李文艺

人的一生不总是一帆风顺的，在前进的道路上，我们会遇见数不清的困难、挫折、岔路口，如何抉择是我们的人生终有区别的关键。许晶晶的生活就像无数个从大山深处或者小县城走出来的大学生的缩影，她迷茫、无助，用尽一切办法想要走出大山，不只是为了她父母，更是为了她自己。

文章的开篇便写到许晶晶由于别人的举报而保研失败，她十分痛恨，却又无可奈何。可这个保研机会本就是凭空多出来的，学校为了稳定，取消了这个名额也是理所应当。可是对于许晶晶来说，这似乎是她一切苦难的开始。人生就是这样，坏事突然而来，却又一件一件连在一起。

在这之后，许晶晶的爱情也迎来转折。相恋一年多的男友章伟为了在她当时看来十分厌弃的一个小县城古阳的一个股长职位，选择了回到那个他曾经避之不及的地方，那个曾经他想逃离的地方。许晶晶很疑惑，明明自己的男朋友这么优秀，而且有研究生的学历，为什么不选择留在麓城，难道麓城真的给不了他一个好去处吗？答案是肯定的，在麓城，优秀的人如过江之鲫，如果你没有支撑，在这里便混不到一份体面的工作，这是后面许晶晶才想明白的事情。随着男友的离开，毕业季也悄然来临了，学校的秋招开始了。这时候，许晶晶才明白，麓城师大本科毕业生的身份在浩如烟海的毕业生大军面前如此渺小，渺小到自己曾以为一定能找到满意的工作也成了一种幻想，从一开始只挑好的、挑对的到后来挑好的，再到后来像其他大多数人一样，广投简历以求得到一个机会。虽然机会得到了，但许晶晶不满意，她还有自己理想化的期望，孔乙己的长衫还牢牢地套在她的身上，她放弃了刚刚创立的小公司，又开始寻找，又企图得到好朋友秦芳的帮助，秦芳确实帮助了她，将她推荐到一家电视台去实习，说是表现好可以留下，但实际上怎么可能那么容易呢，在电视台，她遇见了领导的“特殊待遇”，她当然不愿意，她又想到了当初的李亦明，当初只要她答应，那么她不仅能获得一份好工作，甚至可以嫁入豪门，可是她心中怀有自己的乌托邦世界，机会就溜走了。许晶晶想要抓住，可是嫁入豪门也是需要门槛的，而许晶晶恰恰缺少了这个门槛。所以在你看来不怎么样的东西可能是有些人梦寐以求的。后面许晶晶在麓城找了一家教育培训机构，帮她度过了刚毕业时最困难的几年，可是一家培训机构哪里有什么稳定可言，最终许晶晶还是选择了离开。后面她又去了一家“诈骗”公司，做了几个月，内心中的善良让她放弃了这份工作，转而去了一家房地产公司——国企金帆公司，在这里，许晶晶找工作的旅途就告一段落了。兜兜转转还是回到了她当初看不上的职位。人总是在众多选择中寻找最好的，可是他们忘记了这个好的选择有许许多多的人在盯着，位置不会等人，不会等你变优秀，不会等你找到窍门，它更不会主动来找你。有的时候，理想不是那么重要，生活会告诉你，理想只是一个希望，而生存才是主流。

许晶晶的情感之路同样曲折。初恋章伟的美好在她心里扎下了根。她追求恋爱的感觉，所以她放弃了李亦明，放弃了她唾手可得的上流生活；她追求男人有钱又不渣，所以她放弃了彭先生；她追求自己不讨厌，过得去就行，可是她过不去自己的内心，她放弃了周科长；后面出现了自己还算看得过去的一个人——小叶。最后她还是选择了不渣的叶能，很快，两人结婚了，叶能很穷，而且有点抠。生活的重担很重，压得一对新婚夫妇喘不过气来，房贷、车贷、父母的病情、孩子的养育，他们的工资太微薄了，只够勉强度日，可是选择做出来了，就要承担后果，许晶晶也想过离婚，可最终还是放弃了，原因没有写明，可能是因为孩子，可能是因为两人之间的感情，也可能只是想凑合着就过去了，毕竟日子忍一忍也过去了，也不是完全没了生路。

文章的最后以许晶晶参加同学会而结束，吴老师的那句话再次出现：“无论陷入怎样的困境，心里还是要有光明。”我们不知道许晶晶今后的生活，也许做了主播之后生活会变好，也许依旧困难，可是我坚信她心中仍然留有光明。

许晶晶的生活照射了多少人的现实，无数人都不过平淡。生活最简单不过生下来，活下去，可我们做不到，我们心中有像许晶晶刚毕业时的期望，我们心中有理想，我们想要的更多，所以我们努力，所以我们必须努力！身处困境，仍向光明。

作者系文法学院汉文2202班学生

平和语言下的冷峻哲思

——评彭国梁散文《擦皮鞋》

□ 贾少卓

21世纪初，与经济快速发展相对立的是文学界的持续沉默。一方面是太多的新思想、新理论快速冲击着人们传统的认知；另一方面则是市场经济发展中道德滑坡、精神危机、价值迷失在当代文学中的表现日甚。然而无论环境多么繁剧纷扰，始终有人隅于社会一角，用自己独特的视野审视生活，回归到文学本身。彭国梁先生的文字就大有这样一番“心远地自偏”的味道。他的散文集《繁华的背影》远离大城市的喧嚣与繁华，将镜头对准都市平民阶层，通过对他们生活的生动描写，展示出一幅幅真实的社会百态图。

《擦皮鞋》一文正是收录于《繁华的背影》之中。散文围绕着擦皮鞋这一线索，通过擦鞋女和老人的视角，体现出作者独特的思维。文章没有过多的辞藻，言简意赅，意味深厚。在作者平淡温和的语言之下隐隐透露出一股冷峻的反思，增加了文章的厚度，带给读者丰富的审美体验。

整篇散文的语言风格朴素直白，流畅自然。作者舍弃了大量的形容词以及心理描写，选用动词来更直观地展现人物的内心世界。文中“老人一天换一双皮鞋。但老人却不愿坐下来让人擦，他仿佛是做不好那个把脚一伸的动作”，以“老人一天换一双皮鞋”来暗示老人对自己皮鞋干净整洁的需求，又与“不愿让人擦”形成了一种明显反差，将老人矛盾的心理通过行为的矛盾表现出来。文本通篇几乎没有艰涩难懂的地方，完全属于平常的白话口语，浑不似在作文，而是有一种电影式的写实展现。如在介绍老人时，“老人有子有女，老人既做了外公又做了爷爷”，寥寥十八个字就把一位市民阶层家庭幸福的老人刻画了出来。而这样平淡朴素的语言风格将现实生活里的“真”暗含在整体的文风之中，面对读者不伪作高深，平铺直叙，像幽谷清溪，娓娓道来。

除了朴素的语言风格，本土化语言与歇后语的化用让文章平添了一份“乡土气”与“谐趣”。早在1987年，彭国梁先生就发起了新乡土诗派，其在描写风土人情艺术手法的基础之上，以家园乡土文化为诗歌的精神源泉，创立了自己的风格。可以说，乡土气息是彭国梁先生的一生所爱，在他的散文中更是处处有所体现。如文中的擦鞋女揽生意时说的“擦鞋啵？”以及老人回忆时的“一条街一条街的叫，擦皮鞋啵？”通过一个平平无奇的语气词“啵”，将乡土气息展现出来。语言作为特定地域约定俗成的交流工具，除了个别特殊名词以及大部分类似的表达方式外，使用语气词在文本中展示地方风气就更加浓郁。同时文章也选用了通俗的歇后语与本土气息相互配合，让文章显得活泼通俗。如文本中女人解围的说辞“让看牛的赔牛，真是”以及硬币滚到地下的描写“硬币让丈二和尚摸不着脑袋”，既让文本增加不少幽默，也形象地表现出擦鞋男人尖酸刻薄的形象，同时写出了擦鞋女的委屈与无奈，暗含了作者对以资本因素为标准来划分的社会地位的高低的讽刺。作者将这些深埋在字里行间，辅以歇后语来作为掩藏，表达出了极为丰富的情感体验。

在语言的表达技巧方面，反复句式的运用则是本文的另一大亮点。文中对老人木箱的描写是这样的：“皮鞋刷，大大小小五六个；皮鞋油，圆圆的盒子装的，也是大大小小五六个。”颇有鲁迅“枣树”的味道。通过对擦鞋工具的刻画，从侧面展现出来老人擦鞋水平之高，与上文中擦鞋女工具“竹篮内皮鞋刷，皮鞋油，还有擦皮鞋的布”的简单形成了鲜明对照，使得下文中老人擦鞋与擦鞋女截然不同的情况变得顺理成章，起到了一个良好的承接作用，丰富了老人的人物形象。除此之外，在老人回忆里也有所表现。“他背着一只大木箱，一条街一条街地走，一条街一条街地叫着。”在对老人擦鞋生涯中“一条街一条街”的反复中既突出了老人本身所具有的坚强品质，也突出强调了作者对老人这类劳动者的敬佩。虽然并没有对老人的过往经历进行长篇描写，却把老人的人物背景概括式地表现出来，使作品留有了大量的空白，丰富了文本的可能性。

巧妙安排的对白是作品的另一亮点。对白是作品表现人物性格立场以及冲突最直接的表现形式。在文中，作者用短短几句对白构架出一个生动形象的场景，值得细细推敲。文中以男人的“这鬼天气真热，你看这汗，把皮包都浸湿了”场景开端，却马上进行戏剧化的处理，本该搭话的女人把视线挪开不去搭话，促使擦鞋女自然而然地加入对白中来。“你看你看，我热得汗都掉到你皮鞋上了。”其中带着一丝丝内疚和讨好的情绪，服务者和被服务者的地位高下立见。然后男人转移话题：“这一路真太脏了！”显然男人潜意识里拒绝与擦鞋女对话，同时用粗话来彰显自己的“权利”，带着一点得意在索取他人对自己的认同和附和。所以在擦鞋女说“太脏了，太脏了，可要是不脏，我们这擦鞋的便没有事可做了”时，男人没有得到预设的答案和同行女人的附和，在理想和现实的落差下，男人只能把怒火烧向擦鞋女来掩盖自己的尴尬，骂道“多嘴”。而一直带有讨好性质的擦鞋女本意是想让顾客感到服务周到，所以在突如其来的训斥下失误也自然发生。在场景中发生冲突的双方分别是来擦鞋的男人和擦鞋女，其中来擦鞋的男人显然默认自己的地位高于擦鞋女，所以显得强制且傲慢，然而擦鞋女同样默认自己的地位低于男人，所以一直讨好附和。但是两人地位本不应该有高下之分，擦鞋女付出劳动，男人付出报酬，两人应该是平等和谐的关系。但是地位不平等的出现就意味着双方付出的不平衡，也就是说，在他们的概念里，劳动价值小于报酬价值，即经济价值。当以经济价值为尺度时，男人自然认为自身地位高于擦鞋女，这才会表现得傲慢。

此外，在对白中，男人满嘴粗话、行为粗鲁本应该对应地位文化水平低的群体，但是却处在高的位置；相比之下，认真劳动的擦鞋女反而处在下位。作者故意营造出这样一种地位的偏差，通过一个几句话的对白直指当时社会以经济水平来衡量社会地位的怪相，没有用任何带有情感色彩词语的修饰，只是用冷静平淡的描述展现在读者的面前，发人深思。

作品除了在语言上带给读者丰富的阅读体验，也传达出作者透过生活进行的哲理性思考。通过老人和擦鞋女的不同遭遇进行一个直接对比，指出了当前社会的问题以及作者“桃花源”式的理想期盼。从二者的目的来说，老人与擦鞋女都是为了获得经济收入用以维持生活。但是从面对擦鞋这份工作本身的态度来说，两人却有着巨大差异。原文中这样形容擦鞋女：“她们热情有余，可技术却实在不敢恭维。”热情是为了生活，但是她们忽略了顾客来的目的是获得一双干净的皮鞋。因而在老人复出后，是“老人往那里一坐，他的周围就开始热闹了”的景象，原因是“他一见到皮鞋，就肃然起敬。他一拿起皮鞋刷，就像抽烟一样，上瘾”。老人对待擦皮鞋这份工作本身是虔诚的，是融入生命血液的，有一种近乎工匠的执着。所以老人擦皮鞋注重的是这份工作本身具有的劳动属性，而非它带来的经济属性，是一种主动的追求。然而擦鞋女们或许生活所迫，或许自身能力，大多被动地选择擦皮鞋的工作。她们看中的是相较稳定的收入以及该工作的低门槛，所以在面对工作本身的时候并不会花大量的时间和精力去提高自己的技术水平。她们将低经济价值等同于低劳动价值，所以从另一个角度上否定降低自己的地位。老人的价值判断取决于五十年前老人所处社会的总体风气，然而现代人们的思想观念却截然不同。

作者通过对比不同时代擦鞋人的不同遭遇，映射不同价值判断标准下的不同社会状况，痛斥经济至上主义导致的人的异化，但又寄予在老人身上新的期盼。“他在回到从前。报社的记者也来了，电视台的记者也来了。”已经没有必要去过分考证这是老人的幻想还是现实发生的事情，各类宣传媒体的到来隐喻着社会的认可和接纳，表示对传统价值标准的寻回。虽然作者并未有明显的情感偏向，但是潜意识里流露出对后者的认同感。

除了对社会价值标准的理解，文章也有对都市平民阶级本身的思考。暗含着小人物面对命运的无力感。文章中的老人原是“老人享享清福，理所应当”。可是在目睹擦鞋女后，“忽然，老人手心发痒。左手心痒，他就用右手心抓；右手心痒，他就用左手心抓。左抓右抓，左痒右痒”，甚至到了“先涂皮炎平，不止痒，再涂皮康王，还是不止痒”的地步。老人本身的主观意愿已经是无法去阻止自身生理上的问题，只有通过“一个人把那木箱子倒腾来倒腾去。说来也怪，他的手左左右右都不痒了”来解决。擦皮鞋这份工作本是他年轻时候的谋生手段，但是在他步入老年已经不需要再工作去谋生时，却还是难以摆脱束缚。

老人作为一个小人物的典型代表，尽管勤劳认真，但是依然无法摆脱自身作为小人物劳动者的命运。他无法做到“享享清福”，也做不到“把脚一伸”的那个动作，只有当他拿着皮鞋刷的时候才感觉“像抽烟一样，上瘾”。所以在面对命运时，小人物自身的努力显得那样微不足道，无论是擦鞋女还是老人，甚至连那个女人的目光都会不由自主地“望着街对面的美容店”，他们都会被某类东西死死地束缚，一来二去，连自己都忘记了这究竟是自己的想法还是掺杂了其他因果。在他们的潜意识里，一切都是为了满足自己的需求与某种欲望，擦鞋女渴望获得钱，所以会一直按自己的标准放低自己的身份，去服务每一位甚至刻薄的顾客；老人对擦皮鞋的渴望是因为这可以提高他的价以及他人的认同，所以老人的手会一直痒着。这是无可奈何又无法改变的事情，但是作者并没有选择用悲观的态度来面对人生和命运。相反，是充满积极向上的。作品里的擦皮鞋象征着人生宇宙里的万事万物，它需要我们去不断发现。而我们自己是成为“老人”式还是“擦鞋女”式的关键因素就掌握在我们自己的手里。我们无法去改变命运，但是我们可以定义自己人生的价值。

在我看来，一位作家之所以伟大，就是因为他在断裂的过去和将来之间，依靠自己的社会判断力、历史洞察力和精神表达力，创作出展示社会风貌、修补文化裂痕、增强读者价值认知的文学作品。彭国梁先生的文章显然在反复地践行，承担着自己的社会责任。他用自己平和的语言达到了“不隔”的境界，同时显露出自己明妙深刻的哲思，句句精工有分量，带给我们读者雅俗共享的审美体验。

作者文法系学院汉文1903班学生

简议《浮光掠影》的语言特色

□ 邓欣荷

潇湘本土作家彭国梁先生作为中国作协一级作家、新乡土诗派创始人之一，其出版的作品具有浓郁的乡土气息。散文集《浮光掠影》以作者个人视角，通过自己与文艺界各种人物的短暂接触，对他们进行简单评价。这些人物并不皆是众所周知的风流人物，也有在角落里散发微弱光芒的小角色。正因如此，彭国梁先生将不为人们所了解的文艺界简单地展现在人们面前，以极具特色的语言，把自己的体验与情感熔铸于《浮光掠影》中，语言独特，形式多样，主题集中。

一、语言风格简洁流畅，自然优美

散文集《浮光掠影》中共有三十九篇散文，虽然总体字数不多，但语言值得品味，让人回味无穷，不断深入。

首先，从散文标题上可以看出彭国梁先生的文笔极佳，标题不仅意思明确，而且简练优美。其中，《漫道洛阳今纸贵，云烟挥洒个中情》这篇散文以书法家史穆先生为写作主体，这篇散文的标题符合书法家风格，“纸贵”“挥洒”将书写的豪情娓娓道来，除此之外，化用洛阳纸贵的成语，运用对偶的修辞手法，提高了标题的审美境界。而《在沙漠上艰难行走的骆驼》以胡启明为写作对象，标题中的“骆驼”既是胡启明自己，也是他笔下各种顽强不屈的小人物。运用比喻，一语双关，让这个标题优美出众。

其次，整体来说，在这三十九篇散文中，每一篇的字数都在一千字左右，相比专门的人物传记来说，彭国梁用简单的一千字将这些人物勾勒在读者面前，在《残雪，执着于自己的天堂》这篇短小的散文中，将残雪的大致人生经历、写作特色、为人处世与个人看法淋漓尽致地展现出来，这些小篇幅的散文在一定程度上勾勒了写作对象的形象，将其最重要的特点剖开在读者面前。

最后，从散文语句中也可以体会到作者写作语言的简练优美。在《龚萍，我站起来为你鼓掌》中，对于歌手龚萍，彭国梁先生是这样描绘的："你是一只黄鹂鸟，轻轻盈盈起伏飞翔。你知道你来到了一片森林之中，那么多张开的手臂，那么多摇晃的枝丫。这是属于你的世界。你自自然然，你无拘无束。你亮开歌喉，唱你的往事、你的憧憬、你的爱恋。你以迪斯科的舞步、华尔兹的舞步以及京剧的台步游刃着，偶尔还来一个亮相的动作。你不知道你是怎样地让一片森林泛起了前所未有的涛声。"我们能从这段话中体会到什么呢？黄鹂鸟，清脆婉转，正如作者对于龚萍歌声的评价，而黄鹂鸟无拘无束，轻轻盈盈飞翔，是对于龚萍为人的评价，除此之外，这段文字足以体现出彭国梁先生对于歌手龚萍的赞赏之情，简洁的151个字包含着作者想表达的各种意思，实乃简洁。而运用生动形象的比喻、朗朗上口的叠词、恰到好处的词语，足以体现这段文字的优美动人。当然，并不仅仅只有这一段文字，在另外一篇散文《一弘清溪在眼前》中，对于音乐家宋祖英，他同样是这样来描写的："我不知道她在说些什么了，我呆呆地望着她，我发觉她是在我身边流淌的清溪，有水草，有卵石，我不敢把脚伸进去，我怕破坏了那宁静的清澈。哦，那不是水草，是她的睫毛；那不是卵石，是她的青春美丽豆，哦，她的眼睛……她发觉了我的窘态，便停下来，用微笑轻轻拨正了一根走神的琴弦。没有自以为是明星的那种不屑，也没有前无古人后无来者般的得意。"这段文字与描写龚萍的那一段文字很像，在此也就不进行深入分析，简单来说，清溪是她的歌，也是她这个人，她自己也如清溪般美丽清纯，同样用了简洁优美的文字来体现宋祖英的形象与特点。总之，在这本散文集中，体现了作者的文学功底与语言功底，值得让人不断品味。

二、语言具有鲜明的潇湘乡土特色

作为潇湘本土作家，彭国梁先生在写作时，不可避免地具有潇湘特色，一股浓郁的乡土气息从《浮光掠影》中洋溢出来，温暖着无数潇湘读者的心。

从写作对象来看，“潇湘人”占了一部分篇幅。像文中的“超哥”，彭国梁先生说：“超哥的家，几间小小的砖瓦房。栏里，老是有三五只猪吃饱了呼噜呼噜睡，睡足了哼哼唧唧叫；五六亩责任田，要扶犁掌耙，种谷撒秧；一男一女两个小鬼，有时为一支铅笔、一个本子吵吵闹闹，超哥又不得不收起哈哈俨然作父亲状，‘再吵，再吵，老子打……打死你’。”从这些语言中，我们看见了一个农村劳动者最典型的生活日常，像胡启明，文中是这样描写的：“在20世纪70年代初，他毅然还乡，回到了生他养他的平江连云山，扛起锄头当起生产队的副队长，当时的工资一天只有两毛多啊。他放牛喂猪，样样农活带头干；建电站，修水利……”其实在作者笔下有很多人有着真实的生活经历，所以对于劳动和乡村，这些写作对象就有着得天独厚的优势，使作者在语言方面更加具有乡土气息。

从写作对话来看，“潇湘话”自然也独具特色。人是潇湘气息的人，话也同样是潇湘气息的话，在《浮光掠影》中，方言同样散发着自己的魅力。举个例子，在《超哥》里，作者说：“我熟悉超哥，就像超哥熟悉《满》剧中的‘满牛皮’。不宽不窄的乡间小道。超哥骑着单车在颠簸，想起了戏剧或小说中某一个有趣的细节，哎哟！撞在一棵歪脖子树上。摸摸脑壳，笑笑，无可奈何。这对超哥来说，是常有的事。”在潇湘方言中，像“满牛皮、脑壳”这样的词汇极为常见，作为潇湘读者，看到这样的词汇既欣喜，又熟悉。在《永远那么憨诚的笑》里，方言词“哩”也常常出现。在《残雪，执着于自己的天堂》中，对于她外婆的回忆也极为形象。“残雪对乡下的外婆是极有感情的。她说外婆异常坚毅。那时烧不起煤，是外婆带她上山去耙柴草；没饭吃，是外婆带她去挖野菜。野麻叶做成的黑糊糊的粑粑怎么也咽不下，外婆说：‘慢慢嚼吧，嚼得越久越甜，口水里面有糖。’”

像这些地方用词“粑”“粑粑”“堂客（妻子）”勾起了一代人的回忆。彭国梁先生是新乡土诗歌的创始人之一，他的作品以乡土气息闻名。作为潇湘人，看到他的作品总有一种莫名其妙的自豪感，为我是潇湘人而自豪。《浮光掠影》中有许多方言，从某种程度来说，潇湘乡土成就了彭国梁先生的作品。

三、语言具有引人深思的启示意味

《浮光掠影》中的记叙性散文占了相当一部分篇幅，但作者在写文章时，并没有写成记叙文，在这些文章里，情感是贯穿其中的主线，在表情达意的同时，也加入了作者的思考与联想，这就让文章里的部分语言具有哲理意味，引起读者思考。首篇《瓜子·啤酒花》中就体现了生活与写作的思考：“要学会剥瓜子，就要掌握这种诀窍。我们读书，要把握住文中精髓，我们写作，要从纷繁的社会生活中提炼素材。这中间并非毫无规律可循，只是要掌握这种规律不像嗑瓜子那么简单，它需要我们慢慢地去领悟。”从嗑瓜子中，古华看到了写作与嗑瓜子相通的地方，我们要学会从生活中得到写作的规律，抓住关键，融入生活中来写作。作者在写作时，想必也对写作进行了一番思考，同样，读者读到《瓜子·啤酒花》，也能或多或少体验到些许写作的意味。

同样在这篇散文中，古华谈到了啤酒花与写作的相同之处：“他捧着装啤酒的杯子说：我写小说都有一定的生活原型，但生活原型只不过是能够发酵的啤酒花。作家最大的本领就是善于从平平凡凡、琐琐碎碎的日常生活中，去排别哪些是能够发酵的啤酒花。有了啤酒花，就能够酿出啤酒来。不过，不同的酒厂酿出来的啤酒其味道总是不同的。”不同的啤酒花有不同的酒味，而这种平平凡凡的啤酒花就是写作的平凡对象。从最普通的小事入手，这是我们从这些语言中所体会到的写作技巧，作者将他们思考的结果展现出来，让读者自行领悟。

在《燃烧，燃烧，但不流泪》里，作者同样让我们对文艺界重新思考，无数先人前辈对青年有着无比的关注度，他们培养新人作为接班人，他们重视新人的未来与发展，同样让青年读者重视自己，让其他读者看到青年的力量。“文学界的同志也许还记得，一九八二年，《新创作》杂志面世，该刊扉页上赫然印着两行粗体大字：‘以扶植文坛新秀为己任，努力作当代青年的知音’。”这两句话便是该刊主持者杨里昂确定的办刊宗旨，也是他几十年编辑生涯的信条。长期以来，他总是以鲁迅先生为榜样，将眼睛始终盯在青年人身上，为了他们，不惜燃烧自己，人说，滴水可见世界。那么，我也试图捡几件事来勾勒杨里昂在这一方面的轮廓。

我们从这段文字中看到了文艺界对于文坛新秀的重视，不禁思考，在青年的背后有着多少前辈为我们保驾护航、披荆斩棘，尽力让我们青年前行的道路畅通无阻。而青年在前辈的庇护之下，应当知晓何为自强？何为责任？何为不息？鲁迅也好，杨里昂也罢，这些前辈把精力放在青年人身上，以绵薄之力为青年人引航。彭国梁先生的这篇散文让许多人看到了先辈的无私奉献，让许多人思考青年的重要性，这正是《浮光掠影》所带来的启示意义。

其实《在星辉斑斓里放歌》是这本散文集里最让我有感触的散文，其中说：“也许，卓雅在生活中失去了一些被人们所羡慕的东西。但是，命运既然要这样安排，她也无话可说。对走过来的路，她是不后悔的。对未来，只要前面依旧有属于她的星辉，她就会依旧在星辉的斑斓里放歌。人生短暂，宇宙永恒。”虽然卓雅放弃了一些东西，但她没有怨天尤人，也不会因为过往而止步不前，后悔不已。对我们来说，与其在故去的生活里自怨自艾，不如在星辉里放声歌唱，即使这片星辉没有那么耀眼，但可以在自己的天地里酣畅淋漓，不因为所谓的命运安排而愤懑，与其如此，还不如在自己可接受的范围内肆意生活。“万物自生听，太空恒寂寥。”这是自然的真谛，艺术的精神，也是卓雅对自然的体味。“冷月照我徘徊，春雨伴我垂泪；巍巍山峰似我理解的碑，级级石阶如我现实的路；云欢水唱，柔波细语，是那幸福时光温柔的衷曲；风吼雨啸，闪电惊雷，是那神圣时刻庄严的鸣奏！通过摄影这座桥，自然与我息息相通！”自然带给我们的绝不仅仅只有表面的山清水秀，我们在自然中获得平静与祥和，在自然中发泄喜怒哀乐，与自然融为一体，彭国梁先生笔下的卓雅告诉我们要学会合理使用自然的力量，让自己在自然中获得无尽乐趣和独特体验。

《浮光掠影》篇幅不长，但不同的心境让不同的人能够从中体会到不同的乐趣，它的语言意蕴深远，回味无穷。我们既在彭国梁先生的文海里遨游，也在他为我们创造的文字世界里成长。

作者系文法学院汉文1901班学生

精粹之文，明净之人

——读彭国梁诗文作品有感

□ 熊紫茜

彭国梁先生既与我同为湖南长沙人，又就读过湖南师院零陵分院中文专业，可称校友。即便相隔了半个世纪，也让人倍感亲切。今日读到他的作品，了解其生平与为人后，心中更加开始怀疑我们之间确然有种说不清道不明的缘分。原因无他，我实在非常喜爱这位老先生，其将诗人、作家、画家、藏书家四种身份融合在一起，纵横捭阖，来去自如。

他在文学上的造诣令人咋舌与惊叹。彭燕郊曾评论他的诗："彭国梁有作为诗人的最可贵的品质，对生活的好奇心和持久的创造欲。因此，他似乎总是在梦幻状态里，联想总是使他陶醉，给他注入活力，于是有最佳创造心态。或许是先天的，或许是修炼得来，他有可贵的心智素质：机智；可贵的精神力量：幽默感。一个诗人如果笨，如果古板，那又是什么诗人呢。机智和幽默感是他的强项。在创造上，他有对一个诗人和一切艺术家生死攸关的分寸感，他的诗使人想到盛唐以降的绝句，诉说意图非常明确：把话语送到人们的心坎上，这就够了。可不是一朝一夕做得到的功夫，同时也说明他的勤奋和严谨。"彭国梁先生是新乡土诗派的代表人物，1987年，与湖南青年诗人江堤、陈惠芳一起发起了"新乡土诗派"运动，并先后出版了《世纪末的田园》《家园守望者》《新乡土诗派作品选》等诗歌刊物。新乡土诗派的特点是着重写景状物，以家园乡土文化作为诗歌的精神源泉，有时具有批判意识，形成了自己的诗歌风格。新乡土诗派发展至今已有一段时间了，其间虽几经沉浮而初衷不改，最终以独特的精神基因和艺术物质，成为这些年中国诗歌历程中，具有相当影响的一脉走向。而彭国梁先生无疑是其中的佼佼者，他的诗歌明净、精粹、开阔、悠远，尤为让我记忆深刻的是他所创作的《明净之诗》：“水/这么平静而透明地躺着/任我深入其中/将她内心的渴求/轻轻抚摸/山　目睹了/这一过程的肃穆/便怂恿白云也来献身/制造更加神圣的/谐和”在我看来，这首诗简直犹如晶莹剔透的美玉，诗中的意境也十分圆融，无愧于诗题了。这种诗歌风格在他的散文中也一以贯之，在那个繁乱的时代，彭国梁先生一直坚持深入浅出，还拥有无数读书人羡慕不已的藏书楼——“近楼”，坚持阅读、思考，体现出他对文字和人生的一种使命感，对散文、对艺术、对历史的使命感。曾有人这样和我描述，何为真正的艺术家。真正的艺术家是用自己的生命来燃烧、来创作。而从生命里诞生出的艺术，必然是震撼的、撞击灵魂的。彭国梁先生就是真正的艺术家。

然而文学的成就仅是一部分，除去他的作品，我实在更加喜欢他的性格。在极负盛名的文学作品与画作光环之下，彭国梁先生实际上是一位率性憨直的老先生，照片里的他剃着光头，却留着一把络腮长须，笑容和气，看上去文人气十足。但他的文人气一点也没有寻常文气的酸腐，反而让人觉得易于接近，有实实在在的烟火气。他创作了无数佳篇，而我却对《书虫日记》情有独钟，我更相信在书中读到的就是那个真实的彭国梁，这会让我觉得自己是在面对面与他对话，他的情绪、生活、思考一点一滴被忠实地记录在日记之中，最后呈现给世人一个完整的他。

我觉得日记真的是一个很奇妙的东西，它能把人生的困难和苦楚悉数记录下来，毕竟如果人生没有这些困难与苦楚，那趣味就要减少一半。可是我们知道，人与人之间没有绝对的理解与信任，人与人之间的关系能够做到多亲密仅仅由个体的包容限度与人性欲望来决定，盲目的信任一定是危险的，有些事情并不方便倾诉，所以就需要日记的存在，将人生中无法向人倾诉的、埋在内心深处的东西宣泄出来，这样才能更好地面对新的人生。我们的一生注定有很多路要一个人走，就像张爱玲说过的一句话：“在世间，本就是各人下雪，各人有各人的隐晦和皎洁。”说得差不多就是这个道理。在这个时代，对于人类来说，日记到底有什么意义，其实就是将独属于自己的隐晦或皎洁的东西记录下来给自己看。只不过彭国梁先生更大方一些，他将他的一生与我们分享，让我们从中受益。我记得在《书虫日记》的序言中，彭国梁先生是这样评价自己的文学作品的："有话则长，无话则短。或三言两语，或啰里吧嗦。流水账有之，心情感悟亦有之。"而对于《书虫日记》的来由，他又写道："2005年，因为山东自牧、于晓明等主编《日记杂志》，特邀我加盟他们策划的元月一日至十五日的《半月日谱》专号，我才又慎而重之地买了一个精美的日记本，一五一十地写起来。《半月日谱》完稿后，意犹未尽。好像每天晚上不写上几句，就欠了什么，就有些睡不安稳。总之，写着写着，就感到这日记原来是一件很好玩的事。"

我也觉得写日记是一件特别且有趣的事情。我们的记忆常有无处安放的时刻，而日记是给这些记忆一个归属，我看着岁月里那些时常不肯放过的瞬间，看着那些陷入无限纠葛难以自拔的笔触，就想干脆把这些全部记录下来，便能从心上离开，努力自洽，努力与它握手言和。想起八月长安说："敏感多思让我成为写作者，健忘开朗让我活下去。我活着，在敏感痛苦时记录，在记录后遗忘，偶尔回望过去，我是我的旁观者，我是我的陌生人。"我不知道彭国梁先生为什么坚持写了如此之久、如此之长的日记，但日记确实是我接触到文艺的第一步，承载了我的青春、我的过去，也许还有我的未来。

彭国梁先生还有一点令我敬佩，那就是他能够做到文画双修。宋元曾在《文人彭国梁》一文中评价过彭国梁先生的画："彭国梁的画完全依靠线条，那是很奇妙的线条，蜿蜒曲折，起伏跌宕，不知何处是始，亦不知何处是终，它就是这样仿佛自生自灭一样发展，线条之间非常紧致，好像要相互吸引同时又相互排斥，于是在线条间生出趣味同张力来。并且在最后形成某一个特别的形象，他的画，每一张，最后都产生了一个不大讲得清的形象，这个形象依读者的理解可能会有变化，例如好像是一只老虎，好像是一头大象，或者好像是一头牛，好像是一尊怪石，等等，都可能，它总好像是什么，又好像不是什么。这种由单纯的线条变化而来的怪诞形象，这种几乎令人产生幻觉的像与不像，我觉得是彭国梁的画的最可贵之处。我特意问过他，知道他并没有刻意练习过，更没有受过专业的绘画训练。我相信这世上有一种东西就叫天赋。”

我总是觉得文学与艺术能够交融。从历史渊源来看，艺术的积淀远深厚于文学。自人类造物以来，就有了音乐、舞蹈、装饰、图绘等艺术活动和审美追求；艺术可能起源于模仿说、游戏说、表现说、巫术说、劳动说等最为常见，也可能是多元决定。文学则产生于语言文字发明以后。远古的神话传说只靠口口相传，如非诉诸文字记载，很难成为完整的文学作品。从内容形式来看，艺术的形式更丰富多样，而且文学和艺术都是人类进行思想和情感交流的语言，即表达情感的媒介。文字因其普及性，几乎人人都能读写，使用门槛极低，故称学，而艺术因其要求技术，使用甚至欣赏都有一定门槛，故称术。但是无论在中国的历史上还是学科教育上，艺术一直是文学的分支和附属，曾经艺术专业的毕业生拿的是文学学位。直到2011年，艺术学才从文学中独立出来。我认为这是不合适的，文学与艺术应当站在一个等同地位，文学也需要依托艺术，也就是依托审美艺术。文学可被视为一种审美形态，是指具有审美属性的语言行为及其作品。文学的审美含义脱颖而出，魏晋时期是在中国文学史上的重要转折点是，在西方大致是16至18世纪。魏晋时期，“文学”与“文章”和“文”逐渐成为同义词。南朝宋文帝刘义隆文帝设立了“四学”，将“文学”与“儒学”“玄学”“史学”并立。典论中的“诗赋欲丽”和“文以气为主”分别强调了文学的语言形式美和作家创作个性。魏晋以后，文学即审美的观念便成为中国文学理论中占据显要地位的一个固有传统。西方的狭义文学观于1747年被正式提出，夏尔巴托“在统一原则下的美的艺术”称诗、绘画、雕塑、音乐、舞蹈、艺术、修辞为七种“美的艺术”。人们往往需要将文学与艺术划分开来，我认为实际上是能力不足导致的，显然彭国梁先生不需要这种无谓的区分，对于他而言，或许文学与艺术本就是一体的。这一点在文学理论中多有提及。

正因如此，我认为写作与绘画可以相依相存，这两种创作方式没有可比性，硬要说的话，可能只有最终效果带给观者的感觉勉强可比。然而这也取决于创作者的水平，并不在于文字和画面这种表达的载体。如果我们觉得无法表现，只是因为在这方面的能力或眼界不够。我之所以会有这样的认识，是因为我经常会做一些光怪陆离的梦，同时喜欢写点小东西，画点小玩意儿。有时这些梦境令我清醒之后依旧觉得太过精彩，于是我便想把我能记住的那些梦记录下来。先是文字，比起画图，文字更加方便快捷。但我很快发现有些梦中的画面并不能很好地被我描述出来。它们超脱常理、荒诞无稽，有时甚至带着强烈的情感色彩，每每想到，我便几乎要窒息，不知道该如何下笔。于是我试着去画。问题更大，构图、起形、色彩……样样不行。转回去磨那些文字时，突然想到某种构图和用色；动笔画时，脑海中又闪现出几句漂亮的描写。如此来回反复，总是写字时想着画图的好，画图时想着写字的妙。说到底就是我能力不足、定力不够。不过像这样受挫，我倒更愿意迎难而上，两相互补，也挺自得其乐。这两者的魅力都是那么强悍，并且旗鼓相当，我只能由衷地赞美它们，笨拙地朝着它们的极限迈开脚步，希望能用一生的时间去热爱它们。而彭国梁先生做到了，他的画有趣又生动，即使以黑白居多，也能够准确表达其情绪。他的散文与诗歌中又总是有着如画般的美好。

到底该如何去总括这位老先生呢？我又想起彭燕郊老师评论彭国梁先生的话：“他的诗，像早霞一样新鲜，吸引你的，第一是那明净和精粹。”我觉得，彭国梁先生之所以写得出最精粹的文与诗，也是这世界上最为明净之人。

作者系文法学院汉文1904班学生

以小见大，既真且美

——评彭国梁诗集《黄昏的情歌》

□李　广

诗人彭国梁出生于湖南省长沙县一个农家小村，少年时代曾和他的父辈一起经历了动荡时期。不过，他是幸运的，当他刚刚对文学产生兴趣的时候，生活发生了剧烈变化，1978年，他进入大学（零陵师范高等专科学校），接受了新思潮的熏陶。

彭国梁无疑是一位高产的作家。他的诗作甚丰，至今已经出版了《黄昏的情歌》《流浪的根》《爱的小屋》等多部诗集。他也是写散文的高手，出版了多部散文，如《感激从前》《繁华的背影》《近楼，书更香》等。经过阅读后，他的诗集《黄昏的情歌》给我留下了深刻印象：《黄昏的情歌》的特点突出表现在“小与大”“真与美”两方面。

首先说“小与大”。所谓“小”，是指诗中描写的是一些生活中的普通事情、寻常题材。如《车站，传来钟声》：“离别的人和重逢的人/含着泪水/从人生的月台擦肩而过/可有谁说得清楚/哪一根白发/在此刻已悄悄发白。”通过写车站与钟声之下人们相离相别的情景，表达了分别的痛苦，以及分别后人与人之间的相思之情，还有孤独落寞之情。再如《雨的日子》：“又是雨/又是雨/冷清了城市的夜晚。”写出了诗人在陌生城市的寂寞与艰辛。诗集中还有许多这样的篇什，他写生日，写相聚，写重逢，写淋雨，写渔民，写篝火……

虽然不过是一些寻常题材或生活中的小事情，但是我们在阅读时能感同身受，情不自禁产生共鸣，想到自己的种种经历与苦难。这就是“以小见大”。作者通过对寻常琐屑事情的描写，抒发人生的感悟，表达人生的感怀。

诗永远是一个磁场，各条磁力线从那里发出，诗歌之所以是有生命的，是因为各条磁力线不断发射出能量，而这种能量能使读者产生强烈共鸣。所以有的人在读诗中想到人世遭际挫折，有的人想到情感阴差阳错，有的人追悔莫及，有的人无奈苦笑，有的人怅然若失……

再说“真与美”。“真”首先表现在感情之真，写真实的事，写真实的情，写自己的心，是“为情而造文”，而不是“为文而造情”。在《我爱过的人》中有这样一段：“多少柔情的眼睛/钟情于风度潇洒的诗人/只有你依恋着/一个平平常常/额头上沟渠深陷的男人。”读到这段时，我不仅拍手叫好，我看过作者的照片，确实其貌不扬，而作者也坦坦荡荡，无丝毫掩饰与做作，敢于在诗中说出自己相貌的不足。可以从这一段看出作者对这位“我爱过的人”的念念不忘。而这位姑娘不以貌取人，与我们的作者相爱，一定是看中了作者有趣的灵魂和不俗的才华。

再如《生活的法则》：“当我们年轻时/解冻的江河/天天都在血管里喧响/日子尽管普普通通/也充满诱惑/愿望尽管自自然然/也时刻发出呼唤/在我们精力旺盛的脚下/哪怕只是一条路/也会被走出一千个路口。”写出了年轻人风华正茂、指点江山、欲与天公试比高、敢创敢拼的劲头与势头。然而岁月之河奔流，在现实这个魔鬼面前，年轻人一次次碰壁，碰得头破血流，他们的棱角被磨平了，他们的意气不再了，一种悲哀的成熟笼罩而来——“一千条道路/在我们的选择中/只剩下最平坦笔直的一条/面对伸手可摘的幸福/面对咫尺之内的成功/我们都已经/抬不起手/迈不动腿”。

作者踏出校门后，经历了生活的风风雨雨，或许曾经他也是一个意气风发的少年，但是终归敌不过现实，不仅慨叹。于是他在《情感的季节》中这样写道：“世界像个爱挑剔的老人/总在刁难着每一个人/儿童的天地里/透明/使人喜悦/……二十四岁/是否应像个成熟的人那样/考虑哪个季节/该穿哪件外衣/说哪些话。”少年离世故圆滑越来越近，离这种自己曾经最讨厌的东西越来越近，诗人心中是悲凉的。于是诗人在《我只好学会沉默》里说："我已不再年轻/在嘈杂的人海里/我只好学会沉默/免得在人的浪潮中变形/被流言的风刮倒。"

作者步之所履，情随之而来，笔随之而发。《黄昏的情歌》有四辑："爱的潮汐""深情的岁月""群山与海洋""生活的闪光"。作者的脚步一直在路上，他走出校门，走到边疆，走向群山和海洋。"红色的群山/蔚蓝的海洋/都是翻滚不息的波浪/都是我迷恋的地方。"他用诗记录下了在这些地方真情而真实的一幕又一幕，他开始接触更广阔的生活领域。

此外，"真"还体现在作者诗中的"真知灼见"，一些诗句给人启发，发人醒悟，犹如"真言"。

如"所有把话说得笔直透亮的人/都住在弯曲阴暗的小巷里/弯弯拐拐闪烁其词的人/却总住在宽敞的新楼里"，再如"人生不管是长是短/总是由一个个四季组成/擦肩而过的春夏秋冬/我一个也不留恋"，再如"昨天的星光/无论多么耀眼/也照不亮我今天的路"……其中有一些令人沉思，有一些可以作为格言和座右铭。

最后说"美"。首先，《黄昏的情歌》的语言很美，这种语言美不是华丽的辞藻，不是一堆赋比兴，不是绚烂的文采，而是一种自然朴素之美。纵观全篇诗集，诗作大多清新流畅，晓畅明白，平淡自然。

诗人用他独特的视角观察周围的世界，用一种亲和平淡的口吻娓娓道来，让人读起来舒服畅快，表现了诗人独特的才情。

"那一夜/我们都谈起了各自/那些日记里都不写的往事/话语淡淡/回忆淡淡/淡得让人尝不出滋味"，"飞飞飏飏的雪花/模糊了城市的风景线/十二月的天/向着温暖的地方弥合/冻僵的橙色路灯/时断时泻/溅起阵阵寒意"，"行人悄声细语/姑娘的胸前的缅桂花/揉合在带皱褶的风里"……这些诗句并没有使用多么华丽的辞藻，但有一种自然朴素之美，悠扬动人，温婉可亲，让人沉浸其中。

如果不把诗句分行排列，而是用逗号或句号连接，那么这诗既犹如一篇篇小散文，又犹如一篇篇随笔。《黄昏的情歌》具有散文化的特点，近散文诗，诗句简洁平淡，却又不流于通俗直白。

1943年，美国作家威廉写了一首名为《便条》的诗："我吃了/放在冰箱/中的/梅子/那可能/是你/要留着/当早餐的/原谅我/它们太美味了/如此甜蜜/如此冰凉。"尽管这首诗非常闻名，但在我看来，它过于直白和口语化，不能算作一首好诗，至少比不上彭国梁的诗作。阅读彭国梁的诗作，让笔者不仅想起中国宋代伟大词人辛弃疾。词可以说是诗的近亲，又叫诗余，因此倒也不妨一起谈谈。辛弃疾词作有一个特点，那就是"以文为词"，词作有散文化的特点。"我见青山多妩媚，青山见我应如是。""杯汝来前，老子今朝，点检形骸。甚长年抱渴，咽如焦釜，于今喜睡，气似奔雷。"这几句词就如平常言谈一样自然晓畅，恰恰好似散文。或许作者受过辛弃疾的影响亦未可知，作者的性格豪迈爽直倒颇似辛弃疾。

散文化的语言是《黄昏的情歌》的长处所在。不过由于语言过于晓畅清晰，便使诗歌失去了一种朦胧之美，缺乏多种解读的可能。众所周知，20世纪80年代，中国诗坛出现了以顾城、舒婷、江河为代表的朦胧诗派，他们是诗坛的英雄，许多诗作至今仍在人们口中传唱不衰。虽然彭国梁和朦胧派诗人是同一时代的人，但两者的风格截然不同。

朦胧诗具有"含不尽之意于言外"的特点。舒婷的《双桅船》、顾城的《远与近》都是朦胧诗的典型代表，具有意蕴丰富的特点，象征性与暗示性突出。诗的意象本身的不透明及诗歌具有的象征性产生了众多空白点和意义读解的多重可能，给读者预留了想象的空间，形成一种"召唤结构"，吸引读者去想象、联想、填充、对话，从而使作品的意蕴在阅读中不断得到丰富与创新。优秀的诗歌应该允许语言含混与多义的存在。彭国梁的作品成就不及朦胧派诗人，或许应该从这方面去寻找原因。

《黄昏的情歌》的语言美还表现在修辞上的巧妙，特别是一些比喻和拟人手法的运用，为诗增色不少。如《那个秋天》："我的手像风吹断的枯枝/拉不住你远去的身影"，表现了诗人在爱情中的无力感与痛苦之情；如《黄昏》："少女般的夕阳/还在深情地回眸凝视"，不写人留恋夕阳，而是写夕阳不舍人间，妙极妙极，夕阳下山如同少女一样不舍人间，夕阳的柔情与艳美一下便跃然纸上；再如《写信·读信》："普通人的日子/如同四四方方的普通邮票/四周细密的锯齿/锯落些艰辛/锯落些欢乐”，比喻同样生动形象。

美还表现为意境美，《黄昏的情歌》中的一些诗作意境优美，让人沉醉不知归路。何谓意境？意境是中国古代古诗最重要的文学审美范畴之一。意与境即思想感情与自然景物或人生境遇的高度融合。比如刘禹锡的“沉舟侧畔千帆过，病树前头万木春”，表现了诗人在命运多舛的境况下仍然对前途充满了信心的乐观主义精神。

现代诗中同样有意境，意境依旧是评判一首诗优劣的重要审美标准。诗人艾青说意境是诗人对于情景的感兴，是诗人的心与客观世界的契合。可以这样理解：意境依赖意象而产生，又超越具体意象之外，是需要通过联想和想象才能达到的一种艺术境界。意境的优美可以引起读者的共鸣和丰富的想象。

《黄昏的情歌》中的《诗人走在雨中》这样写道：“起风了/拉长了脸的夜/向着他的名字聚拢/暗哑的六弦琴/挂在潮湿的墙上/冬天连绵的日子/他总是习惯放慢脚步/朝四周瞅瞅/其实/只要换几根琴弦/他的歌声又会泛滥在/那些彩色封面的杂志上/没有星星的雨夜/所有雨滴都成了星星/在风的指挥下/唱着同调的歌。”这首诗写了一个在雨夜中漫步的诗人，他是孤独落寞的，他的处境正如“暗哑的六弦琴/挂在潮湿的墙壁上”，怀才不遇，英雄无用武之地。一些道貌岸然的人却大行其道，“所有的雨滴都成了星星”。“暗哑的六弦琴”“冬雨”“雨夜”，看似写景，实则写情，这些意象之中倾注着诗人的浓厚情感，构成了一幅凄凉寒寂的意境，抒发了诗人壮志难酬的落魄之情，让人读起来感同身受，久久沉入其中。其他篇什如《黄昏》《往事》《那个秋天》等也具有深远意境，引人入胜，韵味无穷，令人涵咏不已。

最后需要指出的是，在作者众多著作中，笔者最喜爱《黄昏的情歌》，并且认为它最具艺术价值。《爱的小屋》是彭国梁的处女作，笔法相对稚嫩与青涩，而后面的诗集《流浪的根》虽然在技巧方面更加成熟，但读起来有些奇僻凝涩，意象也更加怪诞，诗中的现代元素与古典元素融合得不自然，这是作者在尝试突破自我，我们应该给予理解与包含，加上当时作者的情感问题不是很顺利，在痛苦之下完成了作品，那么我们更应该理解与包容他。

综上所述，《黄昏的情歌》是一部内涵丰富的作品，具有一定艺术价值，值得我们慢慢品读，细细体会。

作者系文法学院汉文1903班学生

生活与细节的碰撞

——读彭国梁的《爱的小屋》有感

□ 李志慧

《爱的小屋》是彭国梁的一本诗集，诗集的后记有这样一句话："洒脱与悲哀之余，就梦幻着有那么一个小岛，小岛有一间爱的小屋，离岸远远的，离那些眼睛里的绿火、猩红的脚印远远的。"在生死游离之际，在孤独寂静之时，在幸福快乐瞬间，或许我们每个人都曾梦幻过有这样一间爱的小屋。当我们拿起这本诗集时，里面的每个字符幻化成生活的一个个细节，如在眼前，如在耳旁，如在指间，掀起内心阵阵涟漪。从少女到老太婆、从狮毛狗到致信鸽、从残荷到斑竹、从跳子棋到照片等都是生活与细节的碰撞。

生活与细节的碰撞是平淡而不平凡。在诗人的笔下，生活中的许多事物都似乎拥有了自己的生命。在平淡的日子里，生活充满着诗意，简单的四月是你我的相识，有着花、草、天空、云的陪伴，诗人更是将笔触伸到那幽静的林荫小道，戴望舒的《雨巷》不仅在诗人脑海中浮现，也在我们的记忆里闪现。就这样平淡的四月，诗人融入生活中的点滴，在读者的眼里，四月已经变得不平凡。当写到《新房子》时，诗人描写门的宽度和锁的位置，还有形象生动的蚊子等，无一不描写得细致入微，这样的新房子不过是我们生活中千千万万的一栋，但在诗人的笔下，寥寥几个事物却给予我们不一样的感受，诗人的世界与读者的想象相交汇，无一不绽放出异样的光彩。平淡的岁月带走我们的青春，带给我们一缕缕白发，这是一个咀嚼着自己白发的老太婆，她的蒲扇摇来了市声与往事，这时，小女孩如蝴蝶般在老太婆的眼前飘过。在《老太婆》的诗篇里，诗人采用"咀嚼""摇"等词，牙齿间反反复复碰撞，肢体来来回回摆动，本就与寂寞有着千丝万缕的联系，而"小女孩”又带着回忆的性质，在小女孩出现的瞬间，老太婆是否也曾想起曾经的自己奔走在大街小巷呢？在《老艄公》的诗篇里，一位老艄公载着乘客划来划去，只要有乘客在，他的小舟便不会停息，这样一个充满希望而又无私奉献的形象不禁让我们想起沈从文《边城》里老船夫“爷爷”的形象。在这本诗集里，还有很多这样平淡却不平凡的诗篇，不管是人物、动物还是风景、物件，都充满着浓浓的生活气息，诗人用细腻的笔触带我们走进他的世界。

生活与细节的碰撞是戏内和戏外的衔接。人生如戏，无论悲喜、聚散还是虚实，自己都是主角。正如诗篇《爱的小屋》，每个人都在划着小舟，寻找自己的小屋，在这一过程中，我们是迷茫而充满希望的。刚好两只小舟同时停泊在同一座小岛，进入同一间小屋，就这样，爱的小屋产生了，在屋内是灵魂的相聚，在屋外是时间的消逝。在《我俩下跳子棋》的诗篇里，诗人从下棋写到人生路、世界，每一颗圆圆的弹子都包裹着一个圆圆的世界，弹球的红黄白绿亦如生活的酸甜苦辣，棋外是人生的博弈，棋内是技艺的比拼。城乡似乎永远有一条无法跨越的边界，人们总是喜欢贴上洋气和土气的标签，城乡的千姿百态总是不大相同，神秘与古老、开放与淳朴都在各自的领域显现出来。诗人用《在城里，在乡里》这样的诗篇，仅仅从穿着、建筑、性情几个方面表现出“我”在城里和在乡里的差异，而共同点是“我”是他们眼中的一个新鲜命题。在《洞庭湖》的诗篇里，诗人将酒杯比作洞庭湖，酒杯内是诗人对美景的回味，诗人沉醉在酒杯内的世界，而读者迷失于作家的诗篇里，洞庭湖就这样在诗人与读者的世界里交融碰撞。生活就像舞台，细节是演技和道具，怎样唱出一部大戏全靠我们自己的领悟。

诗人将生活中的细节变换成颜料，涂满玻璃窗，人们透过玻璃窗看外面的世界，读者品味诗歌来琢磨诗人的心境。通过阅读彭国梁的《爱的小屋》，我们可以看出诗人的内心是明净和纯粹的，他笔下的乡土诗总是从生活细小的一面带给读者美的感受，不仅是自然美，也是风情美、人性美。这既是生活与细节碰撞的产物，也是诗人与读者的心灵相融合。

作者系文法学院汉文1901班学生

《坐拥书城独悲怀》："悲"在何处

——读彭国梁散文作品有感

□吴　澳

最近，读到彭国梁先生的散文集《近楼，书更香》中的《坐拥书城独悲怀》一文，让我感受到了一个文人心中的悲怀，彭先生通过回忆与钟书河先生交往的方式，把钟叔河先生晚年失去妻子后生活的悲怀展现了出来。

在钟叔河先生丧妻之后，彭国梁曾一连两次去他家里与其闲坐聊天，钟先生是一个胸藏文墨、虚怀若谷的知识分子，在与他的交谈中，他总能将交谈话题的历史和文化深入浅出地娓娓道来，在交谈过程中，彭先生也能听出钟先生声气里有一丝丝悲音在缠绕着。钟先生的悲怀悲在从历史中看到了自己的影子，以及对历史人物的感同身受。钟先生通晓古今，对历史文化有着自身独特的见解，不知历史已经埋葬了多少人，帝王将相最终都化为一抔黄土，但以前钟叔河没有感受到这种悲怀，而在失去妻子之后，才是真正的感同身受，这一丝丝悲音不易被人察觉，但终究还是存在。

在这"书城里"，钟叔河先生不知拥有多少名著古典、字画古玩，但他的心中是悲怀的，在他家餐桌旁的墙上有黄永玉先生送给他的一幅字，所写的内容是《南辅词》。这首词固然好，但调子是彭国梁先生所说的太沉，何处离声刮起，拨枇杷千载剩空亭，给人一种悲伤的意境。在客厅与另一间书房之间的走廊上挂着一首钱钟书先生为钟先生题的诗，其中两句："孤萤没竹淡收光，雨后宵凉气挟霜。细诉秋心虫语砌，冥传风态叶飘廊。"诗中始终透露着伤春悲秋之意，萤火虫在诉说秋心，秋心即愁，而秋虫的愁便是对生命即将终结的哀鸣，以及对死神临近的恐惧。钟叔河先生把这两首诗词挂在家中显眼位置是他故意为之，在这里体现出他的悲怀中对迟暮之年的悲叹，在失去妻子之后，让他感受到生命的易逝。这两首诗词都有些悲叹落寞的情感在其中。这些诗词太契合钟叔河先生此时的心境。生命何其短暂、生命何其脆弱、生命何其珍贵，只有经历最亲爱的人的死亡时，我们才会明白生命多么重要，但人已迟暮，对于生死不必过于强求，一切顺其自然就好，虽然钟叔河老先生对迟暮之年有所感慨，却能顺应自然，用这些诗词聊以慰藉，实在难能可贵。

钟叔河先生的悲怀还悲在家已经不像家。当彭国梁先生坐下来，想和钟叔河先生谈谈“家”的时候，钟先生说：“朱纯走后，家也不称其为家了。”朱纯是钟先生的妻子，钟先生有四个女儿，夫妻二人相伴一生，虽然平时并不是十分亲热，甚至有时会因为一些小事而发脾气，并恶语相向，但双方都已经习惯了对方几十年的相伴，突然有一天不在了，总归难以接受。朱纯死后，钟叔河先生按照妻子的遗愿，不设灵堂，不搞遗体告别会，在他写的《哀启》中写到他和孩子们极为悲痛，钟先生失去爱妻即失去了一个家，前者的痛是巨大的，而后者的悲怀则让钟叔河先生在以后一个人的日子里慢慢承受。在朋友们接到钟叔河先生的《哀启》后，一位名叫浣官生的人在《记得朱纯》中描写过一件事情：他常去看望钟先生，在门铃响后，保姆小谢前来开门，看见客人后会报告坐在客厅的钟先生：“浣老师来了。”钟先生不起身就会喊：“朱纯，老浣来了！”接着听到的便是朱纯热情的招呼，胖胖的她也会快步出门相迎，可如今，门一打开，再也听不到钟叔河先生喊朱纯，更听不到朱纯热情的招呼了。这件事情从旁人的叙述中体现出了钟先生的悲怀。所以钟叔河先生的第三悲悲在家不像家，以后的日子、失去妻子的家不像家了。

钟叔河老先生是一个深情的人，在那个房子里不仅充满着钟叔河夫妻俩在一起生活的欢乐，也弥漫着钟先生如今的深情悲怀。人固有一死，在面对死亡时，朱纯表现出的是坚强的、乐观的、通透的。虽然钟叔河先生面对妻子的逝去十分悲痛，但他直面现实，生活还要继续，但失去爱人的生活终究是不完整的，不管你是文人还是什么，钟叔河先生就是这样，坐拥书城独悲怀。

作者系文法学院汉文1901班学生

论《阳台》中阳台的象征含义

——读彭国梁散文作品有感

□ 罗晓婷

在宋人向子湮的笔下有一句“梦绕阳台寂寞回，沾袖余香冷”，让人快速感受到诗人的处境及心情，其表达的情感极为丰富，尤其通过阳台这个意象表达了更为深刻的意义。诗中的阳台象征一个冰冷寂寞之地，让读者更能深入了解作者的心情。自古以来，阳台是人们表达和寄托各种各样情感的独特意象，被赋予多种意义。如今，有人用它演绎市井生活，一生洗衣晾晒；有人把它当作空中花园，在花花草草下读书喝茶；也有人把它当作舞台，阳光沐浴展现内心艺术的追求。

对于诗人们而言，整个宇宙就是一座“象征的森林”，外界事象与人的内心能够发生神秘的感应与契合。因此，“象征”不是一般的“修辞”技巧，而是内外现实的“相遇”“相融合”。诗中的形象不是从属的工具，它自身拥有自足的价值。意和象之间是象征性关系，两者的距离既更加贴近，又更加遥远。阳台这一个看似极为简单又常见的意象，在诗人们的笔下，它成了一个可望而不可即的缥缈物象，含义丰富。在彭国梁的这首小诗中，阳台被赋予了极为丰富的内涵。

在这首简单的小诗中，阳台被诗人比喻成许多奇特的物件，由这些比喻而引发了无尽想象。诗歌以简单的“阳台”二字命名，引发无尽遐想。在第一小节中，“楼房如同换上新衣的老农”，楼房似焕然一新，却仍能看出饱经沧桑的痕迹。阳台被想象成老农的舌尖，伸出来却缩不回去，在此过程中，感受到了无数惊叹。老农的舌尖尝遍酸甜苦辣，有时候某些事情会让他惊叹，或是惊喜，或是惊讶。如舌尖般的阳台伸出来却缩不回去，像是有着某种苦衷。阳台独立于楼房之外，却又属于楼房的一部分，与楼房有着千丝万缕的关系。阳台之于楼房正如舌尖之于人，不可缺少，如同门户。舌尖是人的一个敏感部位，用来感受各种各样的刺激，而对于住在楼房里的人来说，阳台是接触外界、感受外界刺激最快速的捷径，在这里，两者有着异曲同工之妙，是一种过渡，象征着开启一个全新而又奇特的世界大门。

第二小节里，阳台象征着一个无拘无束的环境，是一片新天地，带给人自由。在作者的笔下，阳台可以是房子，也可以不是房子。它不是房子，因为没有门和窗的庇护，但它又可以算作另一种意义上的房子，没有门和窗的羁绊，没有墙的束缚。没有门、窗和墙围成的真正意义上的房子里的狭窄、闷热和困扰。在这个特殊的房子里，人们既可以随意地、无所顾忌地张望，感受自由与美好，又能感受到楼房的安全感，是一个特殊的精神家园，逃离压力与困扰，带给人全新而又奇特的安慰。

阳台这个没门、没窗的特殊房子又象征着一种特殊的境况和精神，什么都没有，在一无所有的境地下，却仍能找到一丝安慰，即使“狭窄”、有困扰。前文提到“是某件事或某些事让它过于的惊叹”，或许是遭遇一定困境，但往前迈一步即是解脱，能获取轻松。阳台象征着一种精神，一种自我解脱、自我放松，不拘泥一件事情的豁达境界。

从第一小节与第二小节来看，诗人把阳台分别比作舌尖和房子，舌尖是最为敏感的部位，最先感受到刺激，获取享受，算作开启一片新天地的钥匙，感受除此前外的全新东西，打开一扇新的大门。而对于一个无门、窗和墙的房子来说，那不仅是摆脱狭窄束缚和苦闷的最好去处，也是一个全新的世界。可随意张望，获取享受，是一种自由，一片新天地。

在诗人看来，阳台是一个比喻，一个对美好事物的比喻，简单的比喻会引发无限联想，能让人游离于痛苦世界之外。阳台虽是一隅，但反映了我们对于品质生活的渴望与追求，也是“勾连”市井生活的桥梁。在这里，人们思考、交流、互动，犹如一个个多层体验感交织而成的小舞台，处处充满着生活气息，展现出丰富多彩的市井生活。在这里，每一个阳台都是一座舞台，每一立面又是一座更大的舞台，呈现多种舞台、多出戏，让人得到精神慰藉。

作者系文法学院汉文1902班学生

精神家园的迷失

——浅析《繁华的背影》中的“两栖人”困境

□陶　涛

《繁华的背影》是新乡土诗派代表作家彭国梁先生所创作的一本散文集，在很大程度上继承了彭国梁先生在其诗歌创作中要表现的核心理念。在新乡土诗派中，“两栖人”和“精神家园”可以说是最为核心的两个内容，“两栖”这个词原本用在动物身上，指的是既可以在水中生存，也可以在陆地上生存的动物。而当“两栖”这个词放到人的前面，对人进行修饰时，当然不是说既可以在水中生存，又可以在陆地生存的人。在形容人之后，“两栖”这个词获得了更加丰富的含义。新乡土诗派代表作者之一彭国梁就曾对“两栖人”提出过自己的看法，他认为：两栖人不同于完全的城市人，也不同于完全的农村人，他们是一脚踏在城市，一脚踩在农村。他们到了乡下，被视为城里人；他们在城里，被视为乡里人。在城里、在乡里，他们都是一个新鲜的命题，两栖人经常找不到家的感觉。因为生活的需要，两栖人往往需要来回往返于农村与城市，但农村与城市往往都无法成为他们精神上的寄托，找不到自己的“家”。

“精神家园”是一个多维度的概念，涉及文化、情感、价值观念等多个方面。它不仅是人类情感的寄托和精神的归宿，也是文化传承与民族凝聚力的重要体现。在当代中国文化语境中，“精神家园”尤其强调中华民族共有精神家园的建设，其核心在于传承中华优秀传统文化、增强文化认同感，以及推动各民族在精神层面的团结与融合。“两栖人”通常是指在传统与现代、本土与外来文化之间穿梭的人群。在中国文化社会中，这一群体可能因多重文化规范的冲突而感到精神上的困惑或不安。精神家园的构建为“两栖人”提供了一种回归传统、寻找文化根源的路径，帮助他们在复杂的文化环境中找到情感和价值的归宿。

在《繁华的背影》中，作者在反映城市生活的同时，有意无意地表现出城市发展与旧生活方式或者说与旧事物的矛盾。城市发展快速，或许会带来城市经济的腾飞，但是也给人们带来了许多不确定因素。比如：城市的改革和发展往往会对土地进行回收与开发，一些旧有的、人们熟悉的、习以为常的事物不断消失，土地被回收建成了某座新的高楼大厦。而这样的变化冲击着一些人们记忆中旧的城市、旧的农村，冲击着一些人们对于这座城市旧有的认识。城市在发展的同时，新生活方式、新事物与旧生活方式、旧事物的矛盾自然在不断产生。而对于这样的矛盾故事，作者在其作品集《繁华的背影》中表现得极多。在作者的作品中，很多时候记录的是形势压过人，但也有少数“顽固派”“胜利”的案例。比如在《白沙井》这一篇小短文中就讲述了一群“守井人”对于掘土机的抵抗，在众人的奋力抵抗之下，这口古井、名井总算保留了下来。而比起这样的“胜利”案例，更多的是在城市改革发展后颓败的人和物，比如在《白隐》一文中白吃白喝、白拿白睡的“白隐”，他穿梭于长沙的城区之中，却又没有自己的身份，是一个妥妥的被社会抛弃的人。再比如《擦皮鞋》一文中，写擦鞋匠的老人，但很明显擦鞋匠这个工作也逐渐地被社会淘汰了，而擦鞋从一种常见的职业逐渐转变为一种难以再现的回忆。除了这些例子，在这本文集中，作者还在很多地方写到了长沙城的变化。

在作者笔下，城市的绝大部分人在极为普通的状态下生存。虽然他们只是伟大历史进程中的芸芸众生，但仍然积极、倔强而艰难地生活着。就像作者在封面上写的：“都市众生相，哀乐寸心知。”无论是背着蛇皮袋，“像一只无头苍蝇，在城市的夹缝中盲目前行”的“垃圾王”，还是“一见皮鞋就肃然起敬”，为练擦鞋，曾经把大石头都擦融的老人，或是靠“一口酒”撑着修单车的下岗工人，还有那悬于高层清扫摩天大楼的“蜘蛛侠”等。这些底层小人物在现实生活中生存着、挣扎着，谁也不屑于叫唤他们的姓名，他们也不在乎什么名分。但他们以自己的方式欢乐着，“垃圾王”的乐趣是在废报纸上看征婚启事，而拉煤者抽烟提神后可以偷看几眼过路的女人。这些特殊群体的思想性格明显秉承了传统的道德准绳，他们勤俭宽厚而忍让，对于他们的生活命运，作者笔下触发出真切的理解、同情与人性的光芒。

同时，彭国梁也描绘了现代都市中一些女性表现出来的异常行为，而这多半由于某种心理落差造成，这种落差往往由对物质的过度渴望、伦理让位于物质、爱情让位于欲望等社会文化转型期的痛点所导致。而对于这样的社会现实，作者以本真的态度，冷静地剖析了导致这样异常的深层原因，揭示出社会文化转型时期价值观和人际关系的痛点。作者在表现出对这样的观念进行批判的同时，也表现出对这样的女人的同情与悲悯。

而这样的“物质欲望优先”观念让许多从农村出来的人和城市人在这样的新的“城市文化”中无法找到自己感情的寄托，更不用谈自己的精神家园了，其实这就是个人精神的一种迷失。这样的现实对于“两栖人”来说，他们是无法适应的，这与他们之前所接触的思想观念是有巨大差异，这会使得他们无法真正成为一个地地道道的“城里人”，他们渴望农村旧有的那种质朴的人与人之间的关系，而现实是，农村劳动力的外流让一些农村不断消亡的同时，也让一些农村沾染上了“城市病”。同时，在城市快节奏、重复单调的生活方式之下，“两栖人”也往往会感受到一种对于城市生活的不适应与对原来农村慢节奏、更加亲近自然的生活的向往。于是，由于以上种种原因，“两栖人”们无法接受城市成为他们的精神家园，但同时，因为在城市生活，他们也已经无法再去适应农村的生活。他们只能将自己的精神家园寄托于农村，而农村的城市化正逐渐破坏人们对农村生活的美好设想。总之，精神家园的迷失是城市化进程中不可忽视的问题。只有通过文化传承、社会包容和心理关怀，才能帮助“两栖人”找到真正的精神归宿，缓解他们在城乡之间的身份困境。

彭国梁擅长在常态氛围中朴实无华地再现生活的风貌，作者通过描写市井百态，通过这种生活的质感和天然之趣，希望能让迷失在城市中的读者感受生活的真谛。同时，作者也希望能够在城市生活中找到明察“世道”与“人心”的契合点，将整个社会的风气引向一个好的发展方向：注重“人”的发展与感受，而非物质优先。这不仅是解决“两栖人”生存困境的良药，也是城市发展所必需的，与每一个人息息相关。

作者系文法学院汉文1902班学生

愚溪悦读
YUXI YUEDU

卷三　人生的道场

浮华喧嚣下的天真织梦者

——评《了不起的盖茨比》中的盖茨比形象

□ 祁一琳

"一战"之后的美国看似是战争年代的一方和平净土，但它不过是虚假经济搭建起来的伊甸园。物欲横流的汪洋淹没了美国，金钱成了一切的风向标，每个人都在拼命划桨，以期在这场博弈中胜出，最后发现早已迷失于途。盖茨比是这芸芸众生的一个缩影，他平凡、倔强、天真而又了不起。

一、两个世界：灰烬底层和繁华上层

书中有这样两幅画面：一幅画面是在西卵和纽约之间，要经过一个"灰烬山谷"。它是堆放灰渣的垃圾场，是纽约丑陋的风景，笼罩在这片土地上的永远只有阴霾，埃克尔堡大夫的眼睛阴郁地注视这一块尘土飞扬的土地。另一幅画面是东卵的豪华住宅区，"洁白的宫殿式的大厦沿着水边光彩夺目"和纽约街头"一大排白色蛋糕似的公寓"，人们在这里寻欢作乐，过着纸醉金迷的奢靡生活。在丑恶的灰烬上诞生的是纽约的繁华，这份繁华迷惑了天真的心灵，以为这就是人生的幸福和意义，这就是梦的实现，从而"献身于一种博大、庸俗、华而不实的美"。

盖茨比就是这大多数天真人中的一个，他的父母是普通的庄稼人，然而他却为自己幻想出另一个身份，并忠于这个理想形象而踏上了征程。夜晚的幻梦是奔波生活的治愈，为此他赚钱进入学校学习，却发现这对他的命运所起的作用杯水车薪。于是他再一次起航，紧紧抓住了上帝送给他的机会。科迪是他人生的转折点，在科迪手下的五年，他从事各种工作，开

始窥见幻梦的影子，然而这一切在科迪死后又倏忽不见。后来他参军参战，退役后和沃尔夫山姆共事，他获得了大量金钱，从底层进入了上层。年少时的自律和战争中的勇气为他的幻梦添砖加瓦。

但是他从未真正融入那个圈子，他是上层社会的局外人。如同东卵和西卵之间相隔的大海，只能对视，而永远不能融为一体。他白手起家成为富翁，却被汤姆这样继承万贯家财的人蔑视，被进入他聚会的上层人士恶意中伤。金钱并不能融化阶层固有的痕迹，通过金钱来实现幻梦的想法到了末路，即使如沃尔夫山姆所说的，他一表人才，有能力，又可靠，但这些美德在阶层固化的丑恶面前显得力量薄弱。

他生于平凡，却又不甘平凡，拥抱着伟大的梦，在人生道路上奋力拼搏，以非凡的毅力进入了他所梦想的地方。他的衣着、谈吐褪去了过往的痕迹，犹如归来的基督山伯爵。追梦人永远值得敬意，为其奋不顾身，为其坚韧的心灵。奋斗永远使人迎着光辉而行，沐浴日月，他不外如是。

二、爱情遗梦：五年守望和一朝梦尽

盖茨比第一次走入黛西家的时候，就为这个美丽的住宅而吸引，这个住宅就像他幻梦一部分的真实展现，在那金碧辉煌的大厅内，在那觥筹交错之间，黛西的出现为这幻梦更增添了几分真实。从另一个角度来看，或许盖茨比对黛西的迷恋早已超乎爱情的界限，黛西是他的梦，他认为，拥有了黛西，就代表他幻梦的实现。他在西卵买下别墅，举办大型聚会，吸引各界人士前来，但是热闹从不是他的。他在夜夜笙箫中等待的只是有一天她能走进这里，其余的人不过是他空虚生活的排遣而已。所以在聚会过后，他独自一人走上草坪，朝着海水拥抱那盏遥远的绿灯。

他先后结识了黛西的好友贝克小姐和表哥尼克，他一步一步达成和黛西相见的目标。和黛西见面之前，他显得十分激动而又笨拙，让人清理尼克的草坪，送来差不多一个暖房的花来装点尼克的客厅，等待时表现出局促不安，在黛西要进门的时候仓皇逃走，而后重新敲门进来去见黛西。当他精确说出两人未见的时间，这一刻，等待的孤独、沧桑全部消散了。他终于把黛西带进了他的别墅，带她欣赏每一个地方，他们在这里跳舞，享受久别重逢的喜悦。后来他遣散了用人，关闭了聚会的大门，只为了让黛西感到安全。

但黛西不过把他当成婚姻不幸的慰藉，从未想过和自己地位优越的丈夫离婚，当他把爱情推到明面上来，换来的却是黛西模棱两可的态度。他知道“她的声音里充满了金钱”，就像当初他让她以为两人地位相当才占有了她，就像她知道他不值一文后转头嫁给了有钱有地位的汤姆，然而他还是一头扎进了自己的幻梦，以为金钱会让时光倒流，会让一切回到原点。

他困于倔强，却又不愿破牢，徜徉在爱情的廊桥。对他而言，即便获得金钱构筑的地位，然而他最想要的仍然是温暖心灵的爱情。他没有被浮华遮住双眼，他是这世间清醒之人，他清楚地知道自己真正想要的东西。虽然愿望是单纯的，却又是难以实现的，然其执着，其清醒，多么让人钦佩，多么让人难忘!

三、死亡终点：人情冷暖和心灵回响

盖茨比的死亡看似是威尔逊的误杀，实际上是一出被导演的谋杀剧本。汤姆的卑鄙和黛西的绝情葬送了这个天真的织梦者，而谋杀者心安理得地继续生活着。盖茨比是为他的幻梦所杀死的，他在追逐幻梦的路上越走越迷茫，最后放弃了挣扎，他未听从尼克的劝告离开西卵，而是在等着黛西。等待黛西的出现是他对自己一生追逐的东西的肯定，告诉自己的抉择是正确的，挽救那支离破碎的信仰。然而他终未等来黛西的电话，一声枪响结束了他等待的寂寥，血染红了泳池。

盖茨比死后的场景实在凄凉，尼克多次给黛西打电话，得到的却是黛西夫妇度假的消息。尼克也多次给那个自诩盖茨比朋友的沃尔夫山姆去信和打电话，得到的却是沃尔夫山姆的一再回避。在盖茨比别墅曾经留宿的客人来信只为了一双网球鞋，供自己明日的享乐。还有那些曾经参加盖茨比聚会的人，他们对盖茨比只有各种恶意揣测。最后赶来参加葬礼的是盖茨比的父亲，一个碌碌无为的庄稼人，一个没有学识、地位和现在拥有了

一点金钱的底层人，却拥有无价的善良和真情。

喧嚣褪去的别墅，被泥土掩埋的可贵灵魂，幻梦消逝后扬起的恶浊尘土，对时代似乎毫无影响。人们依然沉醉在酒色中，沉醉在一场接一场的聚会中，沉醉在戴着面具的婚姻中，沉醉在利益至上的关系中。可还是吹进了一缕清风，尼克离开了看似美好实则腐朽的东部，放弃了曾经要精通债券的想法，放弃了和贝克小姐的交往，带着盖茨比的天真，开始了新生活。

他逝于天真，却又无怨无悔，他曾是那群上流人士中真正道德的人，正如尼克对盖茨比所说的："他们都是烂人，那帮混蛋全部加起来也没你高贵。"虽然金钱可以让他过上奢靡的生活，然而他心里依然存在着一份朴实的坚守。如果将其局限于爱情，对他的梦而言太过狭隘，他的梦应当更加广阔辽远，超越时代，超越庸俗，包裹天真的内核，虽然在现实中不合时宜，却在人心中找到了可以安放的位置，这是不幸中的唯一安慰。

一个天真的织梦者，诞生在一个梦被挤压的时代里，注定走向毁灭。然而毁灭亦有价值，他的奋斗、挣扎和逝去并不会就此石沉大海，他用其一生留下的沉重音符，将超越时代，一遍又一遍在人们心里回响。

作者系文法学院汉文1703班学生

记纸醉金迷时代下盖茨比的悲剧

——《了不起的盖茨比》读后感

□ 曾京京

我们继续奋力向前，逆水行舟，被不断地向后推，直至回到往昔岁月。

——题记

千千世界，纸醉金迷，那个时代的美国恍若一张巨大的网，将盖茨比笼罩其中，无论他怎么努力想要冲破它都无济于事，但当一切真相大白后，他又仿佛回到了原点。盖茨比的悲剧人生亦如烟花一般，只绽放了片刻的绚丽，而幻灭与失去才是永恒。在与黛西分别后，他一直把与黛西重逢并重新相爱当作他以后人生的信条。他以为只要能与她相爱并回到从前，他的人生就圆满无憾了，殊不知，多年后，处心积虑地与黛西的重逢竟是他悲剧命运的开始。而他却浑然不知，还以为是上天重新给他的恩赐。在与黛西重逢后，盖茨比以为自己重新拥有了一切。但故事的结局表明一切都是那么讽刺，为专属于那个纸醉金迷的浮华时代奏响了一阕华丽的“爵士时代”的挽歌。

那是在20世纪20年代的美国，“美国梦”是这个故事的大背景，几乎所有美国人都在“淘金”，为了财富拼搏，为了那份空虚渺茫的希望拼搏，纸醉金迷的时代终将那个时代的人情冷暖烘托得异常清晰，而纯粹温暖的情感便在这份希望的泡沫中变得十分珍贵。当时盖茨比所处的时代是在“一战”结束之际，还没有出现经济大萧条，在美国土地上绵延了很长时间的清教徒道德观已经开始土崩瓦解，与此同时，大多数美国人过上了极具享乐主义的生活。由于上述种种原因，所以这个时代被称为“爵士乐时代”。上层社会的年轻人之间微妙的感情纠葛是爵士乐时代一个永恒的主题，他们心中的失意无法被金钱和权力驱散，所以他们只能过着挥金如土、物欲横流的生活，终日浑浑噩噩，仿佛失去了灵魂一般。虽然那个时代的人们充满对年轻和理想的渴望，但是他们的感情仿佛变化无常，精神世界异常空虚，希望仿佛是那个时代的奢侈品。

每个人都需要希望，希望能赋予人理想和信念。

而盖茨比的希望则是从窗户边眺望，越过隔在他和黛西之间的座座高楼大厦，越过一切，渴望重新遇见那个时隔五年的情人——黛西，那个他五年来梦见过多次却无法触及的人。他们之间的爱情像烟花，绚烂却短暂。而分别之后，他对黛西还是念念不忘，为了她，他成了众人眼里“了不起的盖茨比”，住在奢华得像城堡般的别墅里，给自己设定了高贵的背景，以及夜夜笙歌、永不眠休的上层人士参加的高级派对，而他自己却很少出现，这一切都是在等待，为了引起他昔日爱人的注意。但黛西嫁给了一个富豪，所以他要表现得比富豪更“豪”，这样才能引起黛西的注意，同时也满足了他的虚荣心。他渴望与旧爱再续前缘，殊不知早已物是人非。有人说，爱情是长久的，又有人说，爱情是短暂的。我无法评判这两句话的对错，但我知道，所有动人的誓言以及情话可能只有在刚说出口的时候是真心实意的，随着岁月的变迁，有些誓言依然存在，而有些早已烟消云散了。

一、人生悲剧——人生如逆旅，悲剧终难逃

尼克评价盖茨比为“他们所有人都不及你的万分之一”。也许是在那个冷漠的时代里，盖茨比对希望追求的真诚和炽热打动了尼克，让他感受到了这些凉薄人海中的一丝温暖，让他觉得人性不至于这么淡薄。盖茨比出身贫苦家庭，这让他自卑得抬不起头，他想摆脱这一贫穷的身份。最终他的希望帮助他摆脱了贫穷和自卑，他的付出帮他塑造起了一个富有热情的外壳，他本可以在他的人生道路上越走越远，熠熠生辉，但最终被希望拖入深渊，希望终究破碎。总的来说，盖茨比所处的那个时代有深情，有敷

衍，有愤怒，亦有悲伤。其中也不乏有为生活摇尾乞怜、为梦想误入歧途、为欲望自私冷漠的人。而盖茨比与他们不同，他追求希望的道路是正确的，他在为更好的明天而努力付出，但他取得和跨越希望的道路是错误的，因为越接近目标就越清晰，就越容易急功近利，“希望”随着时间的变质最终成了一个错误，而错误将他领入歧途，走向消亡，为了黛西，为了那个不属于自己的女人，最终牺牲了自己宝贵的生命，葬身那个纸醉金迷的世界。

二、爱情悲剧——人生若如初相见，何事秋风悲画扇

在北欧流传着一个古老的传说：在漫漫人生长途中，只要看到一道绿光，心里许下的愿望就会实现，也可以看清自己和所爱之人的心思。盖茨比一生坚信那道绿光，他坚信自己爱黛西，同时坚信黛西也爱着他。他费尽心思得来的一切在与黛西重逢的刹那间不复存在，爱也不复存在了。

正如许多故事中说的那样，男女主人公最终的结果可能是以悲剧告终，两人相忘于江湖或带着对另一个人的思念独自存活在世上。尤其多年未见重逢的昔日恋人，或许心中的那份悸动还存在，因为刻骨铭心深爱过，不会那么轻易忘却，但当真的再遇见那个人时，我希望我们都能以最平静、最理智的心去看待。如果爱一如往前，没有任何变化，那自然是最好的结果。但如果你只是活在对对方的幻想中，而完全忘却了现实生活中的事实，可能就会成为下一个盖茨比。

爱情本来没有错，它是美好的，盖茨比一直以为自己还爱着黛西，不顾一切只为与她重逢，全然不顾黛西已经与他人结婚生子的事实，而且他完全高估了黛西对他的爱，他还活在两个人相爱的过去中，或许黛西爱的只是他所拥有的金钱和他能带给她的荣华富贵罢了。试想如果五年后的盖茨比只是一个一无所有的穷小子，黛西还会与他重修旧好吗？结果非常明显，真是一个莫大的讽刺。而盖茨比一直认为她还是自己深爱的那个黛西，但以为终究是以为，一切似乎早已命中注定，所有最美好的时刻都停留在他们初见并相爱的时刻，他与黛西已然不可能回到从前了，最美好的时光大概停留在他们初见的时候吧，现在他们之间的爱情已经随风消逝了。

三、命运悲剧——往事已成空，还如一梦中

盖茨比的一生以悲剧收尾，他承担了一个本不应该属于他的命运，同时这个结局让人唏嘘不已。这给大家带来这样一种感觉，难道痴心为一人就会落得一个这样的结局吗？整个世界是包罗万象的，任何事情都会发生，要辩证地看待事物，盖茨比的悲惨结局不只是黛西造成的，与那个时代也有着很紧密的联系。最开始走进人们视野的盖茨比腰藏万贯，身份高贵，是被众人津津乐道的上层社会的高贵人士，但他身上依然流淌着独属于贫民的特性，无论怎么掩藏也改变不了这一事实。他虽过着夜夜笙歌、纸醉金迷的生活，却依然保留着人性中美好的部分——赤诚和明朗。盖茨比短暂的一生好似烟花绽放般绚丽璀璨，却也犹如孤独的飞蛾扑火般偏执，他的一生只是短暂地绽放了片刻。但在悲剧还没发生之前，盖茨比还是满怀希望地单恋着，希望他的爱人能重新回到他的身边，而那个回忆里的美丽女孩终究只是可望而不可即的幻梦。随着枪声响起，盖茨比倒下了，带着他孑然一身的悲凉，落幕了爵士时代虚妄落寞下的理想主义。

盖茨比被枪杀身亡，我觉得他更多的不是身体上的疼痛，而应该是心痛，直到此刻，盖茨比才意识到他心中多年的梦破碎了，可一切都晚了，他的心已经死了，心死了，整个人就如同行尸走肉般，只是一具没有灵魂的躯壳。很多人认为盖茨比对黛西是一腔深情错付，我也无法评判他对黛西的感情是不是错付。但我知道，当一个人带着对另一个人的思念走过了漫长岁月，这份深重的爱的承担者就早已超脱了现实中那个真实的存在。或许不是盖茨比对黛西深情错付，而是现实中的黛西无法承载那份爱。在岁月的变迁中，盖茨比心心念念的那个梦中情人，其形象被盖茨比不断添砖加瓦，渐渐超脱了现实中那个真实的存在，而盖茨比爱的就是那个他想象中的黛西，是被他在心里美化过无数次的黛西。

所以有人说，回忆中的人，还是不去见的为好。因为你一旦去见了回忆中的那个人，回忆便会被现实冲击。更何况，盖茨比心中那个黛西是多年来他心中的梦，是理想甚至生命，是他多年来不愿意承认已经逝去的一

个美好的梦。当然，这本书的意义远不止于盖茨比的爱情。书中那些像飞蛾般的人虽依附盖茨比为生，但在背后竭尽所能地讽刺他、污蔑他、诋毁他、瞧不起他，让人感受到那个时代的人心和上层社会是多么虚伪冷漠。就像尼克所说，所有这些其他的人加起来，也没有盖茨比一人高贵。

究其本源，盖茨比的一生无疑是悲剧的。这体现在他贫穷的出身、爱人的离去，以及他摆脱贫穷后那短暂易逝的财富。他终其一生是为了摆脱贫穷，为了追求真爱，可没想到到头来落得一个如此的结局。而爱情悲剧则体现在盖茨比的深情以及黛西的绝情，我始终觉得盖茨比爱的是回忆中的黛西，现实和回忆完全是不同的。世界是运动变幻的，而人心是易变的，黛西的心已经随着时间而改变了，但盖茨比还沉浸在旧爱中，他们再也回不到过去了。盖茨比的命运悲剧则体现在他通过自己的拼搏得到了自己想要的一切。这本该是令人艳羡的，而这一切竟为一个女人而毁于一旦，仿佛从他们初遇那一刻开始，盖茨比就注定要为黛西牺牲一些什么，可没想到这一牺牲就是自己最宝贵的东西。起初，我很佩服盖茨比追爱的勇气。他为了黛西而将自己包装成一个外表如此光鲜亮丽的人，仿佛他人生的存在就是为了黛西一般，他的毅力无疑是惊人的。但很可惜终究是痴心错付。我想作者写了这么一个悲剧结尾的目的就是告诉我们，虽然爱情很美好，但并不是人生的全部，我们在寻找所爱时，要擦亮眼睛，要多用心去感觉，这样才会找到对的人。同时，不要一味为了爱而蒙蔽了双眼，真正的爱一定是使两个人都变得更好的动力。如果我能遇见盖茨比并有机会跟他说一句话的话，我会对他说：“如果可以，请一定不要被爱蒙蔽了双眼。”

希望我们都能在漫漫人生长途中找到真正属于自己的那个对的人，拥有对这个世界最赤诚、最满怀热情的希望，对美满幸福的未来充满期待，这样才能走在正确的道路上，走在阳光下，走进温暖里，每个人都需要一份正确的希望。希望是冬日里照耀人心的暖阳，能温暖人的心灵，能带领久处阴霾之下的人逃离黑暗，迎向希望的曙光。愿你愿我都能不念过去、不畏将来，怀着善意和热爱生活在这个阳光灿烂、水波温柔的世界！

作者系外国语学院英师1703班学生

假如她并非水中月

——读《了不起的盖茨比》有感

□ 邹煜雯

当命运的齿轮缓缓转动，人生的大幕缓缓拉开，每个人都将被裹挟其中，逃不出时间的洪流，我们只能在人群中寻找一丝慰藉，在狂欢中隐藏心里的孤独与落寞，在偶然抬起头看见清冷的月光后，发现那正是自己想要的，于是开始了每个晚上执着的追寻……只是在寻找的路上，我们早已遗忘初见的那份悸动，凭着脑海里模糊的幻影与自我添加的特征在寻觅，终于在某个时刻重逢，却发现一切早已变质，当时的月光早已不复存在，直到那时，我们才会明白，那是转瞬即逝的希望，是昙花一现的美好，曾经刺破黑暗来到了你的面前。

对于盖茨比而言，黛西是他的月亮，是他在每个夜晚遥望的灯塔，是他苦苦追寻念念不忘的遐想，是他努力变得更强更富有的动力。每个人心中都有一个完美初恋的模样：飘逸的长发、柔软的嘴唇、温润的面庞……年轻的黛西活泼漂亮，最喜爱穿着白色连衣裙，坐在白色的跑车里，欢声笑语洋溢在空气中，那是属于少女的甜蜜，让盖茨比深深着迷。盖茨比出生于北达科他州的一个贫困家庭，在那个物质至上的洪流裹挟着整个社会的时代，没有人能够幸免，盖茨比也不例外，他自小就鄙视贫穷，渴望财富与地位，希望能够通过自身努力或者其他方式跻身上流社会，他一开始接近黛西，也许正是因为在众多男孩中独获青睐是一件值得炫耀和骄傲的事，但黛西确实有让人为之迷恋的魔力，她不经意流露出来的一举一动风情万种，足够勾人心魄，让人产生好似被她爱上的错觉，在这些天的相处中，盖茨比也难逃情网。但情况完全不同，他开始觉得自己配不上黛西，给予不了她富足的生活，他担心自己一身军装所带给她的魅力消退，心爱的女孩会追随别人的脚步而去……事实证明，这种担心不无道理。即使年轻的军官在战争中表现得再英勇，想回去的心情再迫切，黛西也没能坚守自己的爱情，她好像短暂地爱了他一下，转眼间便匆匆投入了金钱、名誉的怀抱，成了他人的嫁娘。白色本来是多么纯洁的颜色！可惜少女的内心无法做到纯白无瑕。

若盖茨比就此死心，也许后面的一切悲剧就不会发生，但错就错在他把黛西想象得太美好了，执念也太深了，分别的这么多年里，他不停地用心血来勾画这个幻想，那些年少时美好但破碎的片段被他加工剪裁，却逐渐失真，他将遇到的一切美好事物都用来修饰她，慢慢脱离了黛西的本体，变成了一个只存在于盖茨比脑海之中的完美爱人，只是他没有发觉，执着地以为这就是黛西的样子，过去和现在都一个样。殊不知，黛西那美丽的脸庞、诱人的嗓音像是刻意设计过的精密仪器，是她获取物质富足的手段，一颦一笑都带着目的，而不是为了成为爱人永恒的眷恋。她天真活泼的少女时代已然过去，又或者说从未存在。在那个纸醉金迷、寻欢作乐的势利世界，属于少女的烂漫萌芽早已被日复一日地浸泡在糜烂庸俗的环境中，开出病态的花，结出畸形的果实，那个爱穿白色长裙、开白色跑车的女孩就像个讽刺，随着那个夏天一起远去了。

就像水中的月亮，平静无波时清清冷冷，仿佛任何人努力一把便触手可及，令无数痴迷者前赴后继想要得到它，然而只需轻轻一碰，瞬间分崩离析，不复当时的模样。

谁能放得下爱情！年轻的将领在意外获得一大笔财富后回到故乡，心心念念的女孩却已嫁作人妻，他心甘情愿为她隐姓埋名留在西卵，只为长久地遥望她门前的绿灯，每周六的晚上高朋满座，香槟满溢，放声纵歌，他将星光施舍给那些想来就来、想去就去的人们，他花费了这么多心血，只为等到佳人能够来参加他的宴会，与她共舞一曲。宽敞的别墅反衬出他的空虚，盛大的宴会烘托着他的落寞，因着他每周一掷千金的潇洒模样，女人都为他的神秘富有而暗自倾倒，男人则为他的财富来源而妄加揣测，但盖茨比充耳不闻，承受着无妄的非议，默默等待着心里的白月光，物质并不能带给他幸福或者快乐，拥有更多钱财的生活并不是更好的生活。

对于盖茨比而言，黛西才是全部美好的象征，是他生活的意义，他努力跻身上流社会，只是为了寻找因贫困而失去的爱情。后来，借由尼克的搭线，时隔五年，盖茨比终于再次见到了黛西，那个在外人面前英俊、成熟、稳重的绅士好像一下子回到了少年时代，面对心爱的姑娘羞涩紧张地不停整理着仪态。在那之后，两个旧情人好似顺理成章地重燃旧情，度过了些许欢愉的日子。我深刻地记得电影《了不起的盖茨比》中有这样一个经典镜头：黛西站在盖茨比衣帽间里，身上、地上铺开的全都是各种昂贵的衬衫、丝巾，她不停地向上抛着这些东西，眼里尽是兴奋贪婪的光，最后她像是力气被抽尽而瘫倒在椅子上，笑得餍足又眷恋，谁也不知道，她是因为这些物质所带来的虚荣心安全感而满足，还是因为她偶然透过丝巾的间隙看到了当年少年的影子，抑或是二者兼有。

一时的幸福总是容易让人陷入幻想之中，盖茨比想要的是永远的守护和陪伴，一段完完整整的爱、一段完完整整的婚姻，可黛西给不起，也给不了，当盖茨比决心向汤姆坦白一切，黛西却退缩了，因为她知道了盖茨比的财富可能是非法所得，他所拥有的这一切最后都有可能失去，未来也许给不了她想要的生活，所以明知道汤姆对自己的不忠，她也舍不得她物质富足的丈夫，在她眼里，金钱永远来得比爱情实在，而盖茨比却固执地认为她是爱他的，当初嫁给汤姆只是一时之举。在那个冲动的下午，当盖茨比一遍遍逼黛西承认她对汤姆没有感情，以此证明自己在黛西心中的地位，黛西从一开始的坚定到犹豫，再到放弃，盖茨比谁都清楚其中的变换，可是他没有勇气承认，黛西变了，她不再是那个干净活泼的女孩了，所有美好都被埋葬在那个夏天，现在的黛西只是一个唯利是图的肤浅女子罢了。多么可悲！当你坚持了多年视为真理一般的存在，在你面前亲手打破你的所有幻想，仿佛这么多年的坚持就是一个笑话，你却只能自欺欺人地骗自己是因为对方心有苦衷……

最后的最后，为了逃离那个疯狂的下午，黛西开着盖茨比的车一路狂飙，却不小心撞死了汤姆的情人，而后被汤姆利用引导威尔逊枪杀了盖茨比。在生命的最后一刻，他想保护的、想带走的还是黛西。这样做真的值得吗？多年来为了一个不切实际的梦想而断送了自己宝贵的生命，死后只有几个人来为他送葬，心爱的黛西更是随汤姆匆匆逃离，对这一切没有丝毫的愧疚怜惜。或许到这一刻他总算解脱了：不用再像其他人一样，保持那矜持端庄的样子，配上他滑稽可笑的粉色西装，被人在暗地里揣测嘲笑，也不用再费尽心思接近上流社会去扮演绅士，只为了能配上黛西。枪响之后，一切归零，所有这一切仿佛他在华丽世界的一场美丽幻觉。

水中月是天上月，眼前人是心上人，终究抵不过时过境迁，烟花易冷，月亮的美在于远观，靠近便觉阴冷沟壑，假如她并非水中月，你是否还会如此执着地穷尽一生只为博美人一笑？

作者系外国语学院商英1701班学生

物欲横流中的坚守

——菲茨杰拉德中篇小说《了不起的盖茨比》探析

□ 高欣媛

故事发生在20世纪20年代的美国，一战刚刚结束，社会恢复安定，全民陷入投机狂热，经济虚假繁荣，旧价值体系被打破，社会价值观崩塌，城市病态般喧嚣，人们极尽宣泄欲望，一个狂热追逐金钱、释放欲望、纸醉金迷的麻木社会席卷而来。美国人被金钱的致命诱惑所操控，巨大的空虚、无聊笼罩着美国大地，理想生活渐行渐远。

此时，一个理想化的人物横空出世，他就是盖茨比：一位出生在贫困农民家庭却自命不凡的小男孩儿；一位对爱情忠贞不渝的纯情少年；一位温文尔雅、极尽绅士的百亿富翁；一位生生不息的追梦人……

故事以见证者尼克的回忆展开，叙述了出身贫苦的盖茨比遇到了挚爱黛西后，为追寻挚爱，在畸形梦幻的美国时代，开启自己人生的宏伟蓝图，历尽艰辛成为亿万富翁。但黛西早已嫁为人妇，而盖茨比依旧至死不渝，坐拥奢华城堡，举办无数盛大宴会，苦苦追寻已婚的黛西。最终，被黛西及其丈夫利用，以致被人枪杀的悲剧。

一、生生不息的追梦人

盖茨比出身于家徒四壁的贫民家庭，但他坚信自己为天选之子，注定不凡，时刻准备抓住一切机会，逆天改命。体面的军官身份让他邂逅了醉人的黛西，从那一刻，他便沦陷其中，决定此生只爱这个女人。

黛西仿佛圣洁的维纳斯女神，令男人们心驰神往，盖茨比也毫不例外地被她俘获。黛西美妙得好似珍宝般绚烂闪耀，仿佛我们每个人心中都曾经熠熠生辉的梦想。盖茨比没有让梦想仅仅停留在无尽的期待之中，而是抓紧一切机会去实现。他拥有着近乎无空隙的作息时间，从日常运动到知识积累，从练习演说到研习发明，盖茨比对自己进行全方位提升，极尽努力地将自己培养成为具有高度修养的绅士，以获取追求黛西的资本。

终于，历尽艰辛的盖茨比成了“不可一世”的富翁，他在黛西家的对岸建了一栋奢华的别墅，黛西家码头的绿光成了他人生中唯一渴望紧握的光芒，理想化的盖茨比一直清晰地知晓自己心中所念，穷其一生奋力追寻，未曾停歇……

二、“美国梦”的敲钟人

他不似其他人腐朽懦弱，在逆水中苦苦坚守一生。一个了不起的盖茨比打碎了沉睡不醒的“美国梦”，警醒着灯红酒绿的时代。众人皆醉我独醒正是盖茨比的真实写照。尼克曾对盖茨比说：“他们全都腐朽软弱，他们全加起来也比不上你一个。”这也正是作者对盖茨比身处浮华时代，却不为其动摇己身的高度肯定。

盖茨比从未沉溺虚度的繁华、声色犬马的宴会，从未沦陷不可一世的赞美。而是日复一日、年复一年地在他的城堡里等待着日思夜想的黛西，隔岸灯光是那么诱人，是他年少时期奋不顾身的美梦，也是他一直以来未曾忘怀的初衷。当尼克安排盖茨比与黛西相见时，这个久经商场、老练世故的富翁却如初尝爱情的少年般青涩焦急，在一个人们将政治、爱情等抛之脑后，只肯相信彩虹尽头唯独是金钱的麻木时代，依旧乐此不疲地坚守着对于爱情的憧憬。

但是，在空洞的美国时代中，与其格格不入的盖茨比注定走向悲剧。黛西只是物质化的女神，她所追寻的只有荣华富贵的生活以及上流社会的地位，每日沉溺享乐。在与盖茨比重逢后，她尽情享受着盖茨比打造的华丽城堡，陶醉在盖茨比对她轰轰烈烈又战战兢兢的爱慕之中。然而，在黛西撞死了丈夫的情人后，她却自私地利用盖茨比顶替杀人的罪名，她的丈夫则残忍地利用受害者的丈夫威尔逊的怒火，使其在泳池边无情地枪杀了盖茨比。一无所知的盖茨比怀着遥不可及的希冀，被时代绝情地拽入水底。

一位叱咤风云的人物彻底落幕，留下无尽的污名见诸报纸。靡丽时代的人们都得了健忘症，他们不曾记得别人善意的给予。被盖茨比盛大宴会所招待的人们无一来参加他的葬礼，只有冷静理智的尼克到场，在电话中苦苦哀求他人参加盖茨比的葬礼。没人在意真相，没人在意盖茨比的追寻，他们只在乎自己灿烂堕落的日子。黛西一家迅速搬离西卵，继续他们奢靡放纵的生活，毫无悔恨，毫无不舍……

相信每一位读者在阅读这本书时，都曾有过这样一个疑惑——为什么书名叫《了不起的盖茨比》？他的了不起之处究竟在哪里？在阅读过程中，我也时不时地进行思索，我想或许是他对于黛西痴情的守望，或许是他绅士般品格的坚守，抑或是他穷尽一生对梦想的追逐。

黛西曾言："盖茨比你要得太多了。"没错，对于堕落的人们而言，盖茨比纯情的希望的确太过奢侈。然而，盖茨比自己却一直坚守着，并一直坚信黛西与他一样坚守，相信这个时代能与他一同坚守。或许盖茨比最大的悲哀就在于对不该抱有希望的人抱有希望，对自己抱有希望可以成就自己，对他人抱有希望无异于一场豪赌。

在那个物欲横流的时代，人们享受着安逸，在金钱堆里沉醉，在情欲中放荡，在消费中沉沦，没有人能叫醒这样一群装睡的人，盖茨比也不例外。盖茨比输了，却输得灿烂夺目，他始终坚守着自己的初心，脚踏实地完成自己的梦想，一直未曾堕落深渊。虽然他良好的修养无法改变身边任何人，但是他深深地打动了无数时代中的追梦人。

三、笃定前行的逐梦人

在这个时代，人们在众多平台尽情发表言论，享受着表达的愉悦，同时，也在其中迷失。一切仿佛可以被言语所定义，我们貌似被迫活在他人的嘴里，被定义为各种各样的人。盖茨比渴望成功，渴望盛大名誉，享受他人崇拜感谢的目光，以追求黛西。然而，当黛西的丈夫揭露了他贩卖私酒的生意，盖茨比完美的光环退却，他所渴望跻身上流社会的行程止步，一切幻影被打碎。那一刻盖茨比不再绅士，而是变得暴躁焦急，无地自容。在盖茨比去世后，对于他曾经不懈奋斗的一生，却只能任由他人口诛笔伐。

央视主持人白岩松曾言：“不要拿别人的标准定义自己的人生。”当你所追求的一切需要他人来定义，它的崩塌就在别人想法转变的一瞬间。当你所做的一切都是为了得到他人所给予的荣光，那么你就失去了自身得以坚定的信念。

《了不起的盖茨比》所呈现的是一个物质的世界、一个价值真空的世界，深处其中的盖茨比以奋斗而不得善终的经历告诫后人，在一个精神虚无的时代，每个人都难逃卷入其中，不可避免地被其裹挟吞噬，这就是《了不起的盖茨比》留给我们后人，尤其当今国人的一个警示！

21世纪精神纷繁复杂，消费主义时代席卷，在空前的社会压力下，人们渴求精神慰藉，伴生而来的是各种利益群体对于价值的不实鼓吹，有购物消解者，有追名逐利者，更有纵欲醉梦者……物质财富的富裕总会时刻引诱着人们，去轻而易举摧垮道德精神，繁荣的物质财富与沦落的道德精神总是相得益彰，因此，我们应时时警醒自己避免堕入这条不归路。

中华民族的历史是踏实肯干奋斗出来的，中华民族勤劳勇敢、自强不息，不断开垦自己的精神家园，去抵挡周遭纷扰。法理学家博登海默在其书中曾说：“无论一个人他一直在追求什么，归根到底，都是在追求幸福生活。”然而，何谓真正的幸福？博登海默给予了我们解释：真正的幸福，是个人能够最大限度发挥自己的能力，从而最大限度实现自我价值。

在文中，即使盖茨比的一生充满了波折与悲哀，但毋庸置疑是幸福的。因为他始终坚守信念，拥抱梦想，生生不息！只是生不逢时，才注定了悲剧的结局。而我们深处在这片和谐、积极的土地，幸运地拥有了梦想生长的沃土。那么，请坚定自己的信念，怀着如盖茨比般未曾动摇的坚守，在时代中肆意逐梦吧！

作者系文法学院法学1803班学生

等闲变却故人心，唯道难悟真情空

——从《了不起的盖茨比》里看爱情观

□ 王小蕊

我一直相信："经典"就是那些"我正在重读"而不是"我正在读"的书籍。经典作品有一种特殊力量，它本身可能会随时间而在读者脑海里遗忘，但把种子留在了我们身上，当我们再次与之相遇时，脑海里的种子就像春天万物复苏般暗流涌动。

距离第一次接触《了不起的盖茨比》已经有很长时间了，当时只是看了2013年上映的由莱昂纳多·迪卡普里奥主演的同名电影。经过初次了解，我心中一直有一个疑问：那么崇拜金钱的黛西为什么宁愿选择一个对自己不忠的丈夫而不选择飞黄腾达且对她始终如一的盖茨比？于是，我重温经典，再次看了电影和小说，关于爱情，我有了新的思考和感悟。

什么是爱情？《思想政治与法律基础》一书中对其做了较为科学的解释："爱情就是一对男女在一定的社会基础和共同的生活理念下，在各自内心形成的互相倾慕、彼此爱恋，并渴望对方成为自己终身伴侣的一种强烈纯真专一的感情。"从爱情的定义来看，一段完美的爱情需要具备社会基础、生活理念和内心由衷的钦慕这三个重要因素，而本文从这三点来看盖茨比与黛西的爱情，便自然地对这段失败的爱情有了更深刻的了解。

一、云泥之别的爱注定没有牢固的基础

一部经典作品总喜欢伫立在年代的天空之下，勾勒出某个时代的侧面。《了不起的盖茨比》的时代背景是20世纪20年代美国的"黄金时期"，"一

战”之后，美国在经济、社会、文化方面得到了极大发展，同时出现了一大批家财万贯的贵族富豪阶级，他们属于社会的上层阶级，过着极其奢华富贵的生活，但是在灯红酒绿的外表之下隐藏的是他们冷漠、空虚、无情的人性。经济基础决定上层建筑，这一真理在人类社会发展的历史之中有着极为重要的作用，所以与之相对的下层阶级人民永远无法理解上层社会的奢靡，盖茨比的故事发生在这样一个大背景之下，在冥冥之中注定了他的悲剧。

两人初见时，黛西是名门闺秀，她的美丽是由财富铸成的，让她能够像白银一样闪耀地生活。而那时的盖茨比只是一个出生在美国中西部的穷小子，更是政府操控下的作战工具，既没有任何家庭背景，也没有万贯家财。这样一种极大的差距是一条隐藏的导火线，它慢慢地从内部对爱情进行焚烧、分解，最终让它分崩离析。

现实生活中，我们时常会听到恋人之间的宣言——“不在乎你我地位、财富的差距”，但真的有这样无私的爱吗？有，但是极少数部分，就算真的能够做到这一点，那样的爱情不累吗？身份、地位、财富给每个人的成长带来了不同环境，也间接地影响着每个人的生活习惯和思想观念。这一点不难理解。就拿对待化妆品的消费来说吧，有些明星的一支眼霜可能以万元起价，而我们大多数人的眼霜只是几十元或者百元的价格，他们有对自己财产的支配权且这些财产是通过合法途径赚取的，正因为有着同样的生活环境，所以很多明星夫妇的消费水平比一般素人要高。电影镜头里，黛西的服饰以及各种生活用品奢侈无比，这些奢侈品对于盖茨比来说是一笔天大的数目，按照盖茨比当时的经济能力完全支付不起，这样一来，经济实力较弱的一方就会整天背负着重担。况且如果真的有这样的爱情，那么较为穷困的一方也会变得越来越自卑，自卑引发虚伪，就像盖茨比编撰自己是“牛津大学毕业”“中西部的富家子弟”一样，这些虚无缥缈的故事终会让一个人在不停的追求里迷失自我。

在一定时期，我国古代的婚姻观里讲究的“门当户对”被人们认为是封建落后文化，但结合《了不起的盖茨比》和我们的日常生活，有多少夫妇是由于经济原因而吵架、离异甚至老死不相往来的。盖茨比不知道黛西真正想要的是什么，而黛西也没有重视过盖茨比的爱，更没有真正读懂过自己的内心。我们不否认有很多经济差距很大但最终走入婚姻殿堂并幸福一辈子的夫妻，但这一路走来经历的风雨、不解、苦痛和磨难只有他们知道，可以肯定地说，这样的夫妻双方一定有着较高的个人素养或者坚定的共同信念，即使贫穷，但他们在精神上有无穷的财富。

二、精神贫穷的爱造成爱情分解的缺口

“了不起的盖茨比”的“了不起”之处在于他在那个物欲横流的时代仍能够坚持自己曾经的梦想，初心依旧。但很不幸，她的爱人黛西是一个精神上的穷人。随着时光的流逝，黛西已不再年轻，这时的她早把爱情作为获取财富的工具，完全功利化了。盖茨比想要完完全全占有黛西，他不仅想让黛西承认自己从未爱过汤姆，还要她同汤姆离婚。这一切无异于让黛西放弃自己的金钱、丈夫、孩子和地位，让她重新开始。黛西害怕，她害怕香脂馥郁、灯红酒绿的“美好”生活会从她的指间溜走，一去不复返。她的心中萌生了深深的怀疑和不确定，这并非她不相信盖茨比的能力，只是她更相信自己。这是一个精致的利己主义者的思想和心态，正因为这样的心理，再加上汤姆的人身攻击，两人看似坚不可摧的爱情城堡立马轰然倒塌。

读到这里，让我不禁想起杨沫的《青春之歌》。《青春之歌》里的女主人公林道静和她的初恋余永泽的爱情就是一个活生生的例子。女主人公在人生最黑暗的时候准备跳海自尽而被余永泽所救，恰似盖茨比在人生最浑浑噩噩的时候遇到了女神般存在的黛西，很快两人坠入爱河。等两人同居之后，生活慢慢让他们看到了彼此的本来面目。在国家动荡的时刻，林道静不喜欢也不屈服做阔太太的生活，她想要的是自由、革命且热血沸腾的生活，而不是整天为了柴米油盐精打细算地过日子。余永泽不关心国家大事，一心只求攀附权贵，追求仕途和小家的安逸，俨然就是黛西一样精致的利己主义者。两人的爱情终究难以维持，最后如盖茨比的爱情一样，只

落得满地零星。从两部经典的著作中可以看出共同的生活理念这一因素在爱情婚姻中的重要性。

三、混沌模糊的爱终究没了坚定的希望

让我们回到故事的开始，两人命运的交织点。五年前，当盖茨比还是一名无名军官的时候就邂逅了年轻美丽的黛西，并为她富裕高贵的气质和她所代表的上层阶级的神秘感所折服。为了得到可爱的黛西，他谎称自己是一名富豪，给予黛西一种虚幻如水中月的假象。事实上，盖茨比并没有这样的能力，但作为一个男人，他知道要让自己喜欢的女人过上好日子，让自己成为站在婚姻殿堂里和她一起对上帝发誓的人，就需要尽自己最大能力把自己变成一个更强大的男人。所以即使是充满着谎言的爱，在故事的开始，盖茨比的爱也是一种纯洁的爱。

可人性是复杂的，当盖茨比尝到了甜头之后，事情开始发展得超乎想象。慢慢地，那一份仅有的纯洁的爱变成了盖茨比梦幻的理想。黛西就是他理想的化身，黛西象征着财富的力量，是他幻想中未来自己的样子。他只知道埋头苦干，却早已忘记了看路。此时的他俨然走上了一条无限追求富贵的不归之路，在他的眼里，金钱可以买到一切东西，包括黛西的爱。盖茨比家里夜夜笙歌，大型的聚会酒醉金迷，几乎竭尽全力地来吸引爱人的目光。至此从故事的开始两人短暂的心动和纯真的爱慕慢慢“变了质”——成了奢靡生活的附庸物，让人不禁感叹“人生若只如初见，何事秋风悲画扇”啊！

所以有了心动之后，无论是爱情的哪一方，都希望能够大胆地倾听自己内心的想法，去反思，在每一个一起走过的阶段去认真问问自己是否真的对对方有一颗忠诚、专一、纯真的心，不掺杂任何琐碎和私心。爱情是崇高伟大的，不是也不应该成为饭后的笑谈，即使未能一起走下去，也希望能够像老朋友一样去铭记生命中曾经辉煌、美好的岁月。

文末我想提到的是电影中多次出现的墙上画中艾克尔伯格的眼睛。据说这一幅画的灵感来自西班牙画家弗朗西斯库加特的水粉画《凝空双眸》，

而在我看来，这就是作者在文中的化身。俗话说：“当局者迷，旁观者清。”作者用避实就虚的手法来将繁华下的世态炎凉和主人公爱情的悲剧原因委婉地阐释给我们读者，告诫读者们能够认清正确的爱情，珍惜爱情，在爱情里擦亮双眼，保持纯真。爱我所爱，行我所行，无问西东。

作者系文法学院秘书1901班学生

灰色幕布下的灰色人物

——读《了不起的盖茨比》有感

□赵　慧

越走进《了不起的盖茨比》，越觉得自己置身灰蒙蒙的舞台大幕中：工业生产，烟囱高耸，阵阵黑烟白烟笼罩；一排灰色的汽车轰鸣，拖着一长串的烟尘，浩浩荡荡；一群“灰色”的人拿着铁锹，折腾出一股穿不透的灰云。

一架名为工业发展的大机器张着大口吞云吐雾，日日夜夜，不知停歇。烟雾是灰色的！笼罩在上空，弥漫在四周，四处飘散，烟囱立了一座又一座，直至饱和。灰蒙蒙，灰蒙蒙，灰色一层一层晕染，感受着，呼吸着，它是“氧”，又是瘾，是推着城市奔跑的主力。

一栋栋建筑拔地而起，天上多了飞的飞机，地上多了轰鸣的汽车火车，海上多了轮船……它们好似没有颜色，但应该是灰色的！没有温度，是冰冷的，硬生生地把自然阻隔在外，不，是把各色人们圈起来，圈在“云雾”缭绕下。

一、灰色人物：忙碌着跑着龙套

底层的工人像极了“无脸人”，灰头土脸，没人能说出他们具体长什么样子，也像极了透明人，拿着铁锹的灰色身影早已融入了幕布中。他们是灰色的！千篇一律，留下的只是动态的背影。我想，哪怕他们抬抬头，停一停，想一想，也许就能够跳脱幕布了。但是，他们只能在幕布下吧，毕竟只是小人物，毕竟只是大背景下一个个蠕动的身影。

工人在烟囱里造汽车，造着造着：城市日新月异，城市奔流不息，社会一天一个样子，把人与人都拉到了一起，关系越来越紧密：都来到了盖茨比的豪宅聚会派对，都来到了威尔逊的修理铺，都来到了东卵西卵……

二、彩色人物：物欲下丑陋百态

除去灰色人物，各色人物是彩色的，为灰色幕布增添了一抹抹亮色，绚烂而迷人：穿的是华服，有白的蓝的紫的黄的各色衣裳；登的是华堂，各色器具、各色设施，金碧辉煌；就好像他们的梦都是彩色的，连他们呼吸的空气都美得让人沉醉。

他们是一群造梦的人吧。

但是……他们营造的梦一触就破，美是表象，虚无才是内里。彩色人物，穿着华裳，粉墨登场，纸醉金迷，除却彩色外表下，却显尽了荒唐虚妄。

1. 女主角：爱来爱去更爱钱

黛茜，用盖茨比的话说是“她话音里都是金钱味儿”，爱钱，爱钱堆砌起来的物质生活，这些都没有错。只是成了金钱跷跷板中间的秤砣，哪边重就滑向哪边便不对了，爱一个人没有错，在爱一个人的同时说爱另一个人便不对了……黛茜的拜金主义、享乐主义表现在情感上是滥情，是自私冷漠，她之所以专门举办了聚会，只为了让她爱过的、正爱着的和想爱的男人聚在她身边；谈到女儿，只道“她现在应该会说话了”；开车撞死默特尔，与丈夫合谋把责任推给了最爱她的盖茨比……

黛茜出场时总是穿着白色的衣裙，在美国，白色象征着幸福纯洁，真是有力的讽刺！黛茜像被物质金钱提起来的木偶，没有思想，没有感情，就剩下了一张精致的人皮，金玉其外，败絮其中。否定是自身的否定，没有思想的保鲜，一个人便会从内在慢慢腐坏。人们可以追逐金钱利益，但要具备不被物质享乐吞噬的强大内心，不能连最后一丝灵魂也交出去。

2. 男主角：追来追去终成空

盖茨比从一文不名的中尉到坐拥豪宅的百万富翁只用了五年，只为心底的那个姑娘。有多努力，情义就有多恳切，可是不接受农民身份的父母是对的吗？为了跻身贵族，改掉名字，编造经历是对的吗？用倒腾私酒的非法行为积累资本是对的吗？明知道昔日恋人已经嫁作人妇还要招惹是对的吗？

隐瞒自己的出身，编造虚假的身份，非法牟取暴利，对于感情偏执，这些都错了。可是书名为什么是《了不起的盖茨比》呢？他了不起的地方在哪里？

在我看来，盖茨比并不了不起，他被物欲横流裹挟着，最后草草收场。他的一生都在追求身份认同，但从未被接纳。“画皮容易画骨难”，即使有钱有权，他仍被排除在上层社会之外，两次被黛茜抛弃，那些经常出入他宴会的名流都没出现在他的葬礼上……他追求身份认同的过程，抛弃他最重要的身份——农民的儿子，这是他最失败的点，没有根的人就是无源之水，无本之木，进可攻，退无可守，失掉了安全感。再者，做人不诚，在编造虚假身份骗别人的同时，也让自己醉在了自己编织的美梦里，无法清醒，醒着都在做梦的人，脚就像踩在棉花上，舒服眩晕却不真实。

三、彩色的不一定是梦，灰色人物才是真正的主角

彩色人物衣着华丽，出入高档会所，但道德沉沦，思想麻木，冷漠自私，是自己毁灭自己的一类人，他们严重背离了美国梦，把社会搞得乌烟瘴气一团糟。他们像气球，内因是关键，自我毁灭。

所以灰色人物不必跳脱幕布，我之前的想法错了……所以梦不都是彩色的，美国梦是灰色的，而那群灰色的人是真正在坚守传统、坚守美国梦的人呀。原来人们是不是能记住他们的脸，其实他们不在意，只在意铁锹在他们手中能产生出怎样的魔法，原本觉得他们拿着铁锹的身影低到了尘埃中，此时生动高大起来，原来他们才是真正把美国梦融入骨血的人，这样才能做到与灰色幕布那样的合二为一，融成一体。勤劳，克制，相信坚持不懈奋斗就能获得美好的生活，他们一直在身体力行，倒是我错了，错把珍珠当愚木。

在灰色幕布下，灰色人物一点点壮大，彩色人物一个个爆炸，噼里啪啦，噼里啪啦……

作者系外国语学院商英1702班学生

人生如朝露　有光则无常

——读《了不起的盖茨比》有感

□ 周媛媛

人生海海，匆匆岁月转瞬即逝，时光无尽地向前走，我们都曾拼命地追赶，拼命地让自己追得上时间的价值。回忆起自己的人生，我们都曾坚持过什么，也许已经忘记，也许仍旧铭记却未曾实现，但我们肯定记得那些拼命发光的日子，它们悄悄地汇入记忆的河流，不时地淌过阵阵暖意。

这世相万千，数不尽的日日夜夜汇成生命，往复循环。我们都曾在黑夜里奔跑，在失望中坚持，每个孩子都有梦，只不过有的忘记了。不妨仔细回想一下自己的过去，是否曾有一些小小的心愿被记在日记本上、放在许愿瓶里，或藏在心里。或许我们都对曾经的自己失望过，失望自己的样貌、家庭、环境，面对这些，有的人选择了将就，而有的人选择了改变。

也许我们每个人都像盖茨比，我们曾不满足自己所拥有的一切，想要去改变。但是有的人成了盖茨比，有的人却没有。

在读完盖茨比的一生后，我既从中看到了自己的影子，也看到了很多人的影子。主人公盖茨比出身贫寒，没有很好的成长环境，但是他从小立志要成为了不起的人物，他有野心，有抱负，有对抗命运的勇气和决心，经过一番努力后，他终于步步高升，并且更名为杰伊·盖茨比。书中最后有一个地方特别触动我，就是盖茨比的作息时间表，他将每一天的每个小时都规划得仔仔细细，代入感极其强烈，我们好像都曾写下过这样的东西，认认真真，用最好的笔记本、最干净的纸张和一颗虔诚的心。我们都曾拼命努力地追求过自己想要的东西，就像盖茨比一样，拼了命地去改变、去发光，让自己成为不一样的人，但是有的人成功了，有的人却放弃了，梦想离我们似乎永远遥不可及，隔着无法计数的距离，不知道你是否还记得最初的梦想，又是否还想去实现它，有一句话说："梦想不是不在了，而是在那里，却不想去实现了。"这是因为我们在不停忙碌向前走的路上，把它忘记或忽略了。

生而为人，不应该只有抱歉。虽然人生远比我们目前所想象的要难，数不尽的纷扰和麻烦一件一件地迎面而来，一次又一次地刷新你的世界观，生活已经很难了，但是生活还能更难。我最佩服的是盖茨比的坚持，坚持面对生活是说着最简单实际最难做到的话，他身上有我一直想要寻找的光，我做不到像他一样，我也成为不了像他一样的人。我们绝大多数是普通人，普通的爱，普通的恨，这个世界绝大部分还是由普通人组成，所以平凡其实并不可怕，可怕的是平庸和一直在原地。

每一天，这个世界上都有无数人在自己的领域里努力着、奋斗着，拼命地发光，这些人是你，也是我，我们好像一直都在努力，却总达不到自己最满意的样子，我们总想着，我应该可以更好的，我不应该是现在这个样子，我一定可以更好的，这就是我们身上的光，这个光不耀眼，微微亮，甚至在宇宙中根本看不见它的存在，但是这个世界就是被这些一点点微微亮的光聚在一起而点亮的。有的时候我们会看不见自己身上的光，会懊恼，会怀疑，为什么我的付出得不到一点回报，或者说我的努力为什么没有人看到，其实这只是眼前的阴霾，它暂时遮住了你奔跑的路径和轨迹，好让你可以在这场人生的旅程中全力以赴，不必走走停停、犹犹豫豫，你要将脑袋抬起，目视前方，坚定地奔跑，有一句话是这样说的："无论怎样全力以赴都不为过，因为我们生而为人，生而为众生。"我们应该在这个美好又残酷的世界里拼了命地努力，拼了命地发光。世界太忙了，忙着处理各种纷争和关系，在巨大的宇宙面前，我们每个人的成就微又甚微，完全不值一提，所以你自己坚持付出努力得到的和那些给世界创造出价值的，在宇宙面前显得同样不值一提，在那些明亮的闪耀的光下，虽然我们的这种微光几乎看不见，但是在宇宙面前，我们有着绝对的相似。所以，你可以大胆地去努力，奋力地向前奔跑，找到自己的微光。

当你有了坚持向前的决心，而不是整日碌碌无为、漫无目的，你就已经比很多人优秀了，最起码你已经开始追求改变，开始想成为更好的人，这时你需要的只是找到自己前进的方向和目标。

很多人忘记了自己为什么出发，只知道往前走，既不知道前面是什么，也不知道要去哪里，成功的定义好像在社会上形成了某种默认的统一，每个人、每个家庭都在往那个方向走，赚更多的钱，买房买车，再赚更多的钱……似乎永远没有尽头，这好像是社会形成的共识，也是人们自己内心形成的共识。这个社会就是这样的，伴随着功名和利益，大多数人想往高处走，拼了命地想往上层挤，他们的生活是我们想象不到的，而像盖茨比这样，凭着自己超常的毅力和决心，彻彻底底改变了自己的命运，不仅成功地融入了上层社会，而且在那片领域形成了自己影响力的人，是绝对聪明的人，他不仅懂得有效运用自己所拥有的一切资源去实现自己的利益和价值，还懂得及时把握住眼前的机会，既不犹豫，也不徘徊，他对自己所向往的一切坚苦忍耐，并且矢志不渝，这是现在绝大多数人身上没有的光。

我觉得盖茨比绝对是了不起的，尽管可能有些许的缺点，但是这不足以抵挡他身上的魅力。对于我们绝大部分人来说，成为像盖茨比那样的人已经很难了，他还一直记得自己坚持的方向和追求的东西，从未迷失过，尽管他追求的东西最终破裂了，但我相信他不会后悔曾经一路追寻的过程和经历，黛茜成就了他，也毁了他，他成了真正的了不起的人，永远地活在我们的心里。

我们都曾像盖茨比一样活着，但没能活成他。

或许是我们没有像他那样的毅力去坚持自己选择的路，并且矢志不渝地走下去，或许是我们没有了当初的勇气和自信，再去努力一把，又或许是我们已经没有了时间和精力，不顾及别人的期望，只为了自己心中的梦想去努力一把。但是人生沧海几十年，我觉得每个人都应该尽全力去尝试自己喜欢的事物，不顾世人和外界眼光地去拼一把，梦想是有光的，它能照亮你心底的深渊和黑暗，而有光的东西就应该被人看见。

作者系传媒学院数媒1902班学生

不熄之梦

——致《了不起的盖茨比》

□谭　春

蜡烛总有燃尽的那一刻，流星也总会有坠落的那一天，但盖茨比的梦永不熄灭。

初看《了不起的盖茨比》，可能大多数人会觉得这是一个简单且庸俗至极的故事，落魄军官爱上名门小姐，战后失踪，最后携无与伦比的财富归来，只为寻回最初所爱。事实上，这是一个关于梦的故事，梦想爱情，梦想生活，甚至梦想整个时代。

一、爱情：不落的皓月

在盖茨比的故事里，他对于爱情的追求是必不可少的一部分，甚至从某种意义来说，他的所有时间都在追寻那份他心中最为神圣的爱情。但是，与黛西相比，或者说与大多数人相比，盖茨比追求的爱情太完美、太理想，也太不顾一切了。他始终沉溺自己所营造出来的爱情当中，既不愿承认过去发生的种种，也不愿意承认黛西在离开他之后确确实实爱上了或者说爱上过其他男人。现实中的黛西并没有盖茨比想象中的那么完美、那么纯真，也许1971年那个18岁的黛西是这样的，但那终究是过去式了。在盖茨比带黛西参观城堡的时候，黛西口中呼之欲出的保存了数年的甜言蜜语最终还是没有说出来，并且一直没有说出来。可是盖茨比从始至终地不顾一切，他可以给予黛西她想要的一切，也愿意为了黛西而放弃他所拥有的一切，被卷入旋涡，他用生命支付了他心中皓月般的爱情。他的爱切切实实是黛西这个人。

黛西的爱并非如此，黛西爱的一直以来都是她想要的。少女时代的黛西爱年轻帅气的盖茨比，盖茨比失踪后，黛西爱上了那个只是为了不让她弄湿鞋而抱她下游艇的汤姆，而得知丈夫出轨后，无可奈何的她也能重新爱上盖茨比，这个能给她带来新生活、新激情的男人。

也许盖茨比认为的铭心刻骨早已经被黛西丢入了一去不返的时间长河。

在那个戳破一切的晚上，那个被盖茨比和黛西开车撞倒的女人正是汤姆的情人，当时是黛西在开车，而盖茨比也只是以为这是一次因为情绪造成的意外，他为黛西承担了一切责任。可谁又知道，那时的黛西用尽全力往女人的方向扭转方向盘，就此，事件的真相如何应该只有黛西自己知道了吧。

那一晚的盖茨比一直在担心黛西，从未想过自己的结果会怎样，甚至在送黛西回家后，还一直在黑暗中独守着。

汤姆的情人死了，最后盖茨比也死了，被情人的老公寻仇用枪射死了。而引领这一切的正是盖茨比深爱着的黛西。

黛西到底爱过盖茨比吗？或许爱过，或许没爱过，这个答案与情人之死的真相一样，只有黛西本人知道了。不论怎样，黛西和盖茨比的距离终究是遥远的，或许是遥不可及。

盖茨比的爱犹如掌管爱情的美神维纳斯一般，满足了人们对美好的所有要求，但是它终究只存在于人们的想象之中，可也正因如此，盖茨比才愿意用一生、用一切去追求吧。

盖茨比的爱情如此真挚，他的爱情之梦始终未落。

二、生活：不破的信念

在我们看来，可能盖茨比对于爱情的追求是一场富于戏剧性的悲剧，但是他对于生活的追求极其成功。

其实盖茨比的原名是詹姆斯·加兹（James Gatz），因为不甘于自己贫困的出身，想拥有一个显赫的身世，于是他给自己改了名字——杰伊·盖茨比（Jay Gatsby），他以此为自己建立自信，从此开始追寻生活的第一步。

盖茨比在少年时就为自己立下了贵族的规矩，立志改变命运。16岁时离家出走，幸好上天还是眷顾他的，他碰到了科迪—— 一个酒鬼富豪。科迪教会了盖茨比很多关于上层社会的东西，最为重要的是教会了他如何成为一个人们眼中的“绅士”。战争结束后，从军队归来的盖茨比沉浸在空前繁华的大社会中，他就像那个时代的美国大部分成功者的代表，在此之后，一夜暴富。经过一系列人格塑造，他终于成了真正的“杰伊·盖茨比”，过上了他梦寐以求的生活。

生活总是有各种各样的插曲，而盖茨比生活的插曲就是爱上了黛西。当然，对于爱情的追求也是生活的一部分，尽管这一部分那么不尽如人意，但这并不影响盖茨比追寻生活的成功。

在浮华乱世之下，只有盖茨比坚持着自己的纯真。那个年代很繁荣，但是繁荣的背后满是浮躁与焦虑。那些带着恶意出现在盖茨比舞会上揣测他过去的人们中有多少人知道自己想要什么呢？是金钱、权利还是女人？他们急于成功，乐于享受，他们总是想得到更多更多。或许盖茨比也有过这个阶段，但是他一直知道自己想要的是什么——他的爱情，或者说他的生活。他想的比任何人都要少，但也比任何人都要多，很单纯，也很复杂。他为自己营造了一份完美的爱情，彼此坚守、忠贞不渝。他为自己营造了一份理想的生活，爱情美满、物质富足。可世界上谁能做到完美呢？很显然是没有的。但是盖茨比始终向往着、追寻着。在他生命结束之际，他仍然带着对生活的希望，坚守着他最后的“绅士风度”。

盖茨比的生活如此令人羡慕，他的生活之梦始终未破。

三、时代：不灭的火焰

盖茨比的故事很明显是一个带有“美国梦”的故事，从贫困潦倒到富得流油，从无名小卒到社会顶层，那神秘的发家史总是成为人们茶余饭后的谈资。

盖茨比是“美国梦”忠实的追随者，他所生活的时代尊崇的是“金钱至上”，他所生活的美国是用金钱构建出来的空中楼阁，虚无缥缈，在这个时代，所有的爱和梦想都是基于物质的。成功人士以炫耀自己的财富来证明自己，他们总是乐于看见别人对他们卑躬屈膝。而在这些“别人”中，羡慕、嫉妒、回避甚至极力反击，在这样一种往复的关系中，“美国梦”终将破碎。虽然盖茨比进入了所谓的成功人士之流，但从本质上说，他还是他，还是那个“詹姆斯·盖茨”，纵使他通过生活改变了种种，但是他体内流淌着的血液、他骨子里的东西是改变不了的。盖茨比的梦想很美好，但是在他所处的年代，梦想成真的机会极其渺茫，因为他的梦想并不适合当时的“美国梦”。

盖茨比的故事过后，我们很容易看出那种只会盲目追求物质生活，而没有对现实生活进行理性正确的思考的梦想不会成真。那个时代的“美国梦”并不完整，它太过物质化了，倘若把它从纯粹的物质背景中取出来，再补上精神生活，我想，“盖茨比们”应该能创造更好的未来。可是现实总是残酷的，那些梦幻天堂般的东西终究只是泡影，在现实的摧残下，人们变得越来越空洞，与美好渐行渐远。可是盖茨比并非如此，虽然盖茨比也不得不接受生活安排的命运，经受着现实的摧残，但是盖茨比仍旧像书名那样，是“了不起的”，他那纯真的爱情抵御着种种琐碎，纯粹的梦想傲然于世间，他以一个独属于他自己的壮美姿态，似流星般划过这个时代的苍穹，纵然百年过去，他的故事仍然为人们所追念，仍然为这个时代留下了影子。虽然盖茨比还是在故事的最后为这个时代死去了，但是他从未在人们心中逝去。或许时代的本质就是弱肉强食，终归要有牺牲品，于是盖茨比承受了时代的悲剧，但盖茨比那与时代不匹配的梦融入了时代，与时代一起燃烧，并且将一直燃烧，一个时代接着一个时代，永不熄灭。

梦想始终是人类想要永恒追寻的东西，没有梦想的生活是没有灵魂的，没有梦想的时代是可悲的，可如果总是沉浸梦想当中也是诞罔不经的。历史的发展总是在循环往复，遵循着客观规律，哪怕时至今日，也不乏享乐主义的追求者，但是我们要一直记得，生活不只有故事和酒，还有诗和远方，生活不仅仅是物质的，它是物质和精神的统一。我们要立足于此，追求更高的梦想和完美，去探寻盖茨比梦想的踪迹，实现自己的人生价值。

在盖茨比的故事里，那个他和她曾付诸真心的院子终成废墟，对岸那盏虚无缥缈的绿灯终究灭了，而那个虚妄浮华的时代也终将被另一个时代接替。世间已无当时事，世间已无当时人，只是当时梦依旧，只有当时梦不熄。

作者系外国语学院英师1704班学生

黄金时代的爱情挽歌

——《了不起的盖茨比》读后感

□ 聂绍婷

曾经我所了解到的这部作品是别人口中的《了不起的盖茨比》，当时听她们说了这部作品后，我顿时没有想看的欲望，因为我觉得像这种剧情在电视机里面已经司空见惯了。男主喜欢女主，后面由于门不当户不对，女主不得不嫁给一个与她门当户对的男二，后面男主有钱后又回来找女主，两人旧情复燃……我对这种剧情已经感到厌倦，出现了视觉疲劳。所以我从大一到现在大三都不打算看这本书，直到这次读书活动，我算是“被迫”看了这本书吧。看完后，我真正体会了那句话——“永远不要从别人口中去了解一个人，要想了解他去找他本人”。那么同样的道理，要想了解一本书，唯有自己去看了，你才会真正有所感想，毕竟一千个读者就有一千个哈姆雷特，每个人从不同角度来分析一本书就有不同感受，通常这种感受是他本人所带有的一种个人主观情感色彩。我看完这本书后感受颇多，于是又去看了《了不起的盖茨比》的电影，莱昂纳多演的版本，这个版本的电影台词几乎和书上的一样。这个电影很长，大概有两个半小时。不过个人觉得还是看书比较好。

《了不起的盖茨比》的故事情节如下：小说主要事件发生在1922年夏。耶鲁大学毕业生、一战老兵尼克·卡拉威（也是小说的叙述人）从中西部来到纽约，靠卖债券过活。他在长岛的西卵村租住了一间小屋，与盖茨比为邻。杰伊·盖茨比是一个年轻、神秘的百万富翁，经常举办豪华宴会，却很少出头露面；有许多人到他那里去吃喝，但他始终是一个孤独的人。

后面我们就会知道他所做的这一切只是为了见到他心仪的女人黛西一面。

尼克驱车到东卵村拜访表妹黛西·费伊·布坎南，她丈夫汤姆·布坎南是尼克的大学同学。他们将尼克介绍给乔丹·贝克小姐，她是一位充满魅力却略带自私的青年高尔夫球手；尼克认为自己爱上了她。她告诉尼克，汤姆有外遇，叫默特尔·威尔逊，住在“灰烬谷”——西卵村和纽约城之间的工业垃圾场。

不久，尼克和汤姆、默特尔前往他们幽会的公寓，举行放荡的狂欢会。默特尔几度提起黛西的名字，汤姆在愤怒中打扁了默特尔的鼻子。

夏季某日，尼克收到盖茨比宴会的邀请函。他不仅在宴会上碰见了乔丹·贝克，而且终于见到了盖茨比，发现盖茨比竟然在战争中与他同在一个师服役。尼克从乔丹那里得知盖茨比在1917年与黛西坠入爱河，但因为他要去参军，黛西终于嫁给了汤姆·布坎南。他复员后，赚了很多钱，在长岛买下豪宅，可以眺望海湾对面黛西的家，希望与黛西再续前缘。盖茨比奢华的生活方式与放荡的狂欢会不过是为了吸引黛西，让她回心转意。盖茨比让尼克安排他与黛西见面。尼克邀请黛西到家品茶，隐瞒了盖茨比的到场。

在尴尬的见面之后，盖茨比和黛西重温旧情。他们再次相恋，但汤姆很快对此产生怀疑。在饭局上，黛西对盖茨比言辞甜蜜，毫不掩饰，汤姆的怀疑得到了证实。虽然汤姆自己也有情人，但他还是对妻子的出轨倍感愤怒。汤姆逼迫大家前往纽约市，在广场酒店的套房里与盖茨比对峙，告诉他二人间的故事是盖茨比所不能领悟的。不仅如此，他还揭露了盖茨比贩卖私酒，从事其他见不得人的勾当，这才得到了今日的财富。黛西感觉自己无法承受，只想离开，于是盖茨比驱车送她回家。尼克、乔丹、汤姆驱车回家时经过“灰烬谷”，发现汤姆的情人默特尔被盖茨比的车撞死了。事后，尼克从盖茨比那里得知是黛西在开车，但盖茨比不愿揭发自己的爱人。汤姆嫁祸给盖茨比，让默特尔的丈夫乔治误以为车主就是自己妻子的情人并开车撞死了她。于是乔治来到盖茨比的豪宅，开枪行凶，随后饮弹自尽。尼克为盖茨比举办葬礼并且结束了与乔丹的关系。葬礼没有人来哀悼，让盖茨比心心念念的黛西和她丈夫踏上了旅游的行程。这种冷漠和自私让尼克看破了东部的生活方式，回到了中西部的老家。

在看到这本书的第一章时，我就被那句话给说服了。原文是："Whenever you feel like criticizing anyone，just remember that all the people in this world haven't had the advantages that you've had."（当你批评想要别人的时候，要记住，这个世界上并不是所有人都像你一样拥有诸多优势。）也就是说，当你想要批评别人的时候，你只要记住一句话，那就是你要明白你所拥有的优势并非世界上所有人都拥有的。那么我在想，其实我也很能理解书中的盖茨比、黛西、汤姆，还有乔治，虽然我没有身处其境，也不可能完全做到感同身受。但我只是单纯地从个人层面来表达我对他们四个人的看法。

首先是盖茨比，本文的主人公，他的人生算作一个悲剧。我从他身上看到了理想与现实的差距，黛西的出身高贵，注定要嫁给一个门当户对的上流社会人，可是盖茨比不一样，他是一个农村出身的人，没有强大的家庭背景，没有富裕的生活环境，更没有受到高等的文化教育。所以他与黛西注定不是一类人，于是由于社会地位等外界因素，他与黛西错过了。今天我们这个社会上这样的事也不少，我曾经看到过一对爱人的分离。女方是城市的，家庭条件不错，男方是农村的，条件不太好。女方家不仅要求男方家拿20万彩礼钱，还要求男方有房有车。可是男方是农村出身，家里的钱都用来买房了，哪里还拿得出20万彩礼。男方被逼得无路可走，只好放弃了心爱的女孩子。钱不是衡量爱情的唯一标准，有钱也不一定意味着婚后会很幸福。但是父母的担心也不是毫无道理的，毕竟生活建立在良好的物质基础上，空着肚子哪里来的心情去谈爱情呢？就像盖茨比那个时代，人们十分看重出身。所以他和黛西一开始就注定了不可能，尽管他爱她。

但我也从盖茨比身上看到了为梦想艰苦奋斗的精神，虽然他出身不好，但是为了黛西，他努力向上爬，最终成了一位百万富翁。在我们这个时代，一个辍学打工的少年靠自己努力成为一名百万富翁，其中的艰辛我们可想而知，没有强大的内心和信念怕是早就放弃了。这让我自己无地自容，一路走来，回想自己的点点滴滴，有好多事我都是开头十分兴致，中间叫苦不迭，最后放弃了还喜欢以自欺欺人的方式来安慰自己。我真的需要学习盖茨比这种艰苦奋斗的精神。没有中途的遍体鳞伤，怎可成就以后理想中的自己？并且盖茨比成为百万富翁后依旧对黛西一往情深，这也说明了他不忘初心，成功后没有被遮蔽了双眼，很清楚知道自己要的是什么。很多人在成功后会被多种因素利诱。这些品质不是人人都拥有的，而且很难养成。

但我不赞成盖茨比为了成功而去做非法交易，靠卖假酒来挣钱的这一种方式。这算作为达目的不择手段了。正所谓君子爱财、取之有道，我们想要成功，也要通过正确方式去实现。同时，我也不太赞同他明明知道自己与黛西不可能了，黛西已经不是从前那个他的她了，他还是为她承担了撞死人的责任，并为她付出了生命。可能有人会觉得他痴情、专注，但我个人觉得这是比较“单相思”的一种方式，你对她好，她未必领情。如果黛西爱盖茨比，就不会在他和汤姆之间徘徊，更不会在撞人后为撇清关系而和汤姆一走了之，留下盖茨比来承担所有。都说恋爱中的女人头脑不清醒，有些男的也不例外。如果在恋爱中遇到一个自私自利、只知道一味索取不知如何回报、不为你考虑的人，那么请擦亮眼睛，不要再自欺欺人。

对于黛西，大部分人会说她冷漠、自私、势利。我也赞同，她在书中的人设的确就是这样。她知道盖茨比有钱后就开始动心，在他和她丈夫汤姆之间徘徊。但当她知道盖茨比是通过贩卖假酒和做一些非法途径的买卖挣来的钱后，她怕了。于是她想逃离，盖茨比去追她，开车途中，黛西撞死了她丈夫汤姆的情人默特尔，后面却让盖茨比为她付出了生命代价，而盖茨比葬礼上，黛西却并没出现，连一朵花都没送。我可以理解她这样做，可能是女生比较了解女生的原因。其实黛西在盖茨比去打仗后也等了他，但最终还是嫁给了汤姆。可能她不知道能等盖茨比多久，万一盖茨比在战争中牺牲了呢？再加上社会地位、阶级这些重重障碍像一层层蛛网将黛西牢牢地束缚在里面。她也想过好日子，对于她而言，有钱的汤姆也是一个不错的人选。最终，爱情败给了现实，输给了物质。每个人都有追求幸福的权力，现实的人也不一定都是错的。只希望他们不要为自己做的决定而后悔便好。

再来看汤姆，我的第一反应就是想到了一句话——直到失去时才会珍惜。起初汤姆怀疑黛西和盖茨比之间有私情，后面得到了证实。那时候他极力挽回黛西。当然，黛西最后也选择了他而抛弃了盖茨比。在黛西没有与盖茨比重逢之前，汤姆在外面有情人，玩得不亦乐乎。他知道就算黛西知道了这件事也不会和他离婚，所以他有恃无恐。后面盖茨比的出现让他有了危机意识，因为盖茨比是一位百万富翁，汤姆不确定黛西有了保障后是否会选择继续待在他身边，那时候他慌了。有些事、有些人，只有在危机来临时你才会发现他的本质。比如现在的学生，临近考试之际，两天就可以把一本书的重要知识点给背下来。不在“危急关头”，你永远不知道你的极限和潜力有多大。汤姆挽留黛西还有一方面的原因可能是一种强烈的占有欲，对于他而言黛西可能是一种私人物品，他不喜欢自己的东西被别人惦记，开始时，他可能觉得这种东西可有可无，但真正要失去时，他是不能接受的，也会不习惯。

最后说乔治，他在妻子被撞死后轻易地听了汤姆的挑唆，不明事情真相就认定盖茨比是杀人凶手，结果杀错了人。当然他不知道这一切，不然会不会后悔地从棺材里爬出来。其实站在他的角度来说，没有几个人可以在自己亲人被杀害后还能理智地分析，只想为亲人报仇。换种情况，我们在听到什么事情之后不要盲目行动，凡事要多思考，有时候你亲眼看到的、亲耳听到的未必都是真的，更何况是从别人口中得知的事情。

这部作品的人物角色特征刻画得很好，从他们身上可以折射出一些发人深省的问题。《了不起的盖茨比》也算一个悲剧的爱情故事。盖茨比不是罗密欧，而黛西也不是朱丽叶，不然《了不起的盖茨比》便是另外一个故事了。

作者系外国语学院英师1703班学生

一场虚无的繁华叙事

——读《了不起的盖茨比》有感

□ 张军洋

从该书的背景可知，美国从1918年第一次世界大战落幕到1929年华尔街股灾引起的大萧条来临，这十一年被称为“爵士时代”或者“热闹的二十年代”。在此期间，美国的经济、社会、文化等各方面均取得长足进展，顺利晋升为全球最富裕的国家，并成为现代消费主义的发源地。随着战争的结束，许多复员军人从欧洲回到美国，由于拥有大量退伍费，这些人给市场带来了强劲的消费需求，美国的经济因之迎来了腾飞的阶段。这个时期最主要的经济现象是汽车产业的异军突起，仅以福特汽车公司为例，该公司的首款量产车在1927年，停产之前总销量高达1500万辆。汽车的迅速普及不仅带动了高速公路的兴建，也催生了汽车旅馆、汽车服务站、二手车销售等新兴行业，更加速了城市的扩张进程。从美国的历史来看，20世纪20年代和50年代、90年代是其经济发展最迅速的三个时期。奇怪的是，在这个欣欣向荣的热闹时代，整个美国社会却处在禁酒令的管制之下。1919年1月16日，美国国会批准了《美国宪法第十八修正案》，该法案“禁止在合众国及其管辖下的一切领土内酿造、出售或运送致醉酒类，并且不准此种酒类输入或输出合众国及其管辖下的一切领土”。这条规定和社会对酒精饮料的强劲需求共同造就了许多一夜暴富的神话：有些不法商人从加拿大走私酒精饮料，伪装成药用酒精在药房里销售，从而获得巨额利润。直到1933年12月《美国宪法第二十一修正案》废除禁酒令为止，走私酒精饮料一直是司空见惯的社会现象，美国的上流社会也出现了骤得横财的新生富豪和兴盛数代的世家大族之间的分化。写到这里，你可能要问我为什么要介绍如此多的背景呢？因为盖茨比就生活在这样的一个时代，他的财富与贩卖酒精饮料脱不了关系。可能你会觉得一个贩卖酒精饮料的人有何了不起？他的了不起就在于他有血有肉，有追求，有梦想。为什么要提到汽车呢？其实在那个时代，汽车还不是那么普遍，但在本文中汽车出现了多次，这里的车就是盖茨比死亡的嫁祸工具。人们的思想被战争摧毁，青年人的道德意识不强，纵情于狂欢之中，金钱成为这个时代的追求，物质上的满足和及时行乐的思想纵生。

那么为什么说盖茨比有血有肉，与别人不同呢？因为即使已经是一个富豪，他也没有沉浸在金钱中，纸醉金迷。他有他对爱的追求，他依然向往着自己与黛西的那段感情。他知道自己想要什么，不忘初心。他对待别人真诚、单纯、友善。你有没有想过如果你遇见一个富豪，你能与他成为忘年交吗？他会跟你关系好到能留一份遗产给你吗？我觉得我做不到。首先我没有跟富豪做朋友的勇气，其次我不认为我会对一个这么强大的人毫无保留。再来说他的纯情，有几个人能做到有更好的选择时，仍然想着去明媒正娶一个有夫之妇。在这样一个追求金钱的社会，不乏那种为了踏入上流社会而出卖身体的灰姑娘，威尔逊的夫人就是这类人的缩影。威尔逊只是无产阶级的穷人，在社会的最底层生存着，任由富人们的摆布。最后他夫人的死成了他放弃生命的导火索，他的愤怒、怨恨都由盖茨比的死来买单。这不禁让我对这样的一个社会痛心。

的确每一个时代都会有一个时代特征，而我很感谢我生活在这样一个民主的社会。我们的国家是积极向上的，虽然我们各有各的特色，但我们都没有被压迫，我们实践着那些优秀的道德。我们都是积极的！虽然盖茨比拥有了巨大财富，过上了奢华的生活，但是因为他所追求的梦想华而不实，他的追梦结果以失败而告终，并为此付出了生命代价。盖茨比的个人梦想似乎就是那个时代的理想和追求理想的艰苦历程，体现了美国人追求个人自由、自力更生、相信个人道德的理念。此外，盖茨比的悲剧死亡也象征了那个时代的理想无法实现。

菲茨杰拉德在小说中说明，轻易得来的财富和日益松弛的道德标准使美国对个人自由和幸福的追求逐渐堕落。曾经美国人通过个人的梦想赋予了这个国家意义，而在小说中，盖茨比的个人经历暗示了美国梦意义的丧失。盖茨比在黛西身上注入了她根本不具备也不配具备的完美理想，盖茨比的梦想也因为其目标的没有价值而遭到幻灭。这就好像20世纪20年代的美国梦。这部小说的伟大之处在于写出了20世纪20年代一些底层人民美国梦的破灭，撕开了上流社会虚伪的面纱，揭露了以金钱为基础的爱情和婚姻的不幸。浮华的生活背后是空虚寂寞和迷失自我。要想过上安稳的生活，只能像这部小说的叙述者尼克那样，不随波逐流，摒弃奢华的生活，自食其力、踏踏实实地工作，这有可能是最理想的生活状态。

这篇文章中我最喜欢的人是尼克，他是文中让我感受到的一股清流，在盖茨比死后，在他的心中，东部变得鬼影憧憧，面目全非到超过了自己眼睛矫正的能力，所以他又回到了老家。不管这是逃避现实还是重新出发，不管是如同乌龟遭到攻击躲进壳里，还是如同螃蟹全副武装准备战斗，捍卫自己做人的原则和道德底线是永远不能退让的人生准则，当我们不愿同流合污又不能改变现实的时候，保持沉默已是维持尊严最后的保护伞。他遵守着自己心里的原则，为盖茨比献上自己最后一些人性的温度。我们的生活中真正需要的就是这种朋友。

为什么说只有尼克为盖茨比献上了一些人性的温度？因为哪怕是盖茨比的心仪女人也同这个时代的大多数人一样拜金主义，是她把盖茨比推向了死亡。她就像豪华宫殿中一盆美丽的花，离开了那个豪华宫殿，她便没有安全感，更不知道自己该走向何方。他用美丽博得了男人的爱，却缺少一个美丽的灵魂。这部小说最让我伤心的就是女主黛西。她让我觉得盖茨比只是活在自己的美梦中，他在美梦中努力着、奋斗着，越来越靠近那美丽的人儿，甚至自己都认为有那么一瞬间自己拥有了这美丽的人儿。还没等自己醒来，美梦便以自己的死而结束了。黛西既可能是某些人追梦途中的小插曲，也可能是某些人穷尽一生追求的一场镜花水月。可惜盖茨比是后者，他没能认清楚黛西，更没有找到真正的心仪伴侣。我们的人生亦是如此，我们一直在追求着某些东西，正是这些追求使得我们积极向上，不畏辛苦，甚至穷尽一生。有些人成功了，有些人更换了目标，而有些人与自己的梦长眠。没有谁对谁错，只是我们在追求的时候一定要审时度势，懂得看清本质。如果盖茨比能够看透黛西的本质，也许这悲剧就不会发生。当然我并不是说穷尽一生去追求自己的梦想是错误的。现实中就不乏这样的伟人，穷尽一生去追求一个真理，也许最后他没有得到他想要的结果，但他为后人的研究奠定了基础，以至于影响整个人类。

在整篇文章中我最不喜欢的人物莫过于汤姆，他是一个自私自利的伪君子。当和自己好了几年的情人死去，他竟绝口不提，更别说难过了。他将所有的罪名嫁祸给盖茨比，带着盖茨比所谓的爱慕女人逃跑了。虽然世袭的财富给后人提供了经济基础和社会地位，但也考验着这些后人的自控力。有些人拥有了财富如鱼得水，开始自己的辉煌人生，也有许多人在金钱的面前放下了道德，他们在社会中颓废堕落，没有追求，在灯红酒绿中度日。汤姆在继承了丰厚的遗产过后，就开始了他灯红酒绿的生活，婚外情人也不少。汤姆不知道财富来源于社会，早已沉迷在了虚伪、奢靡与炫耀中，早已经放弃了自己生产者的角色，甘心沦落为金钱的奴隶，最终在金钱中颓废。也许生活中也有这样的人，我不想去奉劝什么，我只知道人可以没有很大的目标，但要活得有意义，否则如同行尸走肉。到生命尽头也不知道自己的一生有何意义，只剩下空虚的思想和盲目的骄傲。

这部小说中人物性格的塑造很成功，每个人都令我印象深刻。然而它的句子也蕴含着大道理。例如，每当你想要批评什么人的时候，要记住，这个世界上并不是人人拥有你的优越条件。我们不应该用自己的标准去判断别人，每个人都是不同的，也有自己的为人方法，不要去左右他人的思想。要想与人相处融洽，要学会去了解他人，而不是把自己认为的标准强加在别人的身上，说出具有伤害性的语言。漫漫人生路，你遇见的每一个人都是有优点的，遇事不要咄咄逼人。又如，我们继续奋力向前，逆水行舟，被不断地向后推，直至回到往昔岁月。起初我认为这句话的意思是有些为了追寻梦想而迷失自己，使得自己越来越空虚。后来我又认为可能说的是盖茨比为了追梦，活在了自己的记忆中。后来我又看到有人认为是说美国，日子一直在一天一天地循环，看似人在前进的社会，其实是在退步。由此可见，文化和道德的熏陶无论在哪个社会都是必要的存在。虽然每个时代都有其特征。但是那些留在人们骨子里的信念应符合道德和社会发展，这样才可以推动一个社会的发展。也只有如此，年轻一代的思想才是健康积极的。我们的民族需要正确的三观，我们的群众也需要。

这部小说中的美国似乎病了，战争剥夺了他们的道德思想。人人开始追求金钱，尤其金钱来得容易的时期，人们似乎更容易只看向金钱。我既遗憾于盖茨比的悲剧，又不满于黛西的拜金，更怜悯威尔逊夫妇的弱小。我们的社会到哪里都有弱势群体，我希望他们能保留自身的淳朴，我们能给予他们援助。这样我们的社会才会有爱！

作者系外国语学院商务1701班学生

愚溪悦读
YUXI YUEDU

卷四　心灵的故乡

魅力无限的潇湘大家

——浅析李长廷先生的创作特点

□ 谢明慧

20世纪70年代中期，李长廷先生就以诗歌而蜚声文坛，随后，从故土九嶷山下调到湘江之滨的永州市文联工作，历任市文联副主席、主席之职。在长达近二十年的领导岗位上，他不但没有停辍手中的笔，反而更为勤奋，以雍容繁富的散文、随笔和小说等作品雄踞在湖湘大地，成为湖南文坛上的一个重量级人物。他的创作离不开湖湘大地的故土，充溢着淡泊的胸怀，年逾八十仍能大胆探索创新，是一位潇湘文学的魅力大家。

一、守乡土于文间

美国诗人惠特曼说："我看见在它那荫蔽的一边，睡觉者还在睡眠，而另一边正阳光灿烂，我看见那些遥远的地方，它们对当地居民犹如我的乡土，对我这样现实而亲近。"每个人的出生地不同，文化传统也截然不同，都是独特而美丽的存在。守护文化传统就像一个人守护自己的出生地一样重要。

李长廷先生来自苍梧之野的九嶷——中国神话的故乡。九嶷山上那飘荡的白云和浩茫的山林不仅孕育了舜崩苍梧的故事，也孕育了"娥皇、女英千里寻夫"的佳话，以及"泪成竹斑"的传说。关于舜，司马迁的《史记·五帝本纪》中也记载着："舜，南巡狩，崩于苍梧之野，葬于江南九嶷，是为零陵。"在故乡这种浓郁的神话底蕴的熏陶下，李长廷先生便潜意识地将这种氛围融化到他的创作之中，如《大风》《梦非梦》《酸枣树、酸枣树》

《月光，月光》等一系列篇章中都或隐或显地流露出一种丰厚的神话韵味。

李长廷先生的《南行志异》便以舜作为主角而写作，作者的目光深深被他所吸引。舜之所以能够吸引住李长廷先生，是因为一座山——九嶷山。司马迁《五帝本纪》为九嶷山与舜厘清了一种关系，在九嶷山的履历表中慎重填上了舜的名字。九嶷山是舜的精神的凝结，李长廷先生曾经无数次在这座山中攀爬，目的是寻找舜的足迹，他甚至认定这座山中一定有那么一条蹊径，可以让自己进行一种历史的穿越，从而进行更好的写作。

其实一个人与他的出生地是一种血缘关系。那个生出了李长廷先生又养育了他的贫穷村落永远是他温馨的母腹。他曾为它的欢喜而欢喜，为它的疼痛而疼痛。如今，正在尽情享受现代城市文明的他仍忘不了时时把目光投向那里，把心思分割到那里。我的肉体搁置在城市中，精神和灵魂却去了那个遥远的乡村坚守。李长廷先生是属于它的，它也是属于李长廷先生的，他们似有个永远的承诺，谁也休想把我们拉开一丝儿距离。《思念田野》中写道，李长廷先生和田野的关系，是一种牢不可破的血缘关系，他的身上永远涌动着一位农民父亲和一位农民母亲的血，无论我走到哪里，都不能割断远方田野的亲情……“我是田野的儿子，是田野像培育一棵水稻一样培育了我，给了我爱情，给了我灵性，给了我整个人生赖以立足的根基。”

李长廷先生并非生来就心无旁骛，他也曾试图回避乡村，将自己完完全全融入城市之中，但这几乎不可能，他的笔触一旦进入城市，就几乎完全迷失了自我。至此，李长廷先生终于明白，其实他是一个有着强烈“恋母情结”的孩子，永远脱离不了对于乡村的依赖。那个古典的村落才是他文学的母题，才是文学创作的无尽源泉。于是只有坚守。正如《江永有个千家峒》所言：“然而它的历史，却是谁也不会忘记的，它的历史的价值，正为人们重新认识。因为在这块土地上，曾繁衍出一个倔强的民族。”

坚守带给李长廷先生的是一种回归古典、回归自然的快意和宁静，是作品个性的逐步发育成形。正是由于李长廷先生对于湖湘文化和乡土的坚守，才能创作出富于深厚文化底蕴的奇文瑰篇。

二、寄淡泊于胸襟

“夫君子之行，静以修身，俭以养德。非淡泊无以明志，非宁静无以致远。”生活在现代社会的人时时跻身物欲横流的滚滚浪潮之中，口头说淡泊容易，而做到淡泊却委实太难。“乾坤容我静，名利任人忙”，也许能够真正付诸实践的人少之又少，而李长廷先生则不同，他耐得住寂寞与喧嚣。

李长廷先生强调创作应当“我手写我心”，认为好文章不可操之过急，再好的题材也要经过沉淀与打磨，否则就是对题材的浪费。李长廷先生曾在许多札记和散文里提到作家必须有一种宁静的心态。如他在《山居随笔》的自序里这样写道：“在这个秋天，我坐在被绿荫和鸟语覆盖的窗前，心情如收获过的田野般沉静。”又如他在《苍山·野水·故事》一书的后记里写道：“我的高山寺的屋居很是闭塞，闭塞如深山守林人的寮棚。当狗年春天来临的时候，照例听到滴沥沥几声鸟鸣，如花般开放在我的窗下，使我惊叹振奋不已。这些大自然的小天使们，总是在我怀有某种心绪的时候，如约而至，不嫌弃我的愚顽与古板，用它们美妙如花的歌声，向我描绘天空的阔远，田野的丰腴多姿。”李长廷先生就这样在宁静中思索，在空寂中创作，相继发表300余万字的文学作品，成为湘军文坛中的重要一员。

世界是多彩的，人生是多彩的，有此之短，必有彼之长，如果不能在大庭广众一展侃侃而谈的潇洒，那么默守一方宁静，将一腔心绪如春蚕吐丝般倾吐在纸上亦不失为一种快乐。《大学》有言：“知止而后有定，定而后能静，静而后能安，安而后能虑，虑而后能得。物有本末，事有终始。知所先后，则近道矣。”他言：“放下焦灼，放下浮躁，去看一朵花开，去听一声鸟鸣，去欣赏一只蝴蝶在花丛中的轻歌曼舞，去关怀脚下一只蚂蚁的生活状态。我们不是时常将诗和远方挂在嘴上吗？其实诗无处不在，只是你平时过于行色匆匆，把一切都忽略了。我们既辛苦劳作，创造了生活的美，为什么不停下脚步，欣赏这美，享受这美？须知我们的生活，是要靠慢慢品尝，才能品尝出它的个中滋味来的，就如一个农夫，辛辛苦苦侍弄好一丘田，禾苗满厢了、抽穗了，这时你去田埂上驻足一小会，那种惬意，那种满足，岂是言语所能表达出来的？”一条河是一种文化，一座山是一部历史。李长廷先生就是在历史与现实的山水间，在似梦非梦的行进途上，“默守一方宁静，将一腔心绪，春蚕吐丝般倾吐在纸上”，然后，演绎成五彩斑斓的文字，幻化成优美动人的旋律。

三、履创新于行文

李长廷先生的《南行志异》可谓对新历史小说进行了有益的探索与突破。从舜帝梦游九嶷起笔到舜帝魂归九嶷终篇，全景式再现了舜帝时代的自然环境与社会环境，蕴意深远，情感真挚。

故事情节跌宕起伏、奇崛离奇，提升了新历史小说的阅读趣味，吸引读者注意。作品以南行为线索，以舜帝为中心，描写了三苗、封豨、修蛇等数十个语言装扮、饮食婚姻、文化传承各异的部族，刻画了精明勤苦的禹、老成持重的皋陶、自负狭隘的丹朱等数十个个性鲜明的人物，展示了部族及人物之间深刻的历史矛盾与复杂的现实冲突。作品关于舜帝时代的描绘异彩纷呈，富有吸引力，可谓舜帝时代社会生活的万花筒与百科全书。对于舜晚年移驾南方这段史实，历史上存在不少争论。有人说是巡狩，有人说是征伐，还有人认为此事纯属子虚乌有。李长廷先生创造性地以“南行”来作答。因为是“南行”，带有很大的自由性，所以，在李长廷笔下，舜可以广泛接触不同部族、不同阶层的人，历经形形色色的事，作品也才能装下作者想装的众多内容。在南行队伍的安排上，作者让舜帝一行先行，娥皇、女英等人稍后出发，两队人马，两条线索或分或合，或虚或实，穿插照应，行文富于变化。围绕南行这条主线，李长廷采用倒叙、插叙、预叙、补叙等多种方式介绍舜帝的成长经历与奋斗历程。同时，巧妙设置人物关系，通过偶遇、巧合、追寻等方式，将众多的人物与事件串联起来，依次展示给读者看。整部作品人物众多而安排有序，故事繁复而不显杂乱，巧设玄机，使故事情节跌宕起伏，引领读者兴致勃勃地进入洪荒的上古时代，进入蛮荒的三苗腹地，进入无法预料的未知世界。

《南行志异》虚实结合，营造审美的意境，增强了新历史小说的梦幻色彩。事件虚实相结。人物是史料丹青上确切记载的，如舜、尧、禹、鲧、皋陶、后稷、伯夷、契、夔、籛铿、许由、巢父、娥皇、女英，信而有证；事件为实，如地震、严寒、干旱、水患等自然灾害，族团之间的争战等人祸，舜施盐、祛病、制陶、制扇、教人打井皆为自然真实的实境。舜南行之旅所经历的地点中，除洞庭山、南岳两处实写外，其他都是虚构；有些人物是为虚构，史书上无名无姓，如蚕神娘娘、苍梧老妇等；推进故事发展一些起点缀、衬托、对比作用的事件、物件、场景是为虚写；小说故事中的所有梦境及一部分心境、情境、环境、未来之境是为虚写；神仙、鬼怪、巫术世界亦为虚设。虚构之内容予读者以模糊、混沌、缥缈、虚幻之感。表现手法虚实相结合。实写，是指直接描述事实，正面表现人物，可以给作品增强现实感和逼真感；虚写，则是通过感受、想象、对比、映衬等手法间接渲染，侧面暗示，作用是给读者留下充分的想象空间，使作品更富有含蓄之美。亦真亦幻，亦远亦近，似梦非梦，引发读者无尽遐想、冥思与共鸣。

李长廷先生的创作具有潇湘文化的独特基因，是潇湘话语环境下的个性表达；李长廷先生的文章颇有清淡纯粹之美，这种美源于他胸襟的淡泊，以及人生态度的豁达；李长廷先生八十有二，仍笔耕不止，开拓创新，其创作态度与精神值得我们学习。“发纤秾于简古，寄至味于淡泊”，文有破哉，实为魅力无穷之潇湘文学大家。

作者系文法学院汉文2002班学生

总是故园情

——从《山居随笔》论李长廷散文的文化人格

□ 王洁文

李长廷在《山居随笔·自序》中说："回首五十余年走过的道路，我惊奇地发现，自己原来是和山有着不解的缘分。"即便是后来进城工作，他也无法挣脱山的羁绊。就因为如此，李长廷的散文才让无数从农村走向城市的游子有了心灵的皈依，唤起他们强烈的情感共鸣。"没有哪一场梦，不萦绕着对山的回想"，李长廷对故园深厚的感情以及文人敏感的思维使他不可能不思考社会转型期，各种文化选择和文化观念交错、融合、碰撞下乡村的变化。李长廷的散文没有恢宏阔大的历史叙事，没有深刻隽永的哲学思想，而是如山间小溪般，生动灵秀，却可以提振一座山的生命力。作者用清淡平和的语言把一个有着强烈文化使命感和博大人文情怀的文人对乡村未来命运的深刻思考娓娓道来。

一、忆往昔岁月，寻人性本真

李长廷的散文以他往昔生活的回忆追寻人性的本真。其中既有对亲人的爱与思念，也有与其他相识的人之间纯洁美好情感的赞扬，字里行间洒满了人性的光辉。

在《月光，月光》中，作者借月光纪念儿时与"我"极为亲近的八奶，用八奶诡异之死设置悬念，把八奶与月光的故事慢慢展开，让读者看到一个深受"天狗吞月"封建迷信的落后思想影响，但英勇无畏地与天狗顽强斗争的正直勇敢的英雄老人形象。虽然八奶的死带着一丝对时代的讽刺，但更多是对八奶善良的人性之美的赞扬和她去世的同情与不舍。在《家乡的油榨房》中，作者借油榨坊的“嘭嘭”声写出了村庄生生不息的活力，充满了人间的烟火气息，也正是在“嘭嘭”声中，“我”明白了劳动的意义，它给“我”启迪，给“我”鼓舞，让“我”从一个逃学的坏学生下定决心有所作为。父亲是油榨坊的师傅，他用自己的勤奋和汗水身体力行、潜移默化地转变了“我”的思想观念，体现了父亲对儿子大山般无言的爱。

面对长生伯家各种瓜果藤蔓缠绕起来的篱笆，“我”像做错事的孩子一样，心里非常懊悔，想去向长生伯忏悔，但是内心又矛盾。年轻时候的“我”作为工作队员住在长生伯家，受着他的恩惠，却在会上要求他带头把好不容易种出来的瓜果全都拔掉。最后，“我”鼓足勇气向长生伯道歉，他却忘记了这件事，依然津津有味地向几个过路的小姑娘传授编篱笆的技巧。作者笔下的这种愧疚不仅是对当年错事的懊悔，更是对长生伯宽宏大量的感恩。作者用灵魂之笔把一个生活在农村中的小人物面对生活积极乐观的性格特点表现得淋漓尽致。

二、守文人良知，觅失落文明

李长廷的散文以文人的良知找寻失落的乡村文明。我们需要个体自我灵魂的张扬，可是我们又多么需要整体的历史的民族精神的反思，尤其在人口众多的乡村文明之中。

在《一个村庄和一棵树》中，作者产生了“没有樟树的樟树湾，还能叫樟树湾吗”的疑问，认为每一座村庄都有属于它的历史见证物，它也一定能够勾起远在他乡的游子对故乡的思念之情。《一棵驼背的树》则表达了作者对年轻一代精神家园的缺失和对故乡没有亲切感与归属感的深切担忧。

李长廷曾说：“我的肉体搁置在城市中，精神和灵魂却去了那个遥远的乡村坚守。”这种坚守是一种回归古典、自然的快意和宁静，是作者创作个性的雏形。《乡音》叙述了乡间一位亲戚送给作者的一只大公鸡给他带来的变化，作者于它的鸣叫声中想起许多故乡的往事，甚至想起了父亲那很有分量却再简单不过的起床催促声。鸡鸣是乡村早晨的声音，预示新一天的到来。这种声音带给作者亲情和力量，使一味追求宁静恬淡、不思进取的作者又找到了生活的意义。在《戏台》中，作者回忆了家乡的特色戏剧——祁剧。祁剧战鼓，地动山摇，让人为之振奋。此外还有《白毛女》这样表演得惟妙惟肖、家喻户晓的新剧。看戏不仅成了乡下人闲暇时的乐事，也给了作者艺术上的熏陶，使他懂得了生活与艺术的关系。所以，有了电视、电影之后，作者对这乡间的戏台悲伤起来。同时，作者也在审视自己的这种悲哀，“我是跟不上时代发展的步伐了吗？我是一个属于只会发思古之幽情的过来者了吗？我是在丝毫没自由地自作多情吗”，作者把一座戏台进行今昔对比，发出历史深沉的幽叹，艺术将何去何从？

再看《小溪的怀念》，“热爱生活，朝气蓬勃，对未来充满希望”道出了小溪顽强的生命活力，可是前些年，它却无声无息地死去了，“死后的小溪像谁抛下的一根枯藤，搁在地上，了无生气，再没有了往日无忧无虑的歌声，再没有了往日人见人爱水灵灵的英姿”。正如爷爷说的：“大山里也有一个海的迷。”人们对山林的大肆破坏不仅让大山的梦终究无法实现，也让守护了山林一辈子的爷爷再也喝不到一口小溪里的水，抱憾而亡。我们不能要求作为叙述者的作家去改变社会，消除苦难，解决问题，重要的是能够看到问题，李长廷深刻地意识到了这一点，我们从他的散文中看到乡村快速发展中遇到的各种问题，引发读者深深地思考。

三、观山乡巨变，随时代足音

李长廷的散文以山乡的巨变追随时代进步的足音。他是一位忧民者，但他的可贵之处还在于他的开放意识、现代意识，他放眼这瞬息万变的现实世界，密切关注着山乡的巨变。

我们可以从《山居随笔》中看到李长廷对村民美好生活逐渐实现的由衷赞叹。在这里，有一件每天早上都得安排的活计，那就是挑水，可是一个二三百户规模的村子只有一口井。后来村子里出去的几个后生把打井技术带回家乡，现在人人都可以在自家门前喝到一碗白花花的井水（《乡井》）；“捣衣砧上拂还来”的诗句记录了河边洗衣女的棒槌声穿越千年而历史久远。

而今，这一截锃亮溜光的捶衣棒却被丢进了湍湍的溪流中，因为现在的衣服都是鲜亮轻薄的尼龙衣，只需要打上肥皂搓一下便能干净（《洗衣曲》）；清晨，在乡村大道上行进着一支迎亲的队伍。唢呐声簇拥下的貌美新娘引起了一位大嫂的嫉妒，大嫂回想起自己出嫁时，扭扭捏捏、勾头勾脑的狼狈样子，便觉得羞愧难当，细思后认为不是自己长得不漂亮，而是没有闲钱余粮来办婚事。所以，她不屑一顾地说上一句："遇上如今这样的好时辰，哪个不晓得做个体面新娘哟！"（《清晨，在乡村大道上》）

《这里曾经是一座古庙》表达了作者对一座村里以前人人崇敬的古庙破败的思考，古庙的神乎其神吓得儿时的"我"不敢进林子，还有一次，因为"我"不小心把一个菩萨塑像掀倒了，吓得五叔害了"病"。而今，这座古庙破败了，村里的孩子却能肆意畅快地玩耍了，五叔也变得自信潇洒起来。人们信奉宗教本是祈求生活变得更好，可是这座庙不仅没有带给人们幸福的生活，还让人们陷入恐惧与害怕之中。凡事信则有，不信则无，村民思想观念的进步最终导致了这座古庙的消亡。

四、承地域文化，担传承使命

李长廷的散文以地方特色文化为基石肩负传承使命。管窥李长廷散文中永州独特的地域文化，我们可以从中体味到其带给作者精神家园的滋养与力量。

李长廷来自"苍梧之野"的九嶷山，在这个中国神话之乡，九嶷缠绵悱恻的白云、巍巍耸立的高山和神奇梦幻的夜色引发他的无限遐想，而这里孕育的"舜崩于苍梧之野"的故事、"娥皇、女英千里寻夫"的佳话和"湘妃泪洒斑竹"的传说更是让这里或隐或显地流露出一种神话般如梦如幻的韵味。九嶷山不仅是一处风景秀丽的风水宝地，更是中华文化博大精深、绵延不绝的象征。因此，作者写下《九嶷遐想曲》《九嶷山之夜》《九嶷赏云》《九嶷看山》四篇佳作，作品融情于景，传达出作者心底对九嶷山和中华优秀传统文化的崇敬之情。

1984年，李长廷从宁远调到湘江之滨的古城零陵工作，住到了文脉旺盛的高山寺上，这也是千年前一代文豪柳宗元被贬永州时居住过的地方，柳宗元在永州写下《至小丘西小石潭记》《始得西山宴游记》《袁家渴记》等流传千古的山水游记散文。而作者也在《山居随笔》中留下《永州氛围》《永州寻梦》《永州怀柳宗元》三篇以“永州”入题的脍炙人口的篇章，成为高山寺上的又一道文学风景。记得永州柳子庙里有一副清代杨季鸾的对联，其中一联是“地因人始重，河东而外，江山永柳各千秋”。永州的山山水水、历史文化给予了创作者丰富敏锐的灵感，孕育了一个又一个以天下为己任的知识分子，练就了一批又一批德才兼备的“湘军”劲旅，成就了一代又一代名传千古的文学大家。

江永的千家峒是瑶族的历史，传说中，这里是瑶族的故地，作者在《江永有个千家峒》《梆声》等文章中对永州的瑶文化细细道来，使人产生一种历史变迁的沧桑悲凉之感。瑶乡的每一座山似乎都有了历史的印记，守山人敲响的梆声深沉而富于内涵，古朴却又深奥，使作者陷入沉思。作者通过想象瑶乡人们深居大山里的艰难岁月，把一个古朴、诚实、善良的民族活灵活现地展现在读者眼前。

总而言之，李长廷的散文饱含着对故乡的深情、对苦难百姓的怜爱、对古朴文化的执着，体现着丰富的文化内涵，洋溢着一种现实世界中缺失已久的传统之美与人性之美。作者就是在历史与现实的山水之间，“默守一方宁静，将一腔心绪，春蚕吐丝般轻吐在纸上”。

李长廷曾说：“我其实是一个有着强烈恋母情结的孩子，永远脱离不了对于乡村的依赖，那个古典的村落才是我文学的母题。”在物质世界与精神世界发展不同步的今天，他的散文给迷失自我的人们找回了精神的家园，他以自己五十余年积累的丰富学识和对故乡人文山水、文明古迹的了解，把以人为本的人文责任压到自己肩上，以自己的人格力量实现文化传承，为乡村文明的振兴不遗余力。

作者系文法学院汉文2002班学生

浅析李长廷散文中引用的运用及其表达效果

——以《山居随笔》为例

□ 胡德帮

修辞手法是一种语言修辞艺术，其中引用是常用的修辞手法之一。引用修辞手法的巧妙运用可以为作品增添文采，丰富内容，增强语言的感染力、表现力和表达效果。李长廷的散文巧妙运用引用修辞手法，如古典诗词、格言警句、民间歌谣、日常俗语、历史传说、史料文献等，取得了较好的表达效果。因此，本文将以李长廷散文集《山居随笔》为例，从以下三方面分析李长廷散文中引用修辞手法的具体运用及其表达效果。

一、古典诗词的引用

古典诗词是书写生命体验、开掘自我心灵的文学艺术，蕴含着深厚的文化内涵和独特的艺术魅力，古往今来都为人们所青睐。古典诗词言辞优美，辞约义丰，蕴含语言之美、意境之美、情感之美和哲理之美等审美内涵，将其巧妙地引用到创作中，常常能起到美化语言、增强作品表现力和感染力、丰富其思想内容和提升其文化品位等重要作用。

李长廷非常善于在其散文作品中引用古典诗词，以此达到思想感情的自然流露和人生体验的诗意表达，营造出耐人寻味的文化韵味和沁人心脾的艺术之美，产生出撼人心魄的艺术魅力。在《思念田野》中，写一场田野的喜雨带来的喜庆情景：喜雨给大地以陶冶，给田野以滋润，给农人以希望，给小孩以欢乐，整个天地间沉浸在喜雨的氛围中。其后，引用杜甫的《春夜喜雨》：“好雨知时节，当春乃发生。随风潜入夜，润物细无声……”该诗很好地概括了人们对喜雨来临的喜悦心情，不仅表现出作者对喜雨的讴歌之情，更渗透了作者对田野的独特情思；同时，这种诗意表达不仅增强了文本的抒情效果，还使读者获得一种诗意的审美享受。作者在后文中写道：“我至今不能忘记，是田野教会我读第一首诗：锄禾日当午，汗滴禾下土。谁知盘中餐，粒粒皆辛苦？”此处引用唐代李绅的《悯农》，借这首妇孺皆知的古诗表现出作者与田野之间的深厚情分，深化了作者对田野大地的感恩之情，引起与读者的情感共鸣。

在李长廷的散文中，引用修辞手法的运用方式灵活多样，常常根据具体文本的形式内容，而选择具体引用的形式内容。如在《斑竹林吟诗》中，开头即引用刘禹锡的词作《潇湘神·斑竹枝》：“斑竹枝，斑竹枝，泪痕点点寄相思。楚客欲听瑶瑟怨，潇湘深夜月明时。”开头引用词句，不仅使文章富有诗意，更有感染力，引起读者的阅读兴趣。该词的内容紧扣标题，词中的“斑竹”意象也与标题相照应，从而在表达上贴切自然；同时，顺理成章地围绕“斑竹”意象展开下文，“斑竹”意象始终贯穿全文，从而使文章结构严谨、脉络清晰。如《独酌》一文在结尾中部分引用李白《月下独酌·其一》中的诗句：“我歌月徘徊，我舞影零乱。”借此表露出作者对该诗句内涵的一种认知变化和独特见解：年轻时以为“我歌月徘徊，我舞影零乱”是一种醉态，现在才知其谬，其实那是一种意境。由此，再次深化主题：“生活是一杯酒，但这杯酒的真正滋味，只有在独酌时才能体味出来。独酌是一种意境，就像一篇散文，一首诗。”仅此诗句的引用起到画龙点睛的作用，达到言有尽而意无穷的效果，令读者掩卷深思，回味无穷。又如《心情》文中所引：“心情是诗。是李清照的‘寻寻觅觅，冷冷清清，凄凄惨惨戚戚’。是白居易的‘大珠小珠落玉盘’。是李白的‘床前明月光’。”这里的几处引用就是“嵌引”，即间断地引用，将诗句整句嵌入一段话中，使嵌入的诗句成为整段话的一部分，从而使语言变得更加生动且富有节奏韵律感。此外，这种“嵌引”还丰富了文章的思想内涵，增强了语言的感染力、表现力，生动形象地表现出作者喜怒哀乐心情的微妙变化，同时引发读者的文学想象，使读者获得独特的阅读体验。

二、民间歌谣的引用

随着城镇化进程的推进，传统乡村秩序和形态受到严重冲击和瓦解，传统乡村面貌已渐行渐远甚至面目全非，在此背景下，背井离乡的乡土作家们尝试以自己的笔墨表达对乡土的眷恋之情和难以割舍的乡愁情结，以自己的文学作品构建起回归乡土的心灵归宿和精神家园。民间歌谣作为乡土社会中不可或缺的日常生活元素，凝聚了包括作者在内的乡民独具特色的生活记忆和情感体验，成为作者作品中的情感载体和抒情意象，承载了丰富多彩的思想感情和文化内涵。

民间歌谣是由劳动人民在日常生活中创作并口头传唱的歌谣，反映了人们的思想观念以及当地的生产生活、风俗民情等社会状况，具有极高的审美价值和极强的艺术感染力。在《月光，月光》《清晨，在乡村大道上》《采集》《九嶷看山》等文中，李长廷巧妙引用故乡的民间歌谣，借乡民之口，生动形象地再现了久封尘土的乡土记忆和古朴厚重的风土人情，寄托了自己浓浓的乡愁和绵绵的情思。

《月光，月光》一文写作者回忆儿时与八奶的快乐往事：夏日的晚上，与八奶紧挨着坐，“听八奶讲些月宫里的故事”，听八奶唱些动听的歌……“月亮光光，月亮球球，水牛过江，踩到泥鳅。泥鳅屙水，屙个海鬼。海鬼钓鱼，钓个团鱼。团鱼生个蛋，给我奶崽送冷饭！”岁月无情，八奶早已离去，而这支歌谣寄托了作者对八奶无尽的怀念之情。《清晨，在乡村大道上》写一位大嫂看见一位新娘风光出嫁的喜庆场景，联想到自己过去窝囊透顶的出嫁场景：“偶尔来了一些孩子要喜糖，可就要了命，双手掏摸半天，掏不出一小把来，羞得无地自容。孩子们不依，就把尖酸刻薄的话编了歌唱出来：媳妇娘，媳妇娘，脑壳尖，头发长，嫁个男人光脊梁。没米煮，喝稀汤，没屋住，住牛栏，半边火炉半边床……”今昔对比，如今新娘风光体面地出嫁与往昔大嫂落魄寒酸地出嫁形成鲜明对比，一首孩子编唱的耍歌道出了乡民们在历经磨难之后终于迎来美好生活以及乡村生活的新变化，表现出作者对乡土乡民的人文关怀。在《采集》中，盘大伯之女泉英"一边绣着彩霞样的花带，一边就哼起一首歌：日头不出天不晴，月亮不出夜不明，画眉不叫山不旺，山歌不唱冷清清"哼起的这首瑶歌流露出瑶山纯朴的自然风味、瑶族女焕发的青春激情、古色古香的文化韵味……同时，以其独特的艺术魅力深深感染读者，勾起读者对闲适自然的生活向往，以及对回归自然的精神追求。《九嶷看山》生动再现了祭祀舜帝仪式的隆重场面："舜源峰下，则早集合起一批婀娜多姿瑶族女子，在那里手之舞之，足之蹈之，一边嘴里咿呀作歌。""这种场面，如今是难以见到了，但你稍静静心，那音乐舞蹈所造起来的气氛，似仍在身旁缭绕，令人陶醉。"有一支至今还有人会唱的民谣："九嶷山，九嶷山，九嶷河水转弯弯，九嶷河水弯弯转，舜源瑶女接大官！"这支民谣不仅富有旋律婉转、节奏欢快的形式之美，还饱含着世代居住在九嶷山中的瑶族人民对九嶷山水、历史文化的热爱之情和认同之感，蕴含着自然古朴的地域风味，流露出神秘浓厚的历史气息，富有独具特色的文化内涵，使人仿佛置身其间，如临其境，陶冶其中。

三、史料传说的引用

史料文献和神话传说作为人类历史上十分珍贵的文化遗产和艺术瑰宝，不仅具有重要的研究价值和社会意义，还蕴含着丰富多彩的文化内涵和艺术魅力，为后世创作提供了丰富的题材元素。李长廷散文中较多引用史料文献和神话传说，尤其其文化散文中巧妙引用了有关舜帝、柳宗元、九嶷山等具有永州地方特色的史料文献和神话传说。

史料文献的引用极大增强了文章的说服力和表现力，大大提高了表述的真实度和可信度，此外还具有许多艺术效果。李长廷的《九嶷遐想曲》《九嶷山之夜》《九嶷看山》等散文篇目引用《博物志史补》《徐霞客游记》《水经注》《九嶷志》《九嶷山铭碑》等史料文献，有理有据地论证说明了斑竹的来历、徐霞客九嶷山之游、九嶷山的地形地貌、舜冢之所在等自然人文现象，具有较为浓厚的历史气息和文化内涵，较好地契合了主观表现和文本表达的需要。例如《九嶷遐想曲》在介绍斑竹的来历和概况之后，引用《博物志史补》中关于斑竹的记载："尧之二女，舜之二妃，曰湘夫人。舜崩，二妃啼，以涕挥泪，竹尽斑。"对斑竹做出进一步阐释，并引出斑竹背后舜帝与二妃悲壮缠绵的感人爱情故事，形成对读者强烈的情感冲击。该引文内容具有较浓的历史文化内蕴，呈现出一定的人文美感和艺术情趣。此外，该引用之处在结构上发挥承上启下的作用，引起下文对娥皇女英及其与舜帝爱情故事的主观联想和艺术想象，从而形成自然清晰的结构脉络。

神话传说的引用能够增强文本的可读性和趣味性，激发读者的阅读兴趣，调动读者的想象力，丰富其文本内容和文化内涵。《九嶷遐想曲》《九嶷看山》《永州氛围》等引用玉琯岩等历史文化传说、舜帝治水等历史神话传说、柳公射蛇等历史人物传说，展现出永州大地悠久的历史积淀和深厚的文化底蕴，流露出原始古朴的历史气息、神秘色彩和浪漫风格。例如：《永州氛围》中引用的"柳公射蛇"这一传说故事，经过作者的艺术加工之后，生动形象地再现出来：柳宗元识破蟒蛇精的真身和诡计，弯弓搭箭射伤蟒蛇精，其后运用妙计将其毒死，为民除害，大快人心。故事情节跌宕起伏，细节刻画生动，语言通俗易懂，读来饶有趣味，令人深受震撼。此外，其乡村题材散文引用了一些民间传说故事，如《神碓的传说》《女人的空间》等，这些朴素自然的民间传说故事富有哲理性和情趣味，折射出人们一定的思维认知，承载着人们的生活记忆和岁月印记。

综上所述，引用修辞手法在李长廷散文中运用广泛，本文以李长廷散文集《山居随笔》为例，从引用古典诗词、民间歌谣、史料传说三方面分析了李长廷散文中引用修辞手法的具体运用及其表达效果。古典诗词、民间歌谣、史料传说等在散文中的巧妙引用可以增强语言的表现力和感染力，提高表达的真实度和可信度，增强文本的表达效果，产生耐人寻味的文化韵味和撼人心魄的艺术魅力，此外还具有许多其他艺术效果。

作者系文法学院汉文2001班学生

生命不能承受之痛

——读李长廷《归去来》

□万　倩

李长廷的小说《归去来》中共九个小节，讲述了一户普通农村人家的故事。初读文题时，读者第一个想到的自然要数陶渊明的《归去来兮辞》了，而这篇小说是否与其有联系呢？答案是肯定的，作者在小说开头便引用了其中的一句话："归去来兮，田园将芜胡不归？"让读者尚未读此小说，便已经进入了其所构建的意境之中。

小说开篇通过写杨小满和山茶这对夫妇返村后所见到的村子，表现了时间的流逝，更用十六年这个具体数字让人感受到了这十来年的世事变迁，交代了小说所处的时代背景，直接把读者带入了这个普通而又平凡的家庭故事里，让读者能真切地感受到这个家庭所经历的一切。杨小满夫妇和那个年代那个农村的许多人一样，在时代的浪潮和金钱的诱惑下，顾不得来自各方面的羁绊，留老人孩子在农村继续生活，而他们则毅然决然地加入南下打工的浩荡队列之中去了。这一去便是十六年。

正是在这说长不长、说短不短的十六年里，他们一家经历了生命所不能承受之痛。在小说开篇，作者就描写了一段极具戏剧性的一幕，那便是在杨小满夫妇回村的同时，他们唯一的女儿田田正在县城的一家酒店里举行婚礼，婚礼没有司仪与宾客，只有新郎新娘，还有他们5岁的女儿。单单只看这里，或许有人会说女儿不懂事，父母尚且健在，为何大婚不请父母前来，甚至连父母此时回村竟也不知晓。可作者只一句"昨天是爷爷的忌日"，便很好地解释清楚了一切，虽未明确且详细地叙说造成这一切的原因，但就是这种欲说还休的写作方式，更加吸引读者继续阅读。读者也不难猜想，其中必然与爷爷有所关系。事实也确实如此，可以说，田田对爷爷的爱远远多于她对父母的爱。更讽刺的是，作为儿子的杨小满竟连昨日是自己父亲的忌日都不记得。由此，两者之间形成了强烈对比，一个原本可以完美幸福的家庭只因父母十六年前的选择而变得支离破碎，对于田田来说，爷爷的离世或许是她人生中最难过的事情了，可是她的父母却连爷爷的忌日都不记得。毫无疑问，这种痛是难以承受的。

作者在小说中采用了顺叙与插叙相结合的写作方式，既使小说的整体脉络清晰，又能很好地帮助读者了解中心情节的故事。作者在叙述完前两小节故事之后，“突兀”地加入了三叔家的故事，三叔家的情况和杨小满一家相差不大，三叔的孩子们都已在城市安家，只有儿子留了一对双胞胎孙子在农村与他们做伴，原本这样的日子还算和谐幸福，毕竟只要孙儿还在，孩子们总是会回来的。可偏偏造化弄人，一次黄鼠狼事件让他们失去了一个孙子，三叔的儿子得知后，便不愿再把剩下的那个孙子留在这里。因此，三叔家便只有他们夫妇二人居住了，他们的儿子带走了孙儿，只留下一大笔钱便离开了，再也没回来过。自此以后，三叔便时常幻想黄鼠狼又来了，总是一个人喊着要去抓住那只毁了他们一家幸福生活的黄鼠狼，这只“莫须有”的黄鼠狼便成了三叔的心结，孙儿的死也是三叔所不能承受的痛。作者在杨小满一家的故事之中插入三叔家的故事，看似毫不相干，实际上两家的遭遇有着异曲同工之妙，这两个相似的家庭都承受了生命所不能承受的痛，可两家的命运却又有所不同。这里也正是三叔的存在，才得以让故事进一步发展，因为正是三叔，才让杨小满和山茶知道了昨天是什么日子，为后文去祭拜爷爷埋下了伏笔。可以说，小说中没有任何一段情节是多余的，甚至正是作者插叙的这段故事，让小说的主题更富有意蕴。

小说中用得最多的写作手法便是对比，作者运用大量对比，极富讽刺意味地表现了杨小满夫妇的固执、激进与不负责任。杨小满夫妇多年不曾回来祭拜，原以为自己父亲的墓地早已杂草丛生、无人打扫，却发现事实并非如此。墓地上不仅没有杂草，反而十分光滑，甚至搁着两只酒杯，墓地周围酒香四溢。除此之外，墓地前还立了一块碑，一块他们不曾为自己父亲立的碑，这碑自然是他们唯一的女儿田田立的。可那碑上并没有署他们夫妇二人的名字，而是署了“孙女田田”。这一发现让杨小满有点沉不住气，可山茶却表现得不太“正常”，她不仅不生气，甚至觉得是自己的错，或许是多年来对女儿的亏欠让她没办法对田田生气，只是一个人自顾自地在一旁自言自语，语气里无不是后悔。在这里，作者已经向读者透露出了山茶精神的不正常，为后文的情节发展埋下了伏笔。祭拜完爷爷之后，他们也回了自己的家，这个家自然没有田田，但还留有田田小时候的物品，比如她写的作文，其中有一篇写的是爷爷，作者借这篇作文向杨小满表达了田田的所思所想，向他展现了一个他从未见过的田田，也让他意识到了自己的过错。作者通过写杨小满读田田的作文，把小说的时间线拉回到了田田小时候。

在语言表达方面，作者的文字朴实无华，既没有过于华丽的辞藻修饰语句，也没有过多的写作技巧，靠的仅仅是普通的记叙，而小说的发展又总是曲折的。在田田小的时候，她和父母的关系还没有现在这么僵硬，小时候的她非常渴望父母的爱，可是那时的杨小满和山茶完全没有做父母的意识，他们忙碌于打工赚钱，在田田一个人大老远从农村坐车来深圳，想看一看自己的父母时，杨小满都没有时间。只能由山茶匆忙请假挤出时间去接自己的女儿，一边接还一边嫌弃田田的到来给他们带来多少麻烦，甚至第二天一早便让田田回去。此刻，田田的一腔热情便被扑得奄奄一息了，也是从这里开始，她再也不尝试亲近自己的父母，也再没有这种冲动了。那时候的田田想，以后她可能只有爷爷了。然而这次去深圳的经历也让她与自己现在的丈夫任小强有了新的交集。

任小强和村子里绝大多数小孩一样，也是留守儿童。正因如此，小时候的田田对他便有种同病相怜的感觉，也时常关注他。任小强有很多绝活，比如捡沙鳖和自制蚊香。任小强的家庭也并不幸福，他的父亲找了另一个女人，她的母亲也跟了另一个男人。任小强不仅讨厌他的父亲，也讨厌他的父亲带回来的那个女人。因此，为了赶走他们，任小强抓了一盒子成百上千的松毛虫，然后在天黑时倒在了他们床上。虽然后来被父亲打了一顿，还被关小黑屋，但任小强始终不愿接受他们。在那之后不久，他的父亲和那个女人就离开了，再没管过任小强，也再没回过这个村子。任小强在这场“战争”中大获全胜，重获新生，开始了他的自由生活。田田不仅是这一胜利的见证者，也是这一胜利的参与者，从此，他们的羁绊越来越深了。

从小说的情节发展来看，至此，故事应该迎来高潮了。那便是不到16岁的田田怀孕了，孩子自然是任小强的，而那时的任小强还不到17岁。在思想落后的农村，这种事实在算不得光彩，几乎是每家每户饭后议论的焦点，他们也成了乡间一道独特的风景，可这两个被议论的主人公并不知晓究竟发生了何事，最后还是任小强的大姨告诉田田她怀孕了后，他们二人才知道此事。田田那还未成年的身体自然承受不住一个崭新生命的重量，渐渐隆起的肚腹让她几乎承受不住，可是在她听到大姨让她打掉孩子时，却像发了疯似的坚持一定要生下来。这样做的结果自然是痛苦的，这意味着田田要提前经历每一位母亲所经历的一切，可这对于一个年仅16岁的女孩来说未免太过残忍。在别的小孩还在上学读书的年纪，她却要开始承担起做母亲的职责。若只是身体上的痛苦便罢了，可是不知怎么，田田怀孕的事传到了她远在深圳的父母的耳里。一码归一码，毕竟田田是他们唯一的女儿，听到这个消息后的山茶在一次情感爆发后最终选择了和田田一刀两断，从此二人再无任何关系。对田田来说，这自然是痛苦的，自己的母亲和旁人一样嫌弃自己，说不难过是不可能的，因为那毕竟是自己的亲生母亲。孕期身体上的痛与母亲杀人诛心般的话语几乎让田田承受不住。可她毕竟还要生活，所以她不得不彻底放下，依山茶的想法，从此与对方断绝关系，再也不去想她，于是母亲的模样在田田的脑海中便渐渐模糊了。

故事到这里还没有结束，山茶因为接受不了田田的所作所为，决定放弃这个女儿，与杨小满再生一个，于是45岁的山茶怀上了二胎，就在山茶满心欢喜地打算重新来过时，一次意外夺走了她肚子里的生命。也就在这件事发生之后，躺在医院里的山茶才恍然醒悟到自己可能做错了，便劝说杨小满和自己回农村，名曰“落叶归根”。田田是在他们回来的几天之后才从小强口中得知的这个消息，这一消息让田田的内心有些慌乱，就像一粒石子砸在了湖中，泛起了一圈圈涟漪。说到底，毕竟杨小满和山茶是自己的亲生父母，多少还是有些牵挂。因此，田田和小强便带着他们5岁的女儿思思去看望杨小满夫妇了。可是就在山茶看到思思时，却好似精神错乱，错把思思当成田田，一个劲儿地对思思好。很难说山茶不爱田田，可是这份迟来的母爱对于田田来说已经不重要了。也许山茶真的悔悟了，意识到了自己作为母亲却未曾尽到母亲的责任，于是便把这份关爱转移到了和田田十分相像的思思身上。

山茶对田田的感情是复杂的，她以为自己一直很爱田田，认为自己所做的一切都是为了田田，却从来没有给予过田田陪伴与关爱，直到最后也没能对真正的田田表达自己的爱意。这戏剧而又荒诞的一幕让人真切地感受到了一个家庭的不幸，父母从未参与过孩子的童年与青春，却说自己的一生都在为孩子奋斗，何其无理，又何其可悲，可这样的现象在当今社会屡见不鲜。都说迟到的母爱比草贱，可看到精神错乱的母亲一口一句田田，作为女儿的田田又怎么不会动容呢？其实她们都错了，她们都以为一句话便能把关系断得干干净净，可那毕竟是融在骨子里的血缘关系，又怎会如此容易便断得干净呢？思思是从前的田田，而田田是现在的田田，山茶的记忆停留在过去，因为山茶对不起小时候的田田，愧疚与悔恨将她侵蚀，看到思思就像看到小时候的田田，为了弥补自己的过错，山茶潜意识地把她当成了田田，想要在思思身上尽到自己未尽的责任，既让人心酸，又让人感到唏嘘。

毫无疑问，最后的山茶是痛苦的，这种疼痛远比身体上和精神上的痛更让人难熬，是生命所不能承受之痛！无论何时，我们都应珍惜当下，珍惜眼前人，不要等到失去时，才懂得挽留。

作者系文法学院汉文2004班学生

田野里的历史与未来

——读李长廷的《田野的回声》有感

□ 陈雁宇

《田野的回声》是永州本土作家李长廷的一部中短篇小说选集。本书共收录了12篇作品，题材以乡村生活为主。

李长廷在本书的序言中将写作比作酿酒。作文如酿酒，原材料选得好是最基本的条件，然而再好的材料若是缺了上等的酿法，那也是糟蹋了。李长廷直言大作家们的酿制方法可以生产出茅台、五粮液、酒鬼酒及各种老窖，而自己能力有限，且自己和乡亲们喜欢家酿米酒，所以选择开一个米酒作坊。初读序言，李长廷的率真、淳朴、地道在字里行间展现得淋漓尽致，让人忍不住进一步享受他的文字。

一、小说题材接地气却不小气

收纳在《田野的回声》中的文章在题材上呈现出就地取材的特点，书中所写之物、所写之人都与作家的生活环境息息相关。文章中没有浓妆艳抹、风情万种的女子，没有高楼林立、车流不息的场景，更没有灯红酒绿、醉生梦死的夜生活，皆是农家淳朴勤慧的女子、身怀绝技的男子、鸡鸣狗吠、狼嚎蛇的出没，还有那纯真实在的爱情、浓厚的乡土气息与古老神秘的感觉始终萦绕在字里行间，仿佛岁月回旋，再一次定格在了古老的年代。然而这份古老并不是古板老套，而是有着现代意义的古老。这样一来，不论是否有历史记忆，读者都会有一种强烈的共鸣与怀念。

《野牛岭峡谷》位居12篇之首，读者还未入其文，就能感受到小说标题透露出的那一股野气与险性。猜疑着莫非这又是峡谷灵异事件或峡谷杀人案？这样的故事老套却又因为不同作者构文技巧的不同而同样引人入胜。但李长延笔下的峡谷故事独具一格，更加吸引人。他将石壁高耸深不可测的神秘的野牛岭大峡谷、被城里人视为山珍海味的峡谷石蛙、峡谷中称王称霸不可一世的眼镜蛇、胆识过人的山里汉子以及他朴实平凡的爱情交织在一起，上演了一场人与大自然相处相争的生死戏。石蛙与眼镜蛇的生死战、石蛙与人的生死战、人与眼镜蛇的生死战，从这一关系链来看，这似乎只是人与动物之间的利益争夺，殊不知，操控这一切的幕后黑手正是人与人的利益争夺，整个故事的起源是城里人想要享受野味，故事的男主人公迫于生计，舍命进入大峡谷腹地捕抓石蛙。

原本山里汉子捕抓石蛙是一件再平常不过的事情，但是随着城市化和现代化的发展，石蛙成了城里人口中的“野味”，其身价立即翻倍，抓石蛙也就成了一项商业活动，抓得越多，获利越多。人在欲望和利益的诱惑下，不免要迷失自我，小说中的猛子为获利更多，一步一步走向死神。

作者十分擅长营造气氛和做铺垫，在故事的叙述中转场十分自然，一边是丈夫猛子进大峡谷，一边是妻子在家遇到种种不祥的征兆。故事里发生了很多奇怪诡异的事情，但是作者处理得很好，一点都不突兀，对于大峡谷除了猛子无人敢进去，然而猛子却发现了人的脚印，作者在此处点到为止，将读者的心一下子悬置半空，好奇心立刻被激起，随着情节慢慢推进，猛子在峡谷中拾得500元。这下读者不免要料想一番下面出场的人物。这时候，作者来了一个大反转，原来这钱是猛子上一次进大峡谷时丢失的。读者虚惊一场，心情稍稍平复，突然，作者笔锋一转，峡谷里传来奇怪的叫声，猛子猜想应该是价值不菲的鱼，在利益的驱使下，猛子决定冒险抓鱼，读者的心又随之悬空。眼镜蛇的出现让整个故事恐怖惊悚的气氛达到了高潮，最终猛子没有斗赢眼镜蛇，他因峡谷而生，又因峡谷而死。在这一场人与动物的斗争中，人死，蛙死，蛇死……在作者的笔下，这是一场轰轰烈烈的死亡，震撼人心，每一个物种都在誓死捍卫自己生存的权力，给人一种万物皆有灵的感觉。

二、小说主题发人深省

虽然这12篇小说讲述着不同故事，但是总体上带给人相似的感觉。城与乡是这部小说集中的热点话题，两者形成极大反差，给人一种城乡对立的错觉。其中没有一篇小说特意描写城市的生活，行文的大背景都是山村，但是当城市的事物出现在山村时，山村的落后便格外醒目。而作者的本意绝不是要以城市的进步来反衬山村的落后。相反，作者是要在这样一种对比、对照中来怀念、赞美山村人的淳朴敦厚，同时反映了作者对城市化过程中存在问题的担忧，具体来说，是对城市化对乡村生活影响的担忧。

《狗日的狗》居12篇中的第二篇，地地道道的农家夫妇闷叔憨婶家来了一只名叫思玉的宠物狗，因为城里的媳妇要出去旅游，故暂时把思玉托付给闷叔憨婶。作者花了较多笔墨描写思玉精致的生活，吃穿用度面面俱到，但是这些并不是作者行文的重点，作者将故事的重点放在了一只名叫黄皮的家养土狗身上。自从思玉来到闷叔憨婶家后，黄皮自感羞辱，心中愤愤不平，多次采取行动攻击思玉，娇弱的思玉也是屡次中招。最惨的一次是黄皮擅自将思玉放出家，令思玉在丛林里受众多土狗的欺负。看着思玉血淋淋的模样，闷叔憨婶惶恐万分，因为他们无法向城里的媳妇交差了，心急之下，闷叔憨婶责罚了黄皮，黄皮失望、委屈不已，跑出家门，半夜在山岭上狼似的嚎叫，声音悲惨凄凉，让人听了浑身起鸡皮疙瘩。接着黄皮数日未归，这时，恰巧老水夫妇家的大红公鸡丢失了，众人都怀疑是狐狸作祟。老水请来闷叔打狐狸，正所谓造化弄人，不料死在闷叔枪下的却是黄皮。闷叔后悔不已，厚葬了黄皮。这是乡村人与狗之间的特殊情感。乡村的狗忠实能干，乡村的人朴实无华。曾经作者也生活在乡村，对乡村生活十分熟悉，缀文之时不免要表达出对乡村人和事物的怀念与赞美。对于作者而言，这是一份厚重的记忆，也将会是一份永久的记忆。历史的车轮滚滚向前，历史的记忆也应将一同前去，这是每一位良心作家的使命。

黄皮的斗争与反抗是这一篇小说的明线，闷叔儿子思山的回归是暗线。黄皮敢于反抗，思山默默忍受，直到被媳妇“开除”，一明一暗交织在文章中。乡村的狗尚且知道对外来入侵者做出反抗，发起进攻，而从乡村走出去的人却在无形之中对城中权势之人唯命是从，任人摆布。这是一种奇怪现象。作者不直言这一层意思，他巧妙地借助两只来自不同环境的狗影射这一弊病。城市化进程中人的弱性被狗的野性反衬了出来。

居12篇中第五篇的《归去来》开头引用陶渊明《归去来兮辞》中的“归去来兮，田园将芜胡不归”。这既是一场回归，也是一场救赎。杨小满夫妇年轻时便丢下孩子田田外出工作，田田在爷爷的照顾下长大。她一直是一个十分懂事的孩子，可是命运弄人，渴望被爱的她在爷爷去世后选择了和同村的少年小强在一起，杨小满妻子山茶得知此事后大怒，放下狠话，从今没有这个女儿。田田心碎。

田田和小强都是留守儿童，两人孤苦无依，最后相依为命。懵懵懂懂的他们在无意识中孕育了一条新的生命。淋过雨的人总是愿意为他人撑伞，他们将新生命迎接到人世间，日子虽苦，但是始终陪伴左右。

随着年龄的增长，山茶妈妈的那颗心再也无处安放，突然眷念起故土来，落叶归根的心越发强烈。突然他们发现自己对不起女儿田田，于是毅然决然地收拾行李回家。家是随时能回的，可田田缺失的那一份爱、他们缺席的那一段时光是怎么补也补不回来的。杨小满读着田田的作文，感受到了女儿的懂事与坚强，对女儿越发愧疚。小强得知田田爸妈归来后，主动带田田和他们的女儿思思前来看望，山茶妈妈将所有注意力放在了思思身上，在她的心里，那不是思思，而是田田。可是田田觉得，思思是思思，田田是田田，思思不是田田。故事从头到尾，田田都是最可怜的那个孩子。留守儿童心中的那份残缺很难被补全。

在当时那个年代，田田不是唯一，在那些偏僻的小山村里有无数个“田田”，他们从小就被要求懂事，从小就没有父母的陪伴。一切皆看自己的造化。若是造化得好，便与常人无异；若是造化弄人，便是毁掉了半生。田田的遭遇与杨小满夫妇的后悔愧疚都在暗示着千千万万的父母，陪伴是最长情的告白。

三、小说有深厚的地方文化底蕴

《楚声》一篇讲祁剧，作者将祁剧的起源、发展、兴盛、衰落融入戏曲演员人生的起起落落中。祁剧演员关梅梅的人生与祁剧息息相关：她的一生坎坎坷坷，被迫嫁给不爱之人，所爱之人却一辈子都无法相见。祁剧兴时她被捧，祁剧衰时她被批判。她的一辈子也正如一出戏，真真假假，假假真真，最后抱憾而去。作者把戏和人关联串通，祁剧中所蕴含的人生哲理便得以显现。

作者在讲述关梅梅等人的人生历程之时，将祁剧的发展也慢慢道来，作者的讲述十分平畅，用词用句通俗易懂，情感自然流露，可见作者有深厚的地方文化素养。作者给读者普及祁剧文化的同时也勾起了读者对祁剧的好奇之心，尤其穿插在其中的具有神秘传奇色彩的关梅梅，正如作者在其中所言，“关梅梅的历史就是祁剧的历史，人们一提到关梅梅就必定提到祁剧”，读者在感受、探究、追忆关梅梅的同时，免不了想起这历史悠久的祁剧。这样一来，作者就达成了传播地方文化，让地方文化得到更多人了解与注意的目的。

在李长延的笔下，万物有灵，各有命数。人有人的思考，狗有狗的造化，人有情，狗有义。城里的叶坚定地奔向山村的树，诠释的是人间最纯真、最简单的爱情；村里的大黄狗一口叼回山里母狼失去的爪子，消失在黑夜里，上演的是动物之间凄美无声的爱情。李长延笔下的故事总能将人与动物联系起来，将城与乡结合起来，将历史与现在以及未来联系起来。他将他熟悉的元素、怀念的元素、向往的元素同时放进大锅中，像酿米酒一样，慢慢酿制。不得不说，李长延的这锅米酒酿得十分地道，取材于乡间，所用酒曲小而纯，酿制方法更是地道，一步接一步，步步有序，有头有尾，致使酒出缸之时，香气溢溢，引人向往，入口之时，醇和柔绵，使人欲醉其中。

读《田野的回声》，一股清新而又神秘的乡土气息扑面而来，仿佛置身田野。峡谷回声、小溪流水声、风吹稻谷声、陀螺旋转声、蛙声、鼓声、狗吠声……声声入耳，往事如云，一件件浮上心头。这既是历史，也是未来。

作者系文法学院汉文2004班学生

平淡中含深刻

——评李长廷的文风

□ 肖雪蓉

李长廷先生出生在魅力无穷的“潇湘之源”——永州。李长廷先生曾在文章中称，“潇湘”既是一个地理域名，也是一个文化域名。潇水和湘水交汇于永州，因而千古留名，为一大批文人提供了文化灌溉，滋养了一代又一代文人墨客，其中就包括李长廷先生。

李长廷先生在湖南永州的文艺圈内享有很高威望，提起他，大家无不心生敬意。这不仅仅是他个人创作的繁富与丰硕，以及对潇湘文学的突出贡献，更重要的是李长廷先生在品德层面树起了永州文艺界的一把标尺，他为人低调，为文清淡，混杂于文友之中。早年以诗歌创作蜚声文坛，随后转入散文、随笔及小说创作。他以繁富而多样的文体崛起于文坛湘军之中。他算得上永州文坛一位名副其实的旗手。他的作品中充满了对苦难百姓的挚爱和对山野村夫的同情，他的文章风格既犹如沈从文的《边城》平淡亲切，又像林清玄的散文在琐碎生活中深含深刻哲理。

从《苍山·野水·故事》中的《花花嫂》《姨妈》《老人与水獭》到《古樟》《弓村》之类的短篇，再从《山居随笔》中的《洗衣曲》《篱笆》之类的散文到《文艺湘军百家文库》中的《大风》《梦非梦》《倾斜的爱》之类的中篇。他似乎拥有十分旺盛的创作动力，产生了如此丰富的作品，而其中的作品风格和主题万变不离其宗，即对苦难百姓的怜爱在于对淳朴农民的同情，在于对心底世界的探求。

从他的小说里能看到无处不在的悲剧。它不在于对悲惨故事的叙说，更重要的是让人们警醒与觉悟，不能让悲惨的故事再在人世间重演。如《老人与水獭》中所描摹的一位跛脚老人。尽管跛子苟苟是一个极肯奋斗的人、一个沉默的人、一个与世无争的人，但是他错生了一个时代，曾经历了“以阶级斗争为纲”的时期。在这样的年代里，任何一个个体都无法平静而幸福地生活。他从一丈高的崖坡上跳下河去摸鱼，折断左脚而成了跛子，跛脚后的他失去下田劳动的能力，于是只好以捞鱼摸虾为业。在当时，这样的职业是被人所瞧不起的。然而，就连这样一种卑微的生存竟然还时不时地招来麻烦，如被人踩了鱼篓、撕了渔网、横遭指责。有一天，他帘井里的鱼不翼而飞了，为此他在夜里装了“帘井”，最后发现是一只黑乎乎的水獭，本想着把它杀了，但当水獭真出现在他的枪口之下时，他却犹豫了，他“忽然有点可怜起这只水獭来”，想起水獭在这条河上已消失很多年了，而唯独这一只存活了下来实属不易。就在这种矛盾的心态中，“眼睁睁地看着水獭溜走”了。苟苟老人的心里有些愤然，但又释然。心想也许水獭的行为和自己一样，仅仅是为了生存……

在整个故事中，苟苟老人表现出一种平和的心态，没有了“帘井”，他的生活还是过得幸福、乐观。他既没有政治家们的那种壮丽言语，也没有革命家的那种激荡豪情，他只想凭自己的能力生活，只想“一切都要靠自己的双手去索取来，这才是有意思的”。我们从苟苟老人的身上感受到了作者内心深处的凛然正气，其对社会最底层人物的这种可贵与崇高精神的弘扬与褒赞。相对于当下某些满嘴“清正廉洁”，而私下里却在横征暴敛的人来说何尝不是一个极大的讥讽。李长廷先生这种质朴而平民化的审美取向，以天然率真与浓烈淳朴的笔调述说着底层人物那种不平常的生活状态，给人以智慧的启迪和灵魂的振荡，个中滋味正是鲁迅在《狂人日记》里说封建社会的历史里每一页上都写着“吃人”二字，而读李长廷先生的这篇小说，我们发现：只要丧失的人性得不到回归，不管城头的王旗如何变换，不管纸上的主义和主张如何高远，封建的历史永远不会终结。因此，李长廷先生的文章有一种言外之意的辛辣与空谷幽兰的曼妙。虽然读来使你感觉亲切、舒畅，但又让你生发许多联想、感悟、真知。衡阳文史才俊甘建华说，李老的文章有沈从文的《边城》之风，有一种清淡纯和之美。我想，这种美源于他胸襟的豁达，源于人生态度的淡定，源于对社会世故的洞悉。

令我印象最深刻的是《酸枣树，酸枣树》中吴素素的悲剧，而这段悲剧远不是一个人或一个家庭的悲剧，而是一个时代的悲剧。她原本有一个好端端的家，只因出身成分的问题，使她一家成了社会的异类。我们知道，在那个特殊的岁月里，像吴素素这样的悲剧不过是一个缩影。后来我在一位学者的回忆录中，读到蓝山农村一个类似吴素素的案例，不仅情节如出一辙，而且更为悲惨。由此可见，李长廷先生的故事不是空穴来风，而是有所依据。不过，在李长廷先生的小说里，并没有过多地去渲染事件的残暴，而是重在引发人们去进行人性的反思。譬如《酸枣树，酸枣树》的结尾："当我离开牛轭湾时，有一耄耋老者，无意间给我讲起一个故事。说是天地混沌之时，洪水进天门，世上生灵都淹死了。唯有兄妹二人，坐一木桶内得以幸免。后来兄妹俩毁容拜堂，结为夫妻，终繁衍出后代子孙，人类不致灭绝。"

除了直言现实的痛苦，有时作者也将话题延伸到空蒙的上古之世，延伸到九天之外的世界。这可能与李长廷先生来自苍梧之野的九嶷——中国神话的故乡有关。九嶷山上那飘荡的白云和那苍茫的山林不仅孕育了舜崩苍梧的故事，也孕育疑了"娥皇、女英千里寻夫"的佳话，以及"泪成竹斑"的传说。关于舜，司马迁的《史记·五帝本纪》中也记载着："舜，南巡狩，崩于苍梧之野，葬于江南九嶷，是为零陵。"在故乡这种浓郁的神话底蕴的熏陶下，李长廷先生便潜意识地将这种氛围融化到他的创作之中，如《大风》《梦非梦》《酸枣树，酸枣树》《月亮话题》等一系列篇章。但是，这些作品并不拘泥原有神话的传说，而是基于现代生活。于是使得情节洒脱而富有韵味，神奇而不怪诞。如在小说《月亮的话题》中，他将羿射九日与嫦娥奔月的古老神话进行了新的解构与重建，使其转换成了一部不可多得的当代文本，无疑也是一种有益尝试。虽然《梦非梦》所述说的是一些平凡的神话般的超现实的梦幻故事，但是，其所揭示的是当代中国现实中饱含痛苦的社会问题。我们从平凡之中深感作者用意的深刻，瓶水之冰足可以了知天下之寒，道出了现代文明之下的人类的惊恐，展现了“人类在一个荒谬的宇宙中的尴尬处境”。

一次，《永州日报》编辑部田人采访李老，问其长达半个世纪的写作过程中，是什么触动其去写这些作品？他笑着说：“我的潜意识里，一直还认为自己是一个农民。作为一个农民，我初始的写作应该是一种本能写作，或曰下意识写作，我一旦提起笔来，脑子里就全是活生生农民的形象和农村中生动活泼的生活场景，面对这些，我无法回避，更不曾想到过还有其他选择。”

高尔基说：“文学是人学。”因为文学大凡以描写人、刻画人为中心，李长廷先生深谙此道。因此，在李长廷先生的笔下，尽管大多是一些山沟里的小故事，描述的是一些不起眼的小人物，如前面所谈到的苟苟老人、吴素素、“树”与“秀”、小林，还有《我是你的领带》中的“文惠”、《别人城市》中的“茜”与“楚”、《倾斜的爱》中的“秋媛”，等等。但通过作者严密而深邃的艺术构思与生活本身的逻辑力量，让人从社会一隅反观到整个世态。俄国作家果戈理曾说过：“对象越是平凡，诗人就越需要崇高，才能够从中抽出不平凡的东西来，使这些不平凡成为完全的真实。”在此，我认为李长廷先生正是具有了这样一种“崇高”的才能，才使他那众多作品从平凡朴实的现实素材中折射出人生的真谛来，并使此彰显着沈从文的《边城》氛围。

总之，读李长廷老先生的作品总能给人一种独特淡泊的气质，但又很有力量，他通过文学构建自己的小世界，摒弃了功利、浮躁，仿佛是深秋悄然开放在田头地角的野菊给予原野一丝点缀。

作者系文法学院汉文2003班学生

尧舜故里，乡土之子

——评李长廷的散文作品

□冯　图

作者李长廷生于苍梧之野，江南九嶷，位于湖南永州的宁远县，舜帝陵墓的所在地。早期的李长廷以诗歌创作而在湖南作家群中崭露头角，后来转入其他文体创作中，其中最吸引我的就是他的散文创作。

在作者的作品之中，通常会寄托作者的所思所想，无论其高深与否，都代表了作者本人为人处世的态度和价值观。在李长廷的作品中尤其能够看出来。作家的创作风格不一，为人所熟知的，像湘西的沈从文，以浓郁的湘西地方色彩出名，朴素而又传神。李长廷的作品风格和沈从文有着相似之处，就是在乡土地方上书写人情人味，聚焦乡土，呈现出乡土，既平淡深切、又极富哲理。

在李长廷的作品之中，最吸引我的要数散文集《山居随笔》了，或许是因为里面的篇目谈及了我的家乡，在细细阅读李长廷的作品之后，记忆里已经模糊的小镇，居然逐渐浮现，逐渐清晰起来，将我拉回十几年前的那段求学时光，对那时的我来说是苦难，但对于现在的我来说是难得的珍宝，是一段极其珍贵的记忆，是我求学之路的重要转折点。李长廷在这本书中向我们讲述世界和人生的多彩，他所呈现的对象不仅是我们这些读者，也是他自己。

开篇第一文，《洗衣曲》映入眼帘。在这篇散文短篇中叙述了这样两个人：一个是中年妇女棒槌婶，另一个是年轻姑娘翘鼻子。就是普通的两个人，在普通的洗衣事件中，碰撞出时代前进的火花。去河边洗衣服的婶子姑娘们手里或拿着棒槌，或拿着肥皂。对于棒槌婶来说，棒槌是最好的工具。但是对于年轻的姑娘们来说，现在她们的衣裳可经不起棒槌的捶打。尼龙做成的衣裳只需要肥皂涂抹再轻轻揉搓，便能够清洗干净。看着被翘鼻子扔进河里逐渐漂走的棒槌，棒槌婶思绪渐远。时代终究不同了，过去的日子不会重来，棒槌婶手中的棒槌终究会被人们抛弃。李长廷从这样朴素的场景中琢磨出来的道理、向我们呈现出来的这些东西，不仅展现出他敏锐的观察力，也体现出他对苦难百姓的怜爱。时代已经过去，但是洗衣的河流仍旧在哗啦哗啦地奔流不停，向前，向前。

"九疑联绵皆相似，重瞳孤坟竟何是？帝子泣兮绿云间，随风波兮去无还。恸哭兮远望，见苍梧之深山。苍梧山崩湘水绝，竹上之泪乃可灭。"（唐·李白《远别离》）生于苍梧之野的李长廷从小便伴着九嶷传说长大，对于他来说，九嶷不仅是他的情感寄托，也是他的家。舜帝南巡，崩于苍梧之野，葬于九嶷山，娥皇女英泪洒湘妃。《史记》里耳熟能详的故事孕养了李长廷，成为他写作风格里不可缺少的一环，拥有独特的历史韵味。散文集《山居随笔》之中的《九嶷随想》包含了《呵，母江！呵，子江！》《斑竹林吟诗》《紫霞岩探奇》《舜源峰下漫步》，除此之外，仍有《九嶷山之夜》《九嶷赏云》《九嶷看山》等"九嶷系列"。在他的众多散文之中占有重要地位，也格外吸引人的注意。天下名山大川，诸如险峻的华山、雄峙的黄山、壮观的泰山、秀丽的南岳……可九嶷山不同，它没有这些出色的景物，但是有一点，即这是一座历史的山，拥有无尽的底蕴，那些尘封的历史古朴且令人神往。南巡治水的舜帝，泪洒斑竹的娥皇女英，湘妃竹自此而现。关于湘妃竹的故事，这首亘古的爱情史诗悲壮而又缠绵，不仅伴随着李长廷成长，更是中华民族的无价宝藏。在李长廷看来，这不仅是舜帝的爱情故事，也是人民的，是国家的。李长廷直白深切地借此表达出自己的感情，只有根植人民的故事才会不死，才能拥有蓬勃的生命力，最终将一切源头回归到人民，回归到祖国，表达对祖国的爱，对人民的爱。关于九嶷山的故事还在传唱，关于九嶷山的历史等着每个人去发现它、去探索它、去了解它。

九嶷山，舜帝生命的延续。古老的祭舜仪式中可以看到，官道之上，文官下轿，武官下马，来自深山的古老民族举鼓起舞，唱起古老的歌谣：“九嶷山，九嶷山，九嶷河水转弯弯，九嶷河水弯弯转，舜源瑶女接大官！”这座古老的山，在五千年的传唱历史上，因为有了舜的存在，才种下了许多可歌可泣、惊天动地的故事。在李长廷的笔下，寥寥几句便为我们勾勒出九嶷山的身后历史，那些本存在于书上的故事逐渐变得清晰起来，有了物质载体，变得格外真实起来，对于这份旷远古朴的情调，让人想要一探究竟。在李长廷的笔下，除了九嶷的山，还有九嶷的夜、九嶷的云。

天下名山大川，无论哪一个，一旦缺少了云的衬托，便失了某种应当具有的韵味。尤其九嶷山的云，在深厚的历史底蕴的衬托下，更显得扑朔迷离。陡峭山峰，层云环绕，明明不在其中，却又仿佛身在其中。跟随着李长廷的笔触，我们一步步走进云层之中的九嶷，独属于历史的氛围感扑面而来。根植在乡土之上写出的作品不会是虚浮缥缈的东西，而是接地气的、让人舒服的，这份独属于九嶷山的古朴和神秘并不会因为历史的阻隔而变得陌生，相反，它会是熟悉的、亲近的。

同样地，在李长廷的作品中，我们不难看见，他会将古老的神话故事和现实生活结合起来，但并不会拘泥原有的故事脉络。短篇《石雕》一文中借用“金龙”的神话传说，表达出旧时代人民渴望美好生活到来的愿望。石匠爷的故事让我们看到在旧时代，因为干旱，农作物颗粒无收，人民生活艰难。传说有一位石匠花费毕生精力雕刻了一条金龙，金龙活了过来，为人民下了一场喜雨。但是残酷的时代给了石匠爷失望的回答，他无奈回头，却仍旧相信那个神话。时间一转而过，解放的锣鼓终究还是敲进了山里，神话有了变成现实的机会。石匠爷成了九嶷渠道的“石匠总管”，雕刻出另外一个“石雕”——这条九嶷渠道。原文中，李长廷的本意是去看另一座石雕，虽然错过了那座石雕，但是他们遇见了一座更好的瑰宝——这条渠道。走到山上往下望，走过的渠道弯弯曲曲，一览无余，更让人惊喜的是，这正是一条龙的形状。神话变成了现实，石匠爷带领的团队亲手凿出来的九嶷渠道凝结的是劳动人民的意志和智慧的结晶。李长廷借用这样两个故事，将古老的神话投影在现实生活之上，那些虚幻的传唱开始有了现实的律动，向我们展示着它蓬勃的生命力，传达出李长廷对苦难人民的深切同情和对人民劳动的赞美。

在整本书之中，我最喜欢的篇目是《绿色的江华》。记忆中熟悉的家乡和李长廷笔下的家乡逐渐重叠起来。山是绿的，水是绿的，放眼望去，全是绿的，深呼吸一口，仿佛整个胸口都充盈着那绿色。这是一篇很短的散文，写景再写人。景是四季的景，但是作者只写了两个季节，一个春天，一个秋天。相比于北方的四季分明，江华的四季的确不太明显，绿色是整个四季里唯一的颜色，但是仍能够看出春天那种独特的绿色，带着生命的蓬勃感。

李长廷写道，春天是种树的时候，每个人背篓里都会背着沙树苗，去我们本地人称为“自留山”的地方，种下未来十几年，甚至几十年的希望，一个家庭的希望。江华的山从来不会荒，因为江华人民不会允许自己手上的山变成一座荒山。长大的树木卖出去之后，给一个家庭带来可观的收入。之后砍伐过的山要经过一次次地烧山，一次次地根植，最后在春天种下下一个年头的希望。在树木还未成长到成熟的时候，勤劳的人民还要砍山，将山上抢夺养分的杂树杂草尽数除去，直到树木成长到能够自己吸取养分，茁壮成长。这是一个异常漫长的过程，在我的年少时光里，我的工作就是代替父母照顾年幼的弟弟，而他们的工作，就是这繁杂的养护工作。李长廷笔下谈论到的这个情况，我算是深有感触，江华的绿不是自成的，而是在江华人民的手上，一点一点蔓延开来，成为这独特的一景。在作者笔下还谈论到一个小镇——水口。根植记忆深处的小镇开始一点点浮现出来。只不过现在已经被深埋在了水底，沉眠至今。在这篇散文中，对于景色的描写和对于人物的刻画展现出一幅朴素的乡土人情画。

李长廷的笔下不仅有景色，也有人民，关于这个民族的历史，始终存在着，也被关注着。瑶族的历史千家峒，这座瑶族故地出现在世人眼前，吸引着无数人神往。瑶族的历史永远和山联系在一起，就像作者说的：“每一座山都是他们历史的一个起伏，每一座山都有他们的印记。”但是为何李长廷又对历史发问：以世界之大，何以留给一个民族的出路如此狭窄？一路了解了千家峒的历史，李长廷不禁发出这样的感慨，旧时代留给一个民族的究竟是怎样的结局，让一个“桃花源”不得不分开，留下来的只是一个残破的梦。作者感慨，因为他深爱的人民在旧时代里的遭遇，所面临的困局，幸好旧时代终将灭亡，光明的未来一定会来到。所以他歌颂，在这个新时代，民族未来不是掌握在少数人的手里，而是掌握在人民的手里，这个地方的历史不会因为时代而灭亡，相反，它会因此在中华大地上熠熠生辉。李长廷对人民寄予了深厚的期望，并且真挚地盼望着美好生活的到来，人民的未来是无限光明，铺满鲜花。

李长廷作品中所展示出来的内容，那种朴素是真挚的。从这些平凡的生活中折射出生命的真谛，读来颇有感触，同时，他作品所反映出来的众生相，反射出来的是当时整个社会的真实面貌，我们读的不仅是一部作品，也是一部社会的反映书，是一个民族、一个国家的灵魂之语。

作者系文法学院汉文2003班学生

《我是你的领带》：适应，文学与时代

——读李长廷作品有感

□ 肖慧姣

《我是你的领带》出自李长廷的《湖南文艺湘军百家文库·李长廷卷》，在这本书中居于首篇，非常值得我们去阅读与反思。整篇文章主要围绕文蕙和“我”这两个文人截然不同的选择与故事，利用倒叙和插叙相结合的方式向我们描绘了在新时代浪潮下文人的何去何从和文学的漫漫长路。篇题“领带”是文蕙“下海”后回来送给老师“我”的礼物，在文中是一个暗藏引线，直入主题，看似是衣着配饰，表层为师父是自己的指引人，是文学的一分子；往深处说，这亦是对时代与文学二者之间关系的暗示，如在篇中最为形象的描述就是将寮棚喻作文学的小舟，而时代则是那滔滔不绝的长河，“小舟也不知会漂向何方”。而对文学艺术与时代之间关系的探讨，在古时就有数不胜数的著作与文人骚客提出，最早可追溯于《礼记》：“治世之音安以乐，其政和；乱世之音怨以怒，其政乖；亡国之音哀以思，其民困。”亦有刘勰在《文心雕龙》中指出“文变染乎世情，兴废系乎时序”；更有白居易在新乐府运动中提倡“文章合为时而著”等。在历经历史文明的更迭、时代的变化，为时代发声和讲求真实就成了文学艺术中最为传统的审美追求。时代是复杂的，不是简单的，时代就是文学最好的源泉。正所谓“一代有一代的文学作品”，言下之意正如篇中所说：“如今这时代，你要适应它，你就得变。”

对于文学与时代的认知，作者用自己笔墨下构造的人物及他们的命运来揭示，通过三种文学适应时代变化的选择来引人深思、悟出其理。

一、以利益为观，视守如无用：妻

虽然妻在篇中是一个小人物，但是我们现代一些人的折射，认为在当今时代，任何职业都是以挣钱为目的，文学亦要跟随大众，哪个法子能挣得知名度、能获得盈利，就是文人该走的路、文学该发展的方向，如若固守己见、不思改进，便是无用之功。而在文中，“我”便是妻思想观念的对立面。在人人都跟随潮流“下海”，变着花样挣钱、出名时，“我”依然坚守文化孤岛高山寺，从事写作，就引得了妻的不满与说教；在面对“下海”归来后粉饰漂亮、穿金戴银的文蕙，与“我”反感的状态形成明显对比的便是妻的欣赏；在“我”发现文蕙送“我”的礼物是一条领带时，妻的第一想法便是觉得价格不菲。显然，文学以这样的利益观来适应时代之变的观点没有得到作者的认可，亦不会被时代选中，其中与文中部分情节相呼应。如“我”每每都会觉得妻的言语中透露着“一鸣惊人”与“聪明”，而此称赞却饱含着无尽的讽刺意味。妻不是文人，但妻的想法与我们现代许多作家不谋而合，面对时代的变化，许多作家为适应而不得不选出了这条路。首先作家本身就是一种职业，很多人写作开始就是为了谋得生计，这本无对错，但如若出发点是为收取利益而创作出来的作品只会博得一时的眼球，并不会成为人民心中的文学经典、人民口中的传唱。

二、逆时代之潮，守文化孤岛：我

在篇中，“我”既是故事的重要人物，又是故事的叙述者。“我”是文蕙的师父，本该与文蕙一同在文坛创作出不朽的作品，但当时代“下海”的潮流席卷，师徒二人便分道扬镳，“我”并未受到时代的影响，选择居住在远离尘嚣的文化孤岛高山寺，独自创作。但当文蕙回归后，“我”又深受其扰，例如面对文蕙的改变，“我”会怀疑是不是自己的选择错了；在苍蝇打扰自己的宁静时，“我”却将书作为武器，扔去砸它，一本一本自己看重的书全被丢弃在地上，这既是对大潮“下海”的一种反抗，亦是表明“我”心中已经不再平静，更是“我”在时代变化中变得越来越迷惘的体现。而

“我”这样逆时代大潮的选择，作者的态度是如何的呢？一句“没了我的消息”为“我”在文坛上画上了句号，也说明了文学创作要随时代的变化而变化，文学是离不开时代的。也许是因为“我”写不出任何作品（坚持了许久的小说《远去的云》弃作了）而退出了文坛，也许是“我”走出了高山寺，融入了人间烟火……一切都未可得知，“唯有高山寺风景依旧”。时代永远都是检验文学作品的重要标准，文学要适应时代的变化，才能有所发展，这也离不开一代一代书写时代者需要脱离舒适圈，走近时代，走近人民；文学创作也应做到在时代大潮中“百花齐放”，而不是独困于孤岛之中。

三、应时代之变，失本真之心：文蕙

文蕙是追随时代大潮“下海”的作家，但是迎来了“后来就再没有文蕙的消息”这样的结局，就如同文中“文蕙现象，毫无疑问是文坛一大悲哀”这一句话早已预知了一般。还未“下海”前的文蕙充满乡土气息，是一张干净的白纸，热爱文学到着魔的程度，文中有很多地方可以体现：没有经费支持文学社，文蕙安排两季去拾取等价的物品去卖，即使是用来写作的手掌已被荆棘挂破；准备将一生献给文学，“我这辈子谁也不嫁，就嫁给文学”“随时准备为文学献身”；为深入生活，明知有危险，依然独自走入远离杂尘且孤独的斑竹寨等。“下海”后的文蕙渐渐失去了初心，迷失了自我，沾染了纸醉金迷的生活习性，由从不化妆的真实感到打扮艳俗，变得俗不可耐，由对文学的挚爱、痴迷也转变为悔恨、迷失……所以文蕙在回到高山寺时会有一种回家的感觉，虽知回不去曾经，但是仍给自己保留心灵慰藉的机会。

“她说，世界上很多事情，它发展的轨迹，预先真是难以预料。不错，当初我是受了‘下海’这个口号的蛊惑，但我的出发点是真诚的，心里也比较冷静，我不是为了要背叛文学，相反，我是为文学而下海，去感受那种让人一想起来就窒息就心惊肉跳的生活，就像当年独闯瑶山，心里想得好浪漫。但大海毕竟不是瑶山。后来就身不由己了，你想上岸也上不来了，

文学离我越来越远，越来越生分，渐渐就如一首歌里唱的‘像雾像雨又像风’。当我穷愁潦倒、走投无路时，文学不仅不能帮上我一一点忙，反使我平添许多烦恼。最终是生活改变了我。”这是文蕙的独白，道出了文人在快速发展的时代下的无奈与力不从心，写出了当时许多作家似乎难以逃脱的终点：在时代的变化中对文学渐行渐远，会怀疑文学的作用，会怀疑自己的坚持是否有意义。在时代局势大变的情况下，作家应在融入环境的同时抵制住诱惑，超脱于环境，在其中提升自己的眼界和境界，沉静心思，不浮躁，坚持初心，创作出无愧时代的好作品。

总之，以文中的文学应对时代之变的三种选择来探讨文学与时代的关系，文学要适应、反映时代，跟随时代的发展而发展，但不能以利益去衡量文学与时代的关系、去看待文学艺术，也不能固守己见，以自我为中心，更不能在绚丽多变的时代中失去了本心。而观今朝，如今的网络化、信息化便如同文中的“下海”潮流一般，“它所掀起的狂涛，几乎席卷整个文坛”，那么，令人寻思的问题来了：文学该如何适应大数据时代？该如何自处呢？

1.理解，以融合包容的姿态去迎接

20世纪80—90年代，文学是获取社会信息、得到身心放松、娱乐的渠道之一，老百姓通过文学来认知、认识世界。而随着网络的便捷、信息的互通、社会的发达，生活中不仅有了越来越多的新奇玩意儿，也有了可以替代文学功能的商品出现，文学“一落千丈”，居于尴尬地位。面对此形势，在大数据时代，网络文学渐渐受人宠爱，这便是转机。要让文学能在互联网时代中长出参天大树，就要做到“文学的百花齐放”。那些着眼文学的本质的小众文学要理解和以融合包容的姿态去迎接网络文学等各种新奇事物，以手中之笔画时代之貌，再利用网络进行广泛传播，进而扩大影响；大众文学，特别是网络文学，亦可汲取纯文学里的一些写作手法和思想观念，立于人民，立于时代，摆脱其低俗之风。

2.与网络产业相结合，通过影视化、动漫化等形式进行传播

网络的冲击不是文学艺术的毁灭，而是文学发展的机遇。许许多多文学作品被影视化，成为炙手可热的畅销书，这便是机遇之一。如文学经典《红楼梦》，在演员陈晓旭的表演下，林黛玉孱弱、可怜楚楚的形象走进大众眼中，渐渐地，林黛玉的形象在人们心中有了模子，也让更多人愿意去了解和认识《红楼梦》，从而衍生出了其他文学创作。当然，将文学作品影视化会由于演技、情节改动过大等原因而被诟病，但在当今时代，这的确不失为一个好的适应方法。

3.要脚踏实地、坚持初心、眼界放宽，这是适应任何时代之变最根本、最基础的方法

首先，要踏实搞创作。互联网技术与网络文学的普及与发展不仅为文学艺术的创作提供了更为广阔的空间，也为作家提供了更为方便的平台，作家要充分利用其资源，脚踏实地地进行创作，创作出人民大众喜爱的作品、不负时代的作品。其次，要弄清时代使命，坚守本心。创作文学艺术要有责任，要精准定位，不浮不躁，作家要跟随时代步伐，将文学艺术的广大胸怀向人民群众敞开，从群众中来，到群众中去，本心不是以自我为中心来进行宣泄，而是为时代潮流、人民呼声所作，创作出令人民满意、令时代欢颜的文学经典，就如同习近平总书记在文艺工作座谈会中强调，人民是文艺创作的源头，一旦离开人民，文艺就会变成无根的浮萍、无病的呻吟、无魂的躯壳。能不能搞出优秀作品，最根本的决定于是否能为人民抒写、为人民抒情、为人民抒怀。最后要有宏大的叙写视角。艺术源于生活且又高于生活，从自我转向大我，从部分到整体，从全局考虑，从人民生活出发，从时代潮流出发，保持真实性，这样创作的人物才能贴近生活，主题才能走向更深境界，作品才会有其生命力。如司马迁一生游历了许多地方，了解风土人情，收集古事旧闻，才能为《史记》奠定了基础；47岁的周立波全身心投入农业合作化运动，历经两年才写出了记录农村变革的《山乡巨变》；“像牛一样劳动，像土地一样奉献”的路遥站在了祖国的命运和人类前途的高度上思考人生，创作出了《人生》，并经过漫长的潜心创作，创作出了《平凡的世界》，为我们展示了改革时代中国的城乡社会和人们思想感情的巨大变迁，等等。当然，除了这三种，还有许多其他适应方法，这里就不一一赘述了。

简而言之，李长廷先生用质朴、带有永州特色的语言将人物与环境描写得十分细致，同时带有些虚幻色彩，让人读了明白、亲切,却又迷迷糊糊。他以“下海”这一时代潮流来引发叙述，聚焦时代，紧扣文学，不断让人思考当代文学应如何对待时代的“波澜壮阔”，而对此问题，众说纷纭，各有各的道理。作者也在《我是你的领带》这一文中给出了回答，文学与时代的关系就如同小舟与河流，都说水流才能舟行，但不可忘记的是，前行的前提是舟亦要顺应水流的方向，若逆流而行，则不进反而会倒退。

作者系文法学院汉文2001班学生

淡语家山情味长

——评蓝予的《心灵的故乡》

□鲁　涵

《心灵的故乡》向我们讲述了作者在家乡的点点滴滴，带我们走进了永州的文化历史。作者用细腻的笔触勾勒出永州的烟火日常，对记忆中家乡的怀念和乡土人情谊的礼赞真切地流动在字里行间。古往今来，家乡是文学创作中的一个永恒主题。离乡的游子总会在生命的某个瞬间怀念起家乡的往昔。乡土文学为他们提供了独有的心灵慰藉，让久别故土的读者感受精神的踏足，获得振作的力量。文本既根植自身的乡土记忆，也兼顾大众表达，力图唤醒每个人心中尘封的家山。何谓“家山”？既写山河，也忆故人。

一、徐徐展开的故乡画卷

作者用原汁原味的生活语言书写了属于永州的疼痛与温暖。那种皈依故乡的情感像播撒在大地上的人文种子，在经历岁月之旅的过程中，滋长出丰硕的历史气象。于是那些刻骨铭心的往事便幻化成文学的景致——作家最熟悉最珍视的家乡——永州的故事：“提起祁阳，我是有感情的，因为我的母亲是祁阳人，我也曾在祁阳读过书。对祁阳浯溪公园更是不陌生，我曾去过两回。这次，在堂兄堂姐相伴下，我再次重游。”“离开家乡二十年了，可童年的‘飞机楼’时常入梦中。在梦里，与儿时的伙伴一起玩游戏。一觉醒来，只有一个念头——回家乡重访‘飞机楼’。一下火车，熟悉的家乡味不由分说地缠绕上来，内心有一种难以诉说的踏实和安全感。”“自从嫁为人妇，我曾经有十二个年头没有回老家过春节。家乡的雪花成了记忆中的点儿，而那条娘家路却时常悬在心中，化作希冀的梦。‘女儿不忘娘家路’，这是一句家乡的俗语。娘家在崎岖的小路的尽头，要绕过几座山，要走过几个小村庄，哪儿有坑洼山冈，哪儿有流水板桥，还有在什么地段有一片松林，林下边哪儿有朵朵的蘑菇，还有在哪个山头，一到春天便尽是姹紫嫣红的杜鹃花……这一切都历历在目，女儿我又怎能忘记？”字里行间映现出作家对故乡的眷恋与思念：思念之切和敬畏之深的纠结与汇合。是啊，那就是乡愁，那就是热爱。

蓝予用浪漫主义的方式敞开内心世界的大门，用现实主义的态度穿过无情岁月的河流，她精心勾画出独特的、无与伦比的“高山寺”“阳明山”“柳子庙”和家乡的人们。那些多姿多彩的乡土故事、那些活灵活现的地方和人，让那片神奇的土地生发出无限意义！一如她的生命，她的树木、草滩、淖水，她的儿时印迹、少年滋味……作者的情怀和精神空间借助故乡辽阔的山野和纯朴的炊烟得以存在和构筑—— 一幅极具审美价值和思想内涵的乡村图景。

《心灵的故乡》的独特之处在于从现实存在中发掘出了生活本身的多面性、复杂性、丰富性。作者用充满韵味的本土话把那些潜藏在人性深处的美和善、纯和真、爱和情表现得淋漓尽致、感人至深，由此可见她丰厚的创作功底和文学才华。在“家乡话”这篇中，作者写道：“在深圳，我每天都尽力卷着舌头，说着所谓字正腔圆的普通话，有意识地弃掉家乡口音，同时还不断地学着说粤语。我的乡音只能在梦中变得自如，因为梦中常回故乡，与儿时的伙伴说个不停。我喜欢家乡话，家乡话说起来是亲切的，痛快淋漓的。借用我的女友阿丽的话说，实在是又好听又好玩。”乡音难改鬓毛衰，作者在大城市中并未因乡音而自惭形秽，反而以家乡话为荣，宣传发扬自己的家乡话，让自己的深圳朋友们去了解永州，甚至邀请他们来到永州亲身领略。

《心灵的故乡》讲述了作者的童年故事和对永州的回忆，用真实贴切的笔调描绘出那片生生不息的土地——历史延续、民俗风情、时尚追求以及流水一样平淡而非凡的日子。例如酒文化：永州共有零陵、冷水滩、祁阳、东安、双牌县（俗称“北五县”）、宁远、蓝山、新田、道县、江华、江永县（俗称“南六县”）十一个县区，南六县、北五县喝酒的风格、习惯和酒的品质都不一样。其中，南六县的人喝酒干脆、直爽、不取巧，大多数人平常喜爱喝自家酿的红薯酒；北五县的人喝酒随意、好兴、不尽兴，大多数人平常喜爱喝自家酿的米酒。南六县的猜拳不要“五”，原因是“五”与“武”同音，意思是喝酒讲感情而不能“动武”；北五县猜拳不戒“五”，“五”与“舞”同音，意思是喝酒是娱乐活动，有“座五不输”之说，生动形象地展示了永州酒文化的丰富性与多样性，让人感受到这块土地的文化底蕴。

不论是描写人物还是景观，文本中那些意味深长的句子始终贴着心灵的故乡行走，展现给读者的是一幅色系丰满、意蕴悠远的乡土画卷。这种情真意切的感受难能可贵。比如：“我深深地知道，故乡是一个灵魂最后的栖息地。游子像飘零的叶片，无论你怎样远走天涯，漂泊万里，最后总要落叶归根，回归到生命的本源。正如清代诗人崔岱齐所书写的：‘鸟近黄昏皆绕树，人当岁暮定思乡。’一个人年发渐长时，怀乡恋旧之情越发浓烈。报纸上故乡的短讯，电视里一个似曾相识的镜头，一缕乡音，一种家乡特产，都会引起连绵不绝的长时间的回忆。”这简洁的语言发自内心，并由此概括出作家深爱故乡的心情，如同清澈的河水泛起层层涟漪，荡漾出蔚蓝色的浪花。

二、绵绵流淌的故乡血脉

《心灵的故乡》可以说是作家蓝予与故乡的一次灵魂对话。从时间到空间，时间的迁移渗透故乡的物理空间场域，故乡的精神内核在作家的回忆中重新被观照、被审视，徜徉于故乡的山水、人物、村庄、旧事中，这亦是故乡于喧嚣红尘中为作家在精神的土壤上做的一次修篱种菊。站在故乡的立场上回眸，故乡被镀上了作家深情脉脉的温暖底色。“每天早上，最让我嘴馋的是家乡各种汤米粉：鱼头米粉、猪杂米粉、鱼杂米粉、辣椒炒肉米粉、酸豆角米粉，等等。除了汤米粉，还有永州的卤粉和凉拌粉也是一绝。”“永州喝螺是讲究吃法和做法的。将生螺剁去尾壳，大火炒熟，加生姜、大葱、蒜泥、辣椒、紫苏、酱油等佐料，倒入肉汤，加盖煮滚几分钟即可。食时用嘴衔住螺口，吸出螺肉，肉香而脆，汤鲜而辣。常吃可降血压、清火、益气补脾。曾几何时，大街小巷都是炒喝螺的声音，炒锅叮叮地响，香味飘出几百米。”用生活化的语言呈现出记忆中的永州美食，毫无夸饰之态，形如流水，宛如一杯微涩而回甘的中国茶，让人品了还品，饮了又饮。

文本用写实的创作手法，全方位地描写了永州人的内心世界、生存状态、精神追求、温暖情谊，犹如一幅酝酿已久的素描画，每一根线条都充盈着生命的质感和力度，在一段段行云流水的文字背后传递着人世间的温情和大爱。

每个人的心中都有着一个精神的故乡，在岁月的滋养下，潜滋暗长成自己想要的模样。而现实中真实的故乡则被人性的温情遮蔽在时光中，影影绰绰。就如南谏君的笔下，故乡的人事风物、山川河流、村庄日子、大地天空、花鸟鱼虫……都镀上了作家情感的温度。

当然，蓝予在《心灵的故乡》中不仅仅只是为了书写文字、抒发情怀，作家也在思考，思考故乡的来路与去处，穿透作家自身对故乡独特的生命体验，故乡是一个写不尽的场域，历史与当下、过往与今朝在故乡的场域中纷纷展开。这亦是作家的一次精神返乡，那些散落在故乡的人与事，乃至地理坐标意义上的村庄，在作家的重温中，暗藏着深情、思想、体悟。

18世纪德国哲学家赫尔德说：“怀乡是人类最崇高的痛苦。”作家蓝予用独特、朴素、温暖的笔触，用故乡赋予的、独具特色的语言，把故乡的美好捕捉到笔下。这是属于蓝予的故乡，经过了作家情感过滤的故乡。也许这早已不是最初的故土原乡，但在蓝予的文字中，它是更接近故乡本色的故乡。

故乡是作家文字的摇篮，是作家情感滋养的沃土。而对故乡的书写让我们更加清晰地明确了我们的来时，我们的归路。

作者系文法学院汉文2103班学生

回不去的家乡

——论蓝予《苏醒》中家乡与都市的冲突

□ 钟月琳

《苏醒》讲述了林晓拉、林晓嫣和林晓冰三姐妹为了心中所谓的梦想，从家乡来到深圳打拼，其间遭遇各种困厄与挣扎的故事。文章充满了梦想与现实、传统与新潮、乡镇与都市的冲突。其中，家乡与都市的冲突是不容忽视的一部分。

一、逃离——城乡差异初显

家乡总是抚慰人心的。这一点在林家三姐妹身上体现得淋漓尽致。林家三姐妹几乎没有离开过家乡，更别说出省了。但在大姐晓拉受到情伤后，这样安逸、邻里相知的日子便成了扎在晓拉心中的一根刺。这时刚好碰上停薪留职的政策，晓拉决定到大城市去闯一闯。大城市的包容与机会是家乡没有的，她迫切需要这么一个机会去到更广阔的平台。

无独有偶，二姐晓嫣也受了“情伤”。与她相濡以沫的男朋友在她如花般的20岁猝然长逝，给晓嫣带来了莫大伤害。晓嫣是如此重旧情，以至于她久久走不出男友离世的悲痛。加之父亲的病突然恶化，晓嫣也决定带上父亲一起去到晓拉所在的城市。

一家四口，三口已经去到了大城市。三妹晓冰的选择便显而易见了。晓冰毕业后，也来到深圳打工。至此，一家四口都完成了从乡村到都市的背景转变。

不难看出，城乡之间“机会”与“平台”的差异是致使林家迁移的重要动因。

二、融合——个人视角下城乡差异的消弭

家乡在这三姐妹的身上留下了深刻烙印。

在语言方面，林晓拉在到达广州后，下意识说的就是家乡话，哪怕是普通话也只是所谓“彩色塑料”普通话，只能将语言和手势相结合，才能使他人听懂。

在环境方面，大城市多的是鳞次栉比、金光闪闪的高楼大厦，而家乡多的则是低矮的平房，两层高的“飞机楼”都会成为家乡人艳羡的对象。

在生活作风方面则有着更大区别。在晓拉漫步于广州城时，作者这样写道：林晓拉在这条道上看到一位这样的女子，她打扮入时，但仍掩饰不了倦怠。她也是来回走动，只是比林晓拉多了一些顾盼，脸上始终保持着讨好的微笑。……刚才那位时髦女郎已经亲密地挽着一个比她矮大半截的一个秃顶老头，有说有笑地向另一条巷子走去。在二姐晓嫣那儿，也同样受到了这样的冲击。和晓嫣交好的夏沙沙对婚姻一直不报信任，在她口中，婚姻不过是一个“遮羞布”。

在饮食方面，作者提及较少，但在描写一家四口过年的景象时，还是略有提及：很想念家乡的香芋扣肉煲，在深圳不好“走油锅”。

在都市环境潜移默化的影响下，以往种种都慢慢消弭。以前甜蜜的回忆、以前爱过的人、以前珍惜的机会都变成过往云烟。

三、回望——回不去的家乡

家乡是温暖的，总会在游子失意时成为其第一个想到的东西。大姐晓拉在即将转正时受到了老板的区别对待，使得本来十拿九稳的工作又飞了。那时，“林晓拉对故乡的思念再一次涌满眼眶”。而在晓拉到深圳后遇到挫折时，她也“日复一日地渴念故乡的风、故乡的雪、故乡的云”。

虽然家乡时不时会出现在漂泊最久的大姐心中，但兜兜转转，其实大姐也只返过两次乡。一次是在她成为“深圳人”之后回到家乡辞去造纸厂

里的职务，另外一次则是二姐晓嫣生日时。这两次返乡中，一次是切断与故乡经济的关系，另一次则是切断情感的关系。在第二次返乡后不久，二姐带着父亲也来到了广州。这两次返乡实际上使晓拉离家乡越来越远了，往后再闻家乡事，也是通过他人之口。

都市日新月异，家乡也在不断发展。承载了林家三姐妹许多回忆的造纸厂即将被拆除，“飞机楼”也被夷为平地。又有什么会是不变的呢？以前高大帅气、有自己主意的李建变成了畏畏缩缩的男子，相信真爱的林晓嫣在数次情感失败后封闭起了自己的心，开朗大方的三妹混迹夜店进入监狱……当家乡已经不再有亲人，当家乡熟悉的地方全部被拆除，那儿还是家乡吗？

对于林家三姐妹来说，或许那儿已经不再是了。所以，晓拉重病后选择去往她爱人外婆所在的乡下，而不再是她自己的家乡。

作者系文法学院汉文2102班学生

以美丽，以纯真，以坦率

——浅谈蓝予的《得闲来叹茶》

□ 何伊宁

《以美丽，以纯真，以坦率》是唐冬梅老师为蓝予作品《得闲来叹茶》所作的序。文章中是对蓝予老师美丽、凛然正气、真诚坦率的赞美，但在这里，我想要借用唐冬梅老师的这句话来表达对《等闲来叹茶》的一些浅见。

一、以美丽的笔触展现过往的时光

《得闲来叹茶》美在形境，写景干净，状物准确，在《我庆幸，我来到了深圳》中描写深圳的建筑物，并没有用什么夸张精细的描写，只是简简单单的一句“每一栋高楼大厦都挺美，如精美的艺术品”，简练地写出了深圳的繁华，又写道“当时我傻傻地站在阳光大酒店的门口欣赏建筑物有一个半小时”，从“我”的反应更加表现了深圳的美丽。除了景物描写以外，人物描写也能产生美的意境。“每当想到父亲，脑海里马上浮现出一张渔网，一根钓竿，一个斗笠、一双草鞋、一件缝缝补补的背心，那都是伴随父亲的物件，而这一切构成了父亲的形象。”寥寥几笔便勾勒出一个伟岸的父亲形象。

《得闲来叹茶》美在情境，抒情之美，最能够令人感同身受。“妈妈没能赶上末班车，她担心我受冻，硬是一个人迎着寒风背着被子，从朝阳绕着山路整整步行了二十多公里，走了几个小时才到龚家坪……”“母亲的确是块包袱皮，是一块历尽岁月沧桑的包袱皮，以自己单薄的身躯抵御外面的风风雨雨，为儿女们撑开一片艳阳天。”文字是带有感情的，读了这两段文字，我不由自主地就会想起我的妈妈，在我高三时，为了给我改善伙食，妈妈耽误了乘公交车的时间，走了两个多小时才回家，脚都磨破了。后来，我从弟弟的口中才得知这段过往，所以我能从这里和作者产生共鸣。

《得闲来叹茶》美在理境，“人，总是不停地在忙碌，为生计、为升迁、为父母、为小孩、为……却时常忘了自己，我希望你我能真正地感受人生、享受生命。多么希望能走入这种感受中：一缕清风，一捧明月、上一炷袅袅的香，品一杯茗，或与你到郊外去踏青写生、野炊、喝淡酒行令、吟诗赋文，生活在世俗之外，不染一丝尘埃，那该多好啊”。《得闲来叹茶》中，许许多多的人生哲理读来令人回味。

二、以纯真的心灵回忆逝去的日子

《得闲来叹茶》是一本回忆录，作者在写这本回忆录的时候仍旧带着一片赤诚之心，用心回忆，用心感悟，纯朴自然的文字传递出一种简单纯粹的温暖。我们在读到《爆米花》《长毛兔》《露天电影院》这些充满童趣的文章时，不免会心一笑；在读到《母亲的微笑》《悠悠慈母心》《父爱无边》这些满是真挚亲情的文章时，让人心里暖意融融；在读到《牵手风雨中》《因为有你而精彩》《明天，与你同行》这些表达爱情的文章时，能够让人相信爱情的美好。

三、以坦率的态度面对过去的自己

《得闲来叹茶》的每一篇文章都有双重视角，“那时的我”和“现在的我”。“那时的我”追忆往事，“现在的我”用包容坦率的目光望着“那时的我”。在《我庆幸，我选择了深圳》中，作者发出了这样的感慨：“回顾在深圳这十年的风风雨雨，我很庆幸，当初选择了深圳。如果没有来深圳，我无法真正挖掘出自己的潜力；如果没有来深圳，我怎么能遇上今生的夫君？如今，在深圳我拥有自己的房子和车子，属于中产阶级。我很幸福、很知足、很充实地在深圳快乐地生活着。”这是对过去自己的肯定与庆幸。

作者在面对爱情时也是坦率的。作者经历了两次婚姻，面对这两次婚姻，她都表现出了真诚坦率的态度。第一次婚姻失败，在《妈妈，我给你挡挡风》中，她称其为“围城”。然而，在这段婚姻中也有欢愉，《写给未出世的宝宝》有这样一段话：“我亲爱的宝宝，你在爸爸妈妈日日夜夜盼望、等待和想象中长大，等你露出甜甜的笑脸时，你爸爸、我还有宝宝你三个人将在这个幸福、美满的家中创造爱的新港湾。”在她的回忆录中，对于失败的婚姻，没有诉苦，婚姻有痛苦，有欢乐，她选择坦荡地看待。

“以美丽，以纯真，以坦率”不仅仅是蓝予老师这个人的特质，也是《得闲来叹茶》的特征。

作者系文法学院汉文2101班学生

剪不断的乡愁

——读蓝予的《心灵的故乡》有感

□ 刘文巧

《心灵的故乡》共七辑："童年旧事""往事难如云烟""老故事""永远的眷恋""迟来的发现""故乡风情""那些照亮永州的名字"。在这本散文集中，作者用细腻而温馨的文字书写自己的回忆，书写故乡永州的山川大地、文化风俗等。每个章节中都流露出作者淡淡的乡愁和对故乡的眷恋。

永州是蓝予的故乡。它的每一条大街、每一条小巷、每一处庭院、每一株花草以及每一条乡间小路都在作者的记忆里生机盎然。

虽然我的体悟没有作者那样深刻，但作为在外省读书的学生，有些时候，我也有像作者一样迫切想回家的冲动。简单收拾一下行李，抢一张车票，哪怕是无座的票，我也想回家看一看。

在第一辑中，我仿佛看到了童年时的自己。记得小时候跟着"孩子王"到处跑，作者提到的弹珠、跳房子、滚铁环等也是我们常玩的。此外，我还时常与一群孩子聚在一起，分为两队，藏起来，以手为枪来打仗。大家一起去后山的樱桃林里摘樱桃，挑逗墙角的蜂窝，枇杷成熟时爬到树上摘枇杷。为了玩，我们还自己发明一些小玩意儿，用长棍和竹篾组合，再缠上一些蜘蛛丝，一个捕蜻蜓的工具便诞生了。"孩子王"哥哥还拆了自己的玩具并重新组装，一个奇异的小车就诞生了。那时的童年真的丰富，虽然没有手机，却有无限乐趣，孩子们好像把智慧都用在玩上面了。妈妈总是笑我们："你们要是读书有玩那么用功，恐怕早考上清华北大了。"

除了在故乡的童年时光，还有那些邻里之间的友好和淳朴的人，这些都让我想念。还记得每到夏天的夜晚，大家都会搬一张桌子到场子上吃晚饭。在桌底喷点蚊子药，乘着晚风，大家吃着饭唠着嗑，好不惬意。孩子们端着饭碗，到你家夹一点青菜，到他家夹一筷子肉，抢着吃饭，好像别家桌上的饭更香。那时大家有什么吃的，不论是普通的如自家做的包子，还是稀罕的大虾，不论多少都给邻居端一些。

每到过年的时候，在你家聚一聚，再到我家聚一聚。男人们围在桌上喝酒，谈谈今年的收成；女人们吃完饭早早下桌，围在一起烤火聊天。这样的景象基本在每家都会上演一次，那时的年味也就这么过出来了。所以我们那边流传着一句话“远亲不如近邻”，这是真的深有体会。

可是，现在再也回不去了，不仅仅是随着年龄的增长而离故乡越来越远，更是因为村庄的消失。就像作者在《消失的村庄》中所写：“我以为，哪怕我霜落两鬓，我的故乡永远都是离开时的容颜。当我踏上故乡的那一刻，我知道，我错了。村庄消失了，菜田隐没了，菜农消失了，看不到一鳞半爪，好像它们从来没存在过似的。”小时候，我靠那棵歪脖子树认出自家的田，上次回去发现那棵树被砍了。以前那一大片竹林也被砍去一半，另一半光秃秃的，据说田地主人要改种果树。在充斥着钢筋水泥混凝土的今天，故乡与过去大不相同，在熟悉又陌生的故乡里，有时我会和蓝予一样，有一种迷路的感觉。

故乡的人也不见了踪影。我的老家在农村，本来是三户人家围住在一起，另一侧是一片竹林，四面闭合像四合院一样。那里冬季背风，很暖和；夏季在大树的荫蔽下也不热。可谓冬暖夏凉，是一块“宝地”。但到我9岁时，另外两家搬走了，他们都离开了我们的“宝地”，搬到了路边。再后来，他们搬离了农村，我们家也搬到了县城里。世上有哪一件东西能够永远维持原貌呢？物是人非才是永恒不变的。

乡愁一直有。对于家乡的山、水、人、文化习俗，远离家乡的人总是格外钟情、留恋。特别在每个特殊的日子，在夜深人静的夜晚，故乡会缓缓流入内心深处。乡愁就是那流水，“抽刀断水水更流”，“剪不断，理还乱”。

乡愁一直有，因为“故乡是一个灵魂最后的栖息地。游子像飘零的叶片，无论你怎样远走天涯，漂泊万里，最后总要落叶归根，回归到生命的本源”。

乡愁一直有，在某天，一则关于故乡的消息、一份家乡特产、一个来自故乡的电话都会勾起你连绵不断的回忆。

随着年龄的增长，我们像断了线的风筝乘着风越飞越远，离故乡、离父母越来越远。但是，风筝又怎么能脱离风筝线呢？其实只是线越放越长，它不会断，就像剪不断的乡愁，它一直在。

作者系文法学院汉文2103班学生

做一个敢于追梦的人

——评蓝予的小说《苏醒》

□ 康广民

《苏醒》是作者蓝予在2018年羊城晚报出版社出版的图书，作家蓝予用抒情性的文字、细腻的描写，生动展示了改革开放后，与千千万万寻梦者一样，主人公林家三姐妹从原来闭塞的、信息不灵通、交通不便的生活环境中走出来，投入现代化的时尚都市打拼、艰苦奋斗的故事。读完《苏醒》这部小说，我认为这部小说的成功之处在于很好地反映了底层民众敢于追梦的澎湃，以及善于思索梦想归宿的自省。

一、敢于追梦的澎湃

林家三姐妹都有自己朴实而又美好的梦想，她们身上都有着坚定的追梦者的意志。林晓拉作为大姐，是一个事业心很强的女性，她的身上有着一种敢想敢干，性情直率的特质，凡事力求完美、力求做到最好。母亲去世后，林晓拉接过母亲的工作，并且一跃成为造纸厂的明星人物。然而，林晓拉不甘于一辈子待在这样一个一眼能望到头的地方，她敢于怀揣着自己的梦想，哪怕是在异乡异地又如何，受人打击排挤又如何，千磨万击还坚劲，任尔东西南北风。她的这种信念是当时无数进城追梦者的真实反映。二姐林晓嫣作为一个知性的文艺爱好者，她幻想着那种传统民间爱情——董允与七仙女的美丽永恒的爱情。她先后遇到了腼腆的郭俊、奔放的马海涛、务实的姜学军、放纵的关俞清，这种经历让林晓嫣在面对这几份爱意时，都将自己最纯净、最真实的情感付出过，都有过法国浪漫式爱情的幻想与期许。林晓冰作为家里年纪最小的孩子，她从小在两个姐姐的关爱与呵护下健康成长，她追求自我的物质享受。后来跟随姐姐们去深圳后，她受到这种现代化大都市时尚环境的影响，开始在穿着上打扮得标新立异，经常昼伏夜出，我行我素，丝毫听不进姐姐们的劝阻与反对，只为追求自己想要的生活状态。虽然林家三姐妹追求梦想的类型不同，但毫无疑问，她们是坚定的梦想执行者，她们在大都市摸爬滚打、努力尝试，在岁月的年轮里不断积累经验与知识，打造了一个个追梦者的美好足迹。

二、善于思索梦想归宿的自省

林家三姐妹作为敢于追梦者，是来自底层普通人的代表，她们吃了很多苦，受了很多挫折，却都没有如愿以偿地圆了自己最初来时的那个梦。小说《苏醒》的最后，大病过后的大姐林晓拉毅然决定放弃都市的繁华生活，携手徒弟刘明亮退居家乡，过上了陆游笔下“从今若许闲乘月，拄杖无时夜叩门”般朴实安宁的日子；二姐林晓嫣每天正常上班下班，过上了朝九晚六的生活，回归日常生活的平实，不再对爱情充满任何别样的期许；小妹林晓冰因为在酒吧持啤酒瓶伤人，只能在寒冷的铁窗里对着清冷的明月思考今后漫长的人生岁月。林家三姐妹具有迥然不同的性格，对于梦想有不同追求，虽然最后都与当初的追求走向了对立面，并为此付出了不同代价，但是她们的这种追梦、圆梦、回归省梦的对照丰富了她们各自鲜明的性格特点。

《苏醒》不仅仅写林家三姐妹的追梦轨迹，还细致描写了姜学军、马海涛等几位男性追梦人。他们长期沉溺在对心爱对象的相思中，眼睁睁看着深爱的女人经历一段段令人伤感无果的爱情，却又无能为力。最后蓝予将林家三姐妹这种回归梦想的“苏醒”思考交给读者去咀嚼，不做过多的描述，不做作家个人的主观评判，而是将其交给读者去发现和思考，寻求新的期待视野，以此来回答：当初所求，是否仍是今日所需？一路风尘仆仆，可曾遗漏、缺失了什么？今时今日，又将何去何从？

读完《苏醒》，蓝予没有过多偏重故事的讲述，而是结合自己的经历，在叙事写人的同时融入身为一名女性细腻的观察，贴切的情感经历，加入身为画家和诗人的情趣，用心领悟人生旅途中的诗意，引导读者去品沏人生之路上的辛酸苦辣和喜怒哀乐。

作者系文法学院汉文2103班学生

论蓝予作品的艺术特色

——以蓝予的《转身回眸》为例

□ 唐美玲

一、生动形象、恰到好处的修辞

蓝予在《转身回眸》中是这样描写记忆中的那棵老树的：它高耸云霄，遮蔽着大片的土地。它的分枝粗似牛腰，上面寄生着茂盛的冬青和凌霄；凌霄也有酒盅粗，细藤密布如一张网，网住这棵和蔼的老树。这一比喻写出了这棵树的老、壮、密，使我不知不觉就在脑海中浮现出这棵大树的模样，将它与我印象中的老树联系起来，具有画面感。同时作者还将这棵大树比喻成一个慈眉善目的老人，孩子们对它有十足的安全感。它的主干已经空洞，活着的好像只是一张皮，根部朽出一个大洞，这大洞大得可以容纳四五个小孩。孩子们从洞口钻进去，从树杈上钻出来，任凭孩子们戏耍。虽然它太老了，但它仍然活着，大部分树枝终年舒展着。从这一描述中又可以让我将早已逝去的爷爷奶奶联系起来，在孩子们眼中老树是一个可以尽情玩耍嬉戏的地方，它的枝干为孩子们撑起一片广阔的天地不正像我们的爷爷奶奶一般吗？他们给予我们足够的关心和爱护，让我们在快乐的童年中长大。

二、深刻细腻、情真意切的情绪刻画

“那是秋末的一天，温度陡然下降，我为晚上没有棉被盖而犯愁，妈妈已经好几个月没有托人送过冬的物品来了。晚饭后，我抱着一丝希望来到

汽车站，站在小山坡上踮起脚尖伸长脖子，用一双渴望的大眼睛搜索着来来往往的汽车。当我将末班车的最后一个乘客仔细‘筛过’，我心中彻底失望了，不由黯然泪下。我不知道自己是如何抹着眼泪回到教室，整个晚自习我都傻呆呆地坐着。晚自习结束后，我无精打采地向寝室走去，只见寝室门口站着一个人，旁边还放着一个包裹。我定睛一看，是妈妈！心中一阵狂喜，恨不得冲上去拥抱妈妈。可我却没有这样做，只是生硬地从牙缝中挤出一声‘妈’，脸上完全是一副冷冰冰的模样。妈妈见我回来了，马上高兴地迎上来一把抓住我的手说：‘萍儿，让妈妈好好看看，哦，瘦多了。萍儿，最近学习怎么样……’我沉默不语，心里认为妈妈做的一切都是假心假意。”在这一段描写中，作者将那种失望又期待的情绪展现得淋漓尽致。因妈妈好几个月没来看望自己，以为是自己“失宠”了，妈妈根本不关心自己而感到生气又失望，但还是期待着妈妈的到来，“站在小山坡上踮起脚尖伸长脖子，用一双渴望的大眼睛搜索着来来往往的汽车”，等到妈妈真的来到时，又激动又压抑着自己的情感，不在妈妈面前透露出一丝思念之情，这一情绪的描述引起我的情感共鸣，是啊，我也是如此，在父母面前特别喜欢故作坚强，嘴硬得不行，不管在私下里有多么想念父母，等到真的见面时却只是三言两语，不会说肉麻的话。

三、通俗易懂、直白明了的叙述模式

整篇作品没有什么大道理，作者从自身经历出发，以第一人称“我”的视角叙述自己生命中的点点滴滴，从物到人、从小到大，作者将她印象中的树、小时候的游戏、过年时的氛围、父爱、母爱、成长经历等通过事件的穿插刻画叙述出来。

作者系文法学院汉文2101班学生

《人与动物的距离》中的母爱光辉

——读蓝予的作品有感

□胡　湘

蓝予的作品《人与动物的距离》是一本以独特的视角对人与自然界的关系做全方位解读的书。作家蔡大姐做出评论：蓝予把她的视野放宽到动物、放宽到生态、放宽到地球。她把一个个动物的奇闻逸趣娓娓道来，讲述它们的栖息规律和生存方式。那些耐人寻味的故事以及深刻的思想内涵带给了我们很多思考。让人读了这本书后，不能不由衷地感到动物是人类的朋友，因为世界上只有一个地球，是人与动物的家园，人与动物没有理由不和谐相处。

在这部散文集中，她描写了许许多多动物，小到毛毛虫，大到鳄鱼，通过对这些动物的描写，我们不难发现，动物与人有一定联系，并且动物之间具备一定情感，它们也有尊严，它们也会害怕，也会胆小。

《无言的母爱》中的内容令我感触很深，把一则新闻——《只因自己不擅长照看孩子，荷兰狠心母亲网上卖子》与狼抚养罗慕路和勒莫两个孩子长大形成了鲜明对比，但是荷兰母亲以3美元的价格将自己的孩子出售，折合人民币才二十多元，听了让人费解，也许是贫困让这位母亲不得不这样做，但是，毫无疑问，这种行为是不负责的，狼照顾孩子更不方便，而且它是肉食动物，它不知道孩子应该吃什么，但是它忍住了，没有将这两个孩子当作食物吃下去，并且将他们两个抚养长大，不得不说，这只母狼是有母性光辉的，虽然大部分狼不难做到这样，可能这只是一个例外、一个奇迹，但是它发生了，我们就得承认它的存在并且肯定它的“事迹”，不得不承认，它在很大程度上超过了现在绝大多数的父母，因为如今仍然有许多父母以牺牲自己子女的幸福来获取自己的利益，听起来不禁让人毛骨悚然。写到这里，我大概知道什么是《无言的母爱》了，动物不能通过言语来表达对自己孩子的情感，但是它们的行为处处都是爱孩子的体现，母爱无声，但是震耳欲聋。

在《小白鼠的母爱》中，我也感受到了母爱是伟大的，母爱的力量无法估量。在我的印象中，小白鼠的身躯非常小，并且总是被当作实验对象，我们经常说，不要总是拿我当作小白鼠来做实验，可想而知，我们已经对小白鼠有了一定的刻板印象。但是在《小白鼠的母爱》中，颠覆了我对小白鼠的看法，文章主要说的是一只小白鼠被发现有恶性肿瘤，并且一直在无情地折磨着小白鼠，虽然每天不吃不喝，但它仍然支撑着，每天都让十只小鼠仔没命地吸吮着自己已经身患绝症、骨瘦如柴的母鼠的乳汁，死撑二十一天才离开，因为过了二十一天之后，这些小鼠仔再也不需要母鼠的乳汁也可以独立生活了。看到这里，我的眼眶湿润了，并且心灵受到了极大震撼，没想到有一天被当作实验对象的小白鼠的小小身躯居然有这么大的力量。我也看到过许多新闻，汶川地震时为了保护自己的孩子而用身躯支撑了自己孩子活下去的母亲、发生事故时用双手举起了孩子的未来，等等，这些母爱带来的力量无法估量，现在，小白鼠也为我们证明了，即使母亲的身躯是小小的，力量是柔弱的，但是为了自己的孩子，她们有无限的爆发力，人是这样的，动物亦是如此。

在《老虎的狠心教育》中，我看到了另一种母爱，是一种严爱。在现在这个社会中，许多孩子都是娇生惯养的，手沾不了水，脚下不了地，吃不了一点苦，甚至孩子十七八岁了，父母还追在后面叫“宝宝”，毫无疑问这是宠爱，可是宠爱过头了，便是一种溺爱。而在《老虎的狠心教育》中却不是这样的：母虎抚养幼虎有三个过程，开始时，它出去捕食回来，把最嫩的肉用爪子撕成碎片，喂给幼虎吃；后来，它捕食回来，自己把肉吃掉，把剩下的肉骨头扔给幼虎啃。最后，它捕食回来，自己把肉吃掉，把骨头扔掉，幼虎上前要吃，它就冲着它怒吼一声，伸出爪子阻挡它，不让它吃。这样过不了几天，幼虎饿得实在受不了了，就会离开母亲，自己出去找食吃。开始时，幼虎走几步就回过头来，看见母亲在后面望着自己，就折回头来往回走，这时母亲就冲它怒，并扬起尖利的前爪，幼虎又转过头去往前直走。这样反复几次，直到幼虎真正离开，从此它们就再也不相见了。初看这母虎的做法实在有些不近情义，甚至是冷漠。可是深究起来，我们会惊喜地发现和明白，要不是当时老虎的“残忍”，幼虎就永远学不会捕食，就永远无法长大。为了让它们迅速适应恶劣的环境，其实适度的“狠心”也是一种爱，因为母虎心中一定希望：有朝一日，它们的孩子也能成为真正的森林之王。看了《老虎的狠心教育》，我不禁感叹，在很多时候，我们还得向动物学习。

这部散文集拉近了我跟这些动物的距离，并且让我看到了这些动物的另一面，我希望大家都能意识到人与动物是好朋友，我们能够相互学习。不过这部散文集让我感触最深的还是其中的母爱光辉。

作者系文法学院汉文2101班学生

似水柔肠，如琢如磨

——评蓝予《柳黄霜白时的背影》

□ 刘旭玲

提起背影，我们首先想到的是朱自清先生笔下父亲的背影，在大多数孩子眼中，父爱如山，蓝予也不例外。作为一名女性作家，蓝予用她诗情画意般的文字抒发着自己最真实的情感。温暖情怀贯穿了她的每一行文字，自由且随性，温柔如水却又触动人心。

蓝予本身具有丰富的想象力与感知力。“诗中有画，画中有诗”是对王维作品独特风格的精准概括，作为一位画家的蓝予在她的作品中完美地诠释了这句话。她将母亲比喻成一块包袱皮，小小的一块，却能抵御世间的风寒雨露；将父亲比作房梁，看似不太起眼，却发挥着支撑全部支架的能力。父母双亲的爱化作每一缕映照在子女身上的阳光，温暖却又平常，其实蓝予所写的只不过是最平常不过的事，但极少有人会注意甚至对此心怀感恩。在我们成长过程中，父母呵护我们长大，陪伴我们度过每一天、每一年，无限包容我们的脾气。他们对我们的爱使得他们宽恕了那些不完美的我们。而蓝予将父母的爱连成一个个流动的符号，化作足以感化人心的文字。

在蓝予温柔的笔触下有一颗感恩的心。文字的魅力在于能撼动人心；最能撼动人心的就是人的情感表达。一部好的作品必然会引起人们的共鸣。当我读到《父爱如山》时，父亲那不辞辛劳、为家庭默默付出的形象不由得浮现在我的脑海中。与蓝予不同，我几乎很少与父亲见面，小时候大人都有不得不离开家的理由，我的父亲也是。他常年在外，只有过年或暑假才会回来，待不了几天又会匆匆离去。我爱父亲吗？也许我的回答一直都没变：我当然爱我的父亲。他很少陪我，甚至错过了我的整个童年。在农村，留守儿童并不少见，但我仍爱着我的父亲。为什么呢？也许是当我难过时他不厌其烦地哄我，也许是每年过年时从不缺席的新衣服，也许是我大学时掐点给我发的生日祝福……父亲不善言语，他用行动告诉我他爱我。而我虽然叛逆，但我知感恩，也明白父亲是为了我，蓝予笔下的父亲也是如此，他会拖着流血的脚一跛一跛赶回家，只为了给孩子做一碗鱼肉饭。作为孩子的我读完《父爱如山》，心中思绪万千。我惊叹蓝予内心的细腻，同时明白了知足常乐、懂得感恩乃是人生的一大真理。

浪漫与现实的相互交织也是蓝予《柳黄霜白时的背影》的特色。在《柳黄霜白时的背影》中，不仅有深爱她的父母，也有相识相知的好友。她描写她的朋友时如同身心俱美的奇女子。蓝予从不吝啬对他人的赞美，因此在她的笔下，她的亲友都具有与世隔绝的浪漫与神秘。但他们并不柔弱，反而越发强大，强大的内心使他们更加闪耀，淡化了他们的不完美。除了浪漫色彩，蓝予笔下的他们都是生活中的普通人物，经受过现实社会的洗礼。温暖固然存在，但生活的镣铐从未松开。人间百态，生活并不是一帆风顺：当正值青春年华的女子突然遭遇飞来横祸，中年丧子的裁缝女一家三口相继奔赴黄泉，种种不幸接踵而至。生活不只有欢乐，也有苦难。就像过去的几年，谁都没料到疫情暴发，也无法预料这场灾难给人们带来了不可逆的创伤。但生活虽苦，却仍在继续，中华儿女本身的责任与担当让苦难的人间增添了许多色彩。浪漫是现实生活的调味品，蓝予将她内心的清泉化作细腻的文字，不染一丝俗气。

在蓝予的眼中，爱都是有迹可循的。它可以是生病时父母递来的一杯水，可以是低落时朋友的一句鼓励，也可以是抱怨时伴侣的静静聆听。蓝予用她如流水般温柔的语言书写下世间最暖心的一面，以最平淡的心态看穿了世间的生死离别。蓝予用她自己的方式感恩着一切。她知足常乐的心态需要我们用心去感受。

作者系文法学院汉文2102班学生

道不尽的潇湘情

——漫谈作家蓝予的作品

□ 李青兰

作家蓝予本名王惠平，是地地道道的永州人。她的文笔细腻优美，总是将自己的人生故事融入作品中。蓝予对故土有着很深的感情，她用质朴温情的文字书写着家乡的风俗人情、山川大地，如《心灵的故乡》《转身回眸》《得闲来叹茶》等作品的字里行间透露着她对故乡永州的深深眷恋与淡淡深情。

一、说不完的故乡事

在蓝予的散文集《心灵的故乡》中，她回忆了自己的童年往事，不管是那孩童时代男女生的游戏，还是那1938年建成的老火车站，抑或那漂泊在外二十年却渴望栖息的家乡话，又或那历经岁月冲刷却依然引以为傲的永州八景，都留给作者初遇时的惊艳与同伴玩耍时光的记忆承载的“桃花源”。蓝予为故土壮美的景色所陶醉，为故乡的佳肴所眷恋，为家乡的风情所迷恋。永州的山、永州的景、永州的水在她笔下都是那样美好，是那让人抛去杂念的香格里拉，风光无限，只望君采撷。

二、诉不完的故乡人

一晃离乡多年，美好的年华逝去，旧忆便涌上心头。已至中年的蓝予在《转身回眸》中写了许多精彩的人物和家乡的一草一木。其中令我印象最为深刻的是，她说道：“用儿时的眼光看世界，什么都是神奇和美好的。”

儿时同玩伴做游戏的场景总是出现在蓝予的作品中，像对玩抓石子、丢沙包和踢毽子的回忆依然那样清晰，仿如昨日再现。在寒风凛冽的冬季到来时，母亲烹煮的胡椒猪肚汤时常让人挂念不已。她在书中写到诸多人对她的影响，如美女小萤、痴情的阿怡、女强人阿君等故友，但蓝予最感谢的还是她的父母。在一次次搬家经历中，尽管生活艰辛窘迫，或许许多记忆中的地方早已面目全非，但父母一直让他们三姐妹快乐健康地成长。

三、道不尽的潇湘情

蓝予在诸多作品中都在期盼着重返故乡一趟。她曾说道："她的根基植于故乡这片土地里，是她出生的地方，也是长大后离开后最让人牵肠挂肚的地方。"所以，她思家乡的景，恋故土的人，写故乡的事。她为悠悠不枯的湘江所留恋，为柳子、怀素和周敦颐等永州名人所倾倒。蓝予喜欢细致地观察生活，善于从细微的角度入手，以优美细腻的文笔诉说着永州的故事，常能引起读者共鸣，给人以如沐春风之感。

作者系文法学院汉文2102班学生